HEDWIG COURTHS-MAHLER

Vergib Lori

HEDWIG
COURTHS
MAHLER

Vergib Lori

WELTBILD VERLAG

Genehmigte Lizenzausgabe für
Weltbild Verlag GmbH, Augsburg 1998

Einbandgestaltung: Peter Engel, München
Umschlagfoto: Superbild, München
Gesamtherstellung: Presse-Druck Augsburg
Printed in Germany
ISBN 3-86047-937-7

1

Schockschwerenot noch mal – machen Sie, daß Sie mit Ihrem Deubelszeug rauskommen, Klimschen! Lassen Sie mich mit Ihrem Altweiberkram in Ruhe! Raus damit! Das Zeug hilft doch nichts!«

»Wenn Sie den Tee nicht trinken, gnädiger Herr, kann er auch nicht helfen«, antwortete Mutter Klimschen mit stoischer Ruhe. Sie blieb ruhig stehen mit dem Tablett, auf dem eine große Tasse mit heißem Tee stand, der nicht gerade verführerisch duftete.

»Mir wird schon übel, wenn ich das Zeug rieche«, fuhr Herr von Hohenstein fort.

»Sie brauchen ja nicht dran zu riechen, gnädiger Herr. Schlucken Sie ihn nur schnell runter! Der Tee hat schon vielen Menschen geholfen.«

»Das ist Unsinn! Ein Gesöff, das so riecht, kann bloß noch kränker machen. Gegen das verdammte Zipperlein hilft nischt! Verstanden? Gar nischt! Und nun raus damit – rrraus! Die Lori soll kommen, auf der Stelle!«

Mutter Klimschen wich und wankte nicht.

»Das Lorchen ist ins Dorf zur Frau Pastorin und fragt mal nach, wie es der Krusen geht.«

Herr von Hohenstein schlug wütend auf den Tisch.

»Was läuft die Marjell jetzt, da ich sie so nötig brauche, ins Dorf, he?«

»Beruhigen Sie sich, gnädiger Herr, sie kommt bald wieder. Und nun trinken Sie erst mal den Tee«, bat die Alte und hielt ihm das Tablett hin.

Mit einem energischen Griff faßte er die Obertasse und kippte sie einfach um, so daß der Tee das Tablett überschwemmte und darüber hinausfloß.

»Aber, gnädiger Herr, der Teppich!« rief Mutter

Klimschen vorwurfsvoll und sah an ihrer von Tee triefenden weißen Schürze herab.

Der Anblick erheiterte den alten Herrn. Er lachte laut.

»Dem Teppich schadet er weniger als mir!« rief er vergnügt, zuckte aber gleich darauf zusammen und faßte nach seinem in Tücher gehüllten Fuß.

»Herrgottsakrament noch mal – verflixtes Podagra! Raus Klimschen, ich will Ruhe haben! Ruhe! Und die Lori soll kommen! Ein junges Gesicht will ich sehen, keinen ledernen Faltenwurf und Ihre grauen Haare!«

Mutter Klimschen hatte die Teespuren auf dem Teppich beseitigt.

»Schimpfen Sie nur, wenn Ihnen das Erleichterung bringt. Ich gehe schon. Aber erst will ich noch den Spiegel verhängen«, sagte sie lachend.

»Den Spiegel? Wozu denn?«

»Na, gnädiger Herr, wenn Sie in den Spiegel gucken, kriegen Sie auch nichts anderes zu sehen, als einen ledernen Faltenwurf und graue Haare!«

Wieder lachte der alte Herr.

»Na schön, Klimschen – jetzt sind wir quitt! Aber nun die Lori.«

»Ja, doch, die wird gleich wieder da sein. Sie muß doch auch mal an die frische Luft! Seit drei Tagen sitzt das Kind wie festgenagelt hier in Ihrem Zimmer.«

»Hat sie sich beklagt?« fragte er unbehaglich.

»Ach wo! Das Lorchen und sich beklagen, wenn sie einem was zuliebe tun kann! Das gibt's ja gar nicht. Na, und gar Ihnen oder unserm jungen Herrn Hans-Georg! Nee, nee, das gibt's nicht! Aber wenn sie den ganzen Tag hier drinnen steckt, wo unsereiner vor Qualm kaum Atem kriegt, das ist dem Kind nicht gut. Als Sie vorhin eingenickt waren, hab' ich sie schnell mal ins Dorf geschickt.«

Herr von Hohenstein sah sie unsicher an.

»So, so? Also Ihnen habe ich's zu danken, daß die Lori entwischt ist?«

»Jawohl – mir!« trotzte die Alte.

Er sah sie an, und seine Augen funkelten unter den grauen, buschigen Brauen hervor. Dann sog er die Luft prüfend ein.

»Ist's denn so schlimm mit dem Tabakrauch, Klimschen?«

»Man kriegt kaum Luft.«

»Hm! Ich merke nichts.«

»Man kann kaum die Hand vor den Augen sehen.«

»Und Sie meinen, das schadet der Lori?«

»Gesund ist's nicht für so'n junges Mädchen.«

Herr von Hohenstein schien betroffen.

»Also die Fenster auf, Klimschen – 'n bißchen plötzlich, daß der Rauch abzieht.«

Die Alte schob das Tablett vorsichtig auf den Tisch und öffnete die Fenster weit, so daß die würzige Frühlingsluft ungehindert einziehen konnte. Herr von Hohenstein holte tief Atem.

»Hm! Jetzt merke ich selber, daß die Luft hier ein bissel dicht war. Das konnten Sie doch gleich sagen!«

»Ich fragte vorhin schon, ob ich das Fenster aufmachen könnte. Da haben Sie mich angeschrien, ob ich Sie umbringen wollte. Dabei sind vierzehn Grad Wärme.«

»Ja, wenn ich gewußt hätte, daß es um die Lori war – also jetzt spritzen Sie meinetwegen noch 'ne Flasche Kölnisch Wasser um mich her. Aber dann schaffen Sie mir die Lori herbei.«

In diesem Augenblick tauchte an dem offenen Fenster, das auf die Terrasse des Herrenhauses mündete, ein lachendes, von einer Fülle leicht gelockten, braunen Haares umrahmtes Mädchengesicht auf. Die großen, dunkelgrauen Augen, die von tiefschwarzen Brauen und Wimpern umgeben waren, hatten einen wundersamen Glanz und verschönten das schon an sich liebreizende, feine Gesicht unbeschreiblich.

»Da bin ich, Väterchen!« rief die junge Dame lachend und setzte sich mit einem kräftigen Schwung auf das Fensterbrett.

Das Gesicht des alten Herrn strahlte, als sei die Sonne aufgegangen.

»Na endlich, Wettermädel! Lach noch mal, du. Das tut gut!«

»Hast du Sehnsucht nach mir gehabt, Väterchen?«

»Na natürlich! Die Klimschen wollte mich mit Altweibertee traktieren. Davon ist mir übel geworden.«

Lori sah lächelnd in das Gesicht der alten Frau.

»Mutter Klimschen, was hast du für eine nasse Schürze?«

»Da ist der Tee drüber geflossen, den der gnädige Herr trinken sollte, Lorchen.«

»Ja, ich hab' die Tasse einfach umgestülpt«, sagte Herr von Hohenstein lachend.

Lori schwang sich mit einer anmutigen Bewegung durch das Fenster ins Zimmer und nahm den Hut vom Kopf, so daß ein herrlicher, dicker Flechtenknoten sichtbar wurde, der den ganzen Hinterkopf bedeckte.

»Abgekürztes Verfahren – du bist ein forsches Kerlchen, Lori«, lobte Herr von Hohenstein vergnügt.

Lori lachte.

»Ich kann doch nicht erst um das ganze Haus herumlaufen, wenn du Sehnsucht nach mir hast. Aber freu dich nur nicht, daß ich wieder da bin. Jetzt geht es dir schlecht. Wenn du auch Mutter Klimschens Tee so meuchlings ausgegossen hast, jetzt gehe ich deinem Podagra mit Fachinger Wasser zuleibe. Und ich passe auf, daß du das nicht auch noch ausschütten kannst«, neckte sie.

»Alle guten Geister!« rief der alte Herr. »Wenn man euch Frauensleuten hilflos ausgeliefert ist, ist man verloren.«

Lori holte aus einem schönen geschnitzten Schrank, der, wie die ganze Einrichtung des Zimmers, von dunkelgebeiztem Eichenholz war, ein Glas und eine Flasche. Sie füllte das Glas und hielt es dem alten Herrn an den Mund, ihn mit dem Arm umschlingend.

»So, Väterchen – jetzt brav schlucken. Mach die Augen zu und bilde dir ein, du trinkst goldenen Falerner.«

Er stieß einen tiefen Seufzer aus, ließ sich ihre Umarmung aber gefallen.

»Muß es sein, Lori?«

»Ja, Väterchen, es muß sein. Und nun hinab mit dem Trank der süßen Labe!«

Er schnitt eine klägliche Grimasse. Mit Ächzen und Stöhnen trank er das Glas leer. Lori küßte ihn auf die Wangen.

»Bravo, Väterchen. Nun hast du Ruhe bis zum nächsten Glas. Jetzt lege ich dir eine neue Kompresse um deine arme Zehe. Mutter Klimschen, du kannst Väterchen mir überlassen, du hast gewiß noch viel zu tun.«

»Ja, ja Lorchen, ich möchte mir auch eine trockene Schürze vorbinden. Na, ob das Wasser nun besser helfen wird, als mein Tee, das weiß ich nicht«, sagte Mutter Klimschen etwas beleidigt.

Lori umfaßte die Alte und sah ihr neckend ins Gesicht.

»Bring nur noch eine Tasse Tee herein, Mutter Klimschen. Väterchen trinkt ihn schon, wenn ich ihn recht sehr bitte.«

»Das werde ich bleiben lassen! Untersteh dich und bring mir das Zeug!« eiferte der alte Herr.

Lori blinzelte der Alten zu, und diese verließ, das überschwemmte Tablett sorglich vor sich hertragend, das Zimmer.

Mit liebevoller Sorgfalt beugte sich die junge Dame über den kranken Fuß und machte mit ihren sanften, linden Händen einen schmerzstillenden Umschlag. Das ging aber ohne Ächzen und Stöhnen von seiten des alten Herrn nicht ab.

Endlich war Lori mit ihrem Samariterwerk fertig. Sie schob ein Kissen unter den Fuß und eins hinter den Rükken des alten Herrn und streichelte dann seine Wange.

»Fühlst du dich nun behaglicher, Väterchen?«

Er seufzte abgrundtief.

»Na weißte, Lori, die eiserne Jungfrau war gewiß das reine Vergnügungsetablissement gegen diesen Marterstuhl, an den ich nun schon seit drei Tagen gefesselt bin. Schauderhaft! Dabei scheint die Sonne so schadenfroh vom Himmel herab, als mache sie sich lustig über mich. Draußen gibt es alle Hände voll zu tun – «

»Ach, Väterchen, so schlimm ist das nicht«, unterbrach ihn Lori. »Draußen geht alles wie am Schnürchen. Die Leute haben viel zu viel Respekt vor dem etwaigen Donnerwetter, das du ausläßt, wenn sie ihre Pflicht nicht getan haben. Es schadet dir gar nichts, wenn du dir mal ein bißchen Ruhe gönnst.«

Er lachte grimmig auf.

»Ruhe? Na weißte, Lori, für die Ruhe danke ich. Die ist wirklich nicht schön! Sonst wird's mir ja manchmal schon recht schwer, so vor Tau und Tag aus den Federn zu müssen. Na, komm her, Prachtkerlchen, vertreib mir ein wenig die Grillen. Das verstehst du doch am besten – das heißt, wenn der Hansjörg nicht da ist. Der kann das beinahe noch besser; aber er ist ja nicht da. Weißte was, Lorchen? Ich wünschte, er nähme den Abschied und käme heim, damit ich ihn noch ein paar Jahre um mich habe, ehe ich es mir in der Familiengruft bequem mache. Gelt, Lori, es wäre schön, wenn der Hansjörg immer in Hohenstein blieb?«

Loris Augen strahlten, sie atmete ganz tief und schwer.

»Ja, Väterchen, schön wär das! Aber wenn du ihm diesen Wunsch aussprichst, wird er ihn gewiß erfüllen.«

Der alte Herr zündete sich eine neue Zigarre an.

»Du, Lori – geniert dich eigentlich das Rauchen?«

»Nein, Väterchen.«

»Wirklich nicht? Die Klimschen hat mir die Hölle heiß gemacht. Sie sagt, die Luft hier wäre sehr schlecht für dich.«

Lori lächelte.

»Das Fenster ist doch offen.«

»Na ja – jetzt! Aber vordem hast du ruhig hier gesessen und den Rauch geschluckt, ohne zu mucksen und ohne die Fenster zu öffnen.«

Sie ließ sich neben ihm in einen Stuhl gleiten.

»Und bin nicht erstickt. Väterchen. Du weißt doch: Engelsköpfe müssen in Wolken schweben«, neckte sie.

Er strich über ihr lockiges Haar und sah mit Wohlgefallen in das liebe, junge Gesicht, dessen frische Farben von blühender Gesundheit zeugten.

»Hm! Stimmt! Das mit dem Engelsköpfchen brauchst du gar nicht ironisch zu sagen. Aber mit den Wolken – na, in Zukunft bleiben die Fenster offen, wenn ich rauche.«

»Solange die Sonne warm scheint, ja, Väterchen. Also vorhin – du warst so schön eingeschlafen, da bin ich schnell mal ins Dorf gelaufen. Ich habe gleich mit nach der jungen Frau Kruse gesehen. Du – einen Prachtjungen hat sie bekommen. Pausbacken hat er, und schreien kann er, daß einem Hören und Sehen vergeht. Ich kam gerade zurecht, die arme Frau aus tausend Ängsten zu befreien.

Es war kein Mensch bei ihr, und der Schreihals wollte spazierengetragen werden.«

»So, so – und da hast du das gleich besorgt und Kindermädchen gespielt?«

Lori nickte eifrig.

»Natürlich, Väterchen. Das Kerlchen sah so nett und sauber aus, zum Anbeißen. Wo es notwendig ist, da muß man zugreifen. Diese Lehre stammt von dir.«

Es leuchtete warm auf in den Augen des alten Herrn.

»Bist ein Prachtmädel, Lori, immer hilfsbereit, immer willig, noch ein Päckchen mehr auf deine Schultern zu nehmen.«

Sie reckte sich tief atmend.

»Die sind auch stark genug. Und es ist so schön zu fühlen, daß man zu etwas nütze ist auf der Welt. Wenn ich die Gewißheit nicht hätte, was bliebe mir denn da?«

»Hallo, Mädel – für deine zwanzig Jahre ist mir diese Philosophie zu grau. Es bleibt dir doch wohl noch Schöneres, als dich für andere aufzuopfern! Du bist auch für dich selbst auf der Welt!«

Wie ein Schatten huschte es über das lebensfrische Gesicht Loris. Sie faßte die Hand des alten Herrn und legte ihre Wange darauf. Dann sagte sie mit einem Seufzer:

»Ach, Väterchen, siehst du – schon dieses Wort ist geborgt. Alles in meinem Leben ist sozusagen nur geliehenes Gut. Alles muß ich mir jeden Tag neu verdienen, um nur einen Schein des Rechts daran zu haben. Deshalb käme ich mir schrecklich überflüssig vor, wenn ich nicht zu etwas nütze wäre auf der Welt. Ich habe ja kein Anrecht an das, was ich besitze – wie andere Menschen, denen Vater und Mutter dies Anrecht geben – «

Der alte Herr fuhr auf.

»Aber du Dummerchen, was sind denn das für Mukken? Das kenne ich ja gar nicht an dir! Wo kriegst du plötzlich solche Grillen her? Du, solche Gedanken schlag dir aus dem Sinn, sonst nehme ich dich mal bei den Ohren, du dumme Marjell«, schalt er sichtlich erregt.

Der ernste Ausdruck in Loris Gesicht wich einem Lächeln.

»Ist nicht nötig, Väterchen! Das besorge ich schon selbst. Tüchtig nehme ich mich manchmal bei den Ohren. Solche Grillen, wie du es nennst, sind nichts Neues bei mir, ich spreche nur nicht davon. Aber wahr ist doch, was ich sage.«

»Unsinn ist's! Nichts als Unsinn, du Kindskopf! Und den treib' ich dir aus«, schalt er ärgerlich.

Sie streichelte seine Hand.

»Liebes, gutes Väterchen, du meinst es gut mit mir, das weiß ich. Aber siehst du, es ist für mich ein trauriges Gefühl, wenn ich mich so umschaue im Leben und sehe, wie Eltern und Kinder so selbstverständlich zusammengehören. Als ich vorhin sah, wie die junge Frau Kruse ihren Buben herzte und küßte, da mußte ich daran denken, daß ich auch so ein hilfloses Baby war, als meine Eltern mich allein ließen.«

»Na, weißte, Lorchen, du brauchtest wirklich nicht zur Kruse zu gehen, um solche dummen Gedanken zu kriegen«, stieß Herr von Hohenstein hervor, heftige Rauchwolken in die Luft paffend.

Lori seufzte leise.

»Ich rufe solche Gedanken nicht, sie kommen von selbst.«

»Aber, Mädelchen, du bist doch sonst so ein forsches, vernünftiges Kerlchen – bist doch sonst kein Kopfhänger!«

»Das bin ich auch heute nicht, Väterchen. Ich hätte auch heute nichts gesagt, aber auf dem Heimweg packte mich ein solche Sehnsucht, wieder einmal mir dir von meinen Eltern zu sprechen. Seit Jahren ist das nicht mehr geschehen – seit, ja – seit Mütterchens Tod nicht mehr. Damals, als Mütterchen gestorben war, da haben wir von meinen toten Eltern gesprochen. Mütterchen erzählte mir zuweilen von meiner toten Mutter. Aber du hast mir nie etwas erzählt.«

»Weil es nicht nötig ist, daß du an so traurige Sachen erinnert wirst. Du sollst mein lustiges Mädel bleiben und dich nicht mit trüben Gedanken plagen.«

»Das tue ich ja auch nicht, Väterchen. Ich bin wirklich gar nicht betrübt. Aber ich möchte dich herzlich bitten, mir noch einmal ausführlich zu erzählen, wie es kam, daß du und Mütterchen mich in Hohenstein wie ein eignes Kind aufnahmt. Ich bin doch jetzt vernünftig genug, das alles zu verstehen. Also erzähl es mir nur noch einmal recht ausführlich, dann will ich dich nie mehr damit quälen.«

Der alte Herr machte ein betrübtes Gesicht.

»Ach, Lori, das rührt doch nur allerlei in dir auf«, wehrte er ab.

Die wunderschönen grauen Augen blickten flehend zu ihm auf.

»Tue es doch, Väterchen«, bettelte Lori schmeichelnd.

Dem flehenden Blick konnte er nicht widerstehen.

»Gern tue ich das nicht, Mädel, aber wenn du es durchaus willst – dann muß ich wohl. Also siehst du: Der Hansjörg war so an die acht Jahre alt. Der liebe Gott hatte uns noch ein kleines Mädelchen beschert, das aber gleich nach der Geburt starb; seitdem kränkelte meine Frau immer ein bißchen. Der Arzt riet mir, ihr Zerstreuung zu verschaffen, und da beschloß ich, mal eine Wintersaison mit ihr in der herzoglichen Residenz zu verleben. Tante Robbingen, Mütterchens Schwester, hatte uns schon oft eingeladen. Damals lebte ihr Mann noch, und sie machten ein großes Haus, wie es die Stellung meines Schwagers am herzoglichen Hofe verlangte. Meine Frau war einverstanden, schon weil sie sich freute, ihrer Schwester Maria mal wieder auf längere Zeit nahe zu sein. Sie hingen sehr aneinander. Hansjörg mußte natürlich mit, weil seine Mutter sich nicht von ihm trennen wollte. Robbingens haben keine Kinder; sie freuten sich auf Hansjörg, der denn auch in der großen, schönen Villa meines Schwagers alles auf den Kopf stellte.

Wir verlebten einen genußreichen Winter in der Residenz – und nun komme ich auf deinen Vater. Wir lernten ihn gleich zu Anfang der Saison gelegentlich einer Abendgesellschaft bei Robbingens kennen. Er fiel mir unter den andern Gästen gleich auf. Weil er mir so gut gefiel, forschte ich meinen Schwager über ihn aus. Der gab mir Bescheid, Hans von Erbach sei ein Prachtkerl, kühn, forsch, schneidig, dabei weichherzig wie ein Kind. Die Frauen vergötterten ihn, seine Kameraden liebten ihn, er war der flotteste und schneidigste Leutnant des Regiments, und alle Welt war ihm zugetan. Aber er war arm wie eine Kirchenmaus und erhielt von einer unverheirateten Tante, seiner einzigen Verwandten, die nötige Zulage. Man hielt ihn auch für ihren Erben. Diese Tante wollte ihn mit einer reichen Erbin verheiraten, aber er schien diesem Plan abgeneigt.

Das erfuhr ich über deinen Vater, mit dem ich, obgleich er zehn Jahre jünger war als ich, im Lauf jener Saison einen Freundschaftsbund schloß. Man mußte ihm von Herzen gut sein, Lori. Er sah einen mit so klaren, strahlenden Grauaugen an, gerade wie du.

Ich erfuhr noch, daß Erbach ein großer Idealist sei. Er hatte sein Herz an ein armes Mädel verloren und wollte von der reichen Erbin nichts wissen.«

»Das arme Mädchen war meine Mutter, nicht wahr, Väterchen?« fragte Lori atemlos.

Er nickte.

»Ja, Lorchen. Sie war die Tochter eines Majors und stand nach ihres Vaters plötzlichem Tod allein in der Welt. Sie war bildschön, liebenswürdig und tugendhaft, hatte aber keinen Heller Geld. Kaum waren wir nach Hohenstein zurückgekehrt, da hörten wir, daß Hans Erbach allen Vernunftsgründen zum Trotz frisch drauflos geheiratet hatte, obwohl die erboste Tante ihm mit Enterbung drohte. Die Tante entzog ihm die Zulage und starb bald darauf. Ihr Vermögen hatte sie kurz vor ihrem Tod einem Stift vermacht. Hans Erbach ging leer aus.

Er hat den Dienst quittieren müssen, und eines Tages war er mit seiner jungen Frau aus der Residenz verschwunden. Niemand wußte, wohin.

Es tat mir herzlich leid um diesen Prachtmenschen. Aber siehst du Lorchen, ein ehemaliger Offizier ohne Geld, der nichts gelernt hat als reiten und Soldaten drillen, hat es nicht leicht, für sich und seine Familie zu verdienen. Dein Vater war außerdem viel zu stolz, jemand um Hilfe zu bitten, die ihm sicher nicht versagt worden wäre.

Zwei Jahre lang hörten wir nichts von ihm. Inzwischen war Mütterchen noch schonungsbedürftiger geworden; der große Haushalt stellte zu viel Anforderungen an sie. Die Klimschen war damals zwar schon als Mamsell in Hohenstein, aber sie heiratete den Pächter Klimsch, der sie nach dreijähriger Ehe zur Witwe machte, worauf sie wieder zu uns kam. Mütterchen und ich faßten nun den Plan, eine Hausdame zu engagieren. Wir dachten an eine gebildete Person, die zugleich Mütterchens Gesellschafterin sein und sie im Haushalt entlasten konnte. Wir ließen in verschiedene Zeitungen Inserate einrücken und erhielten eine Menge Offerten. Unter diesen befand sich eine, aus der wir ganz unerwartet etwas über Hans Erbachs Schicksal erfuhren – leider auch über sein tragisches Ende. Diese Offerte war von deiner armen Mutter, mein Lorchen. Sie wußte nicht, daß wir ihren Gatten gekannt hatten, sie bewarb sich um die Stellung als Hausdame bei uns und sandte ihren Lebenslauf ein. Daraus ersahen wir, daß deine Eltern nach dem Verlassen der herzoglichen Residenz nach Wien übergesiedelt waren. Dort hatte Hans Erbach eine Stellung als zweiter Stallmeister auf einem ungarischen Gestüt gefunden. Aber schon nach einem Jahr war er beim Zureiten eines besonders wilden Gauls gestürzt – so unglücklich, daß er auf der Stelle verschied.

Deine arme Mutter, die sich unter den fremden Menschen, die ihre Sprache nicht redeten, nun doppelt unglücklich fühlte, kehrte nach Wien zurück. Der Besitzer des Gestüts hatte ihr ein Jahresgehalt ihres Gatten auszahlen lassen – das war ihr ganzer Besitz.

In Wien bist du dann, zwei Monate nach dem jähen Tod deines Vaters, zur Welt gekommen.«

Loris Augen hatten sich mit Tränen gefüllt. Herr von Hohenstein hielt inne.

»Siehst du, Lorchen, nun weinst du«, sagte er unbehaglich.

»Erzähl weiter, Väterchen«, bat sie leise.

Er räusperte sich. Die Zigarre war ihm ausgegangen, er warf sie beiseite und fuhr fort:

»Also deine Mutter legte uns ihre Verhältnisse klar und bat in rührenden Worten um die Stellung. Sie versprach, sich die größte Mühe zu geben, um unseren Ansprüchen gerecht zu werden; sie wollte mit geringem Gehalt zufrieden sein und bat nur um eins: daß sie ihr Kind – ein kleines Mädchen von acht Monaten – in der Nähe behalten dürfe. Sie sei zu Ende mit ihren Mitteln und habe schon alles versucht, einen Erwerb zu finden. Aber niemand wollte sie mit ihrem Kind aufnehmen, und sie könne sich doch nicht von ihm trennen.

Na, Lorchen, du kannst dir denken, wie uns das berührte. Mütterchen guckte mich mit ihren lieben Augen an, und ich guckte sie an – dann nickten wir uns nur zu und verstanden uns. Acht Tage später zogst du mit deiner Mutter in Hohenstein ein. Als wir dich sahen, da lachtest du uns an und sprudeltest ein drolliges Kauderwelsch hervor. Der Hansjörg war vor Vergnügen über die drollige kleine Marjell ganz aus dem Häuschen, und Mütterchen – na, die dachte wohl an ihr totes kleines Mädchen und wollte dich gar nicht von ihrem Schoß lassen. Deine Mutter aber, mein Lorchen, erfuhr nun erst von uns, daß wir deinen Vater gekannt hatten und – na, sie war ganz auseinander vor Rührung und Dankbarkeit, daß wir sie samt ihrer kleinen Lori in Hohenstein aufnahmen. Ein tapferes Frauchen war deine Mutter, Lori. Sie konnte sich gar nicht genug tun, uns zufriedenzustellen. Wir mußten immer bremsen, daß sie sich nicht überanstrengte. Mütterchen hatte nun gute Zeit, sie ließ dich kaum von sich, und Hansjörg schleppte dich überall herum wie ein junges Kaninchen. Das ›Baby‹ war ihm bald ans Herz gewachsen. Wenn du über seine Späße vor Vergnügen krähtest, hat er gelacht. Und alles schleppte er herbei, womit er dir eine Freude zu machen glaubte; wir mußten immer aufpassen, daß er des Guten nicht zuviel tat. Schon damals merkten wir, welch heilsamen Einfluß deine kleine Person auf unsern übermütigen Wildfang ausübte. Na, so ist es auch geblieben. Du weißt ja, wieviel Hansjörg auf sein Schwesterchen hält. Denn als Schwester akzeptierte er dich sofort, als deine arme Mutter drei Jahre später an einer schweren Lungenentzündung starb, die sie sich in ihrem Übereifer durch eine Erkältung in der Erntezeit zugezogen hatte.

Du warst uns in diesen drei Jahren so ans Herz gewachsen, daß wir gar nicht daran gedacht hätten, dich fortzugeben. Tante Maria erbot sich damals, dich zu sich zu nehmen, aber wir konnten uns nicht von dir trennen. Hansjörg protestierte energisch, und Mütterchen – na, du weißt ja, wie sie an dir hing. Gleich nach dem Hansjörg kamst du in ihrem Herzen – und in dem meinen auch, Lorchen.

Du bliebst also in Hohenstein. Die Klimsch, die inzwischen Witwe geworden war, nahm den Haushalt in ihre Hände und war mit dir genau so närrisch, wie wir andern auch. Ganz Hohenstein drehte sich damals um deine kleine Person – ist ja heute auch noch so, Lorchen. So, und nun laß mich zufrieden mit den alten Geschichten, hörst du, und guck wieder mit blanken, lustigen Augen in die Welt! Das bitt' ich mir aus!«

Lori fuhr über die Augen, dann drückte sie schnell ihre Lippen auf die Hand des alten Herrn.

»Väterchen, liebes Väterchen, wenn ich dir nur mal vergelten könnte, was du – was ihr alle an mir getan habt!«

Der alte Herr kämpfte mit der Rührung und zündete sich eine neue Zigarre an.

»Vergelten? Na weißte, Mädelchen, wenn wir mit dem ›Vergelten‹ anfangen wollen, das wird eine verzwickte Rechnung. Du hast uns mindestens so viel zuliebe getan, wie wir dir.«

»O nein, nein, ich bin euch so viel, viel Dank schuldig!«

»Hör auf, du, sonst werde ich wild. Wer war denn für ganz Hohenstein ein Segen? Du! Wer hat Mütterchen in den langen Jahren ihres Leidens gepflegt und immer wieder froh gemacht? Du! Wer hat stets wie eine treue Schwester zu Hansjörg gehalten? Wieder du! Wer ist uns allen ein Sonnenschein gewesen? Wer ist mit seiner jungen Kraft für Mütterchen eingesprungen, zum Segen für ganz Hohenstein? Du hast mir und Hansjörg die Lücke ausgefüllt, die Mütterchen nach ihrem Tod hinterlassen hatte. Mit deinen weichen Händen hast du allzeit gesorgt, daß mein Leben nicht ohne Blüten war. Ach, Lorchen, was für ein Segen bist du uns gewesen! Nun pflegst du wieder mein Zipperlein, wie nur ein liebes Töchterchen es kann. Und der Hansjörg? Na, wie dem wohl wäre, wenn er nach Hause käme und könnte sich nicht mir dir herumnecken und mit dir um die Wette lachen. Du – dem bist du wirklich ans Herz gewachsen, wie eine Schwester.«

Ein feines Rot stieg in Loris Gesicht, und ihre Augen sahen versonnen ins Weite.

»Ach, ihr seid ja alle so unsagbar gut zu mir«, sagte sie mit verschleierter Stimme.

Er lachte gerührt.

»Na, Kunststück, Lori! Wer soll dir nicht gut sein? Aber nun die Grillen verjagt! Sonst reißt mich das Zipperlein wieder herum.«

Lori schüttelte die wehe Stimmung ab. Gewaltsam riß sie sich von ihren trüben Gedanken los und lachte.

»Ach, Väterchen, das Zipperlein kommt vom Rotspon und läßt sich vom Lachen nicht verjagen«, neckte sie.

»Stille biste, Wettermädel, das weißt du wohl wieder besser als ich.«

»Ach nein, du weißt es ebensogut – aber du willst es nicht zugeben.«

Jetzt schob sich Mutter Klimschen vorsichtig zur Tür herein und stellte eine frische Tasse ihres heilkräftigen Tees, auf dessen gute Wirkung sie schwor, auf ein

Tischchen neben der Tür. Lori nickte ihr verstohlen zu, und sie ging wieder hinaus. Herr von Hohenstein hatte es gar nicht bemerkt.

Lori holte die gefüllte Tasse herbei.

»Was bringst du denn da?« fragte er mißtrauisch.

»Den heilkräftigen Tee, Väterchen. Mutter Klimschen hat ihn frisch bereitet. Den trinkst du nun, nicht wahr?«

»Fällt mir nicht ein – laß mich zufrieden damit.«

»Bitte, Herzensväterchen, tue es doch!«

Er rutschte unbehaglich hin und her.

»Er hilft ja doch nicht, Lori.«

»Vielleicht doch. Er reinigt das Blut.«

»Sagt die Klimschen«, höhnte er.

»Ja, Väterchen, und sie meint es so gut. Du müßtest es schon tun, um sie nicht zu kränken.«

»Sie kränkt mich auch, indem sie mir immer wieder diesen fürchterlichen Trank offeriert.«

»Nein, sie will nur deine Schmerzen lindern. Gestern ist dir auch besser danach geworden. Komm, schluck ihn schnell hinunter, tu es mir zuliebe.«

Er sah sie lachend an.

»Wettermädel, du wickelst mich um den Finger! Da soll einer widerstehen, wenn du so bettelst. Na also – her mit dem Gesöff.«

Er goß den Tee schnell hinab und schnitt eine fürchterliche Grimasse. Dann schüttelte er sich.

»Pfui Deibel! Du, Lori – ich glaube, die Klimschen will mich meuchlings umbringen.«

Lori lachte.

»Lieber brächte sie sich selbst um, denn wenn ihr beiden euch auch permanent mit Liebenswürdigkeiten traktiert – ohne einander könnt ihr doch nicht auskommen. Das hat Mütterchen auch immer gesagt.«

Herr von Hohenstein drehte an seinem Schnurrbart. In seinen Augen schimmerte es feucht.

»Die gute Mutter! Ja, ja, Lorchen, sie hatte recht damit, wie in allen Dingen. Sie hat wohl gewußt, daß es ohne die Klimschen in Hohenstein manchmal schiefgegangen wäre. Erst hat deine Mutter dafür gesorgt, daß alles glattging – und dann die Klimschen. Sie ist mit Hohenstein verwachsen, die alte treue Seele – aber von ihrem verwünschten Tee habe ich nun genug!«

Die letzten Worte begleitete ein abermaliges Schütteln von dem bitteren Trank.

Lori stellte schnell die Tasse fort.

In demselben Augenblick trat ein Diener in einer gediegenen, schlichten Livree ein.

»Na, Friedrich, was gibt's?« fragte Herr von Hohenstein.

»Ein Telegramm, gnädiger Herr«, antwortete Friedrich.

Der alte Herr griff schnell danach.

»Von Hansjörg, Lori!« rief er lebhaft.

Lori wandte sich hastig nach ihm um. Wieder stieg eine feine Röte in ihr Antlitz. Ihre Augen ruhten mit unruhigem Forschen auf dem Gesicht des alten Herrn.

»Hallo! Lori, der Hansjörg kommt mit dem Vieruhrzug! Schnell anspannen lassen, Friedrich, sonst kommt der Wagen nicht mehr zur Zeit nach dem Bahnhof.«

Der Diener verschwand.

Lori war leise zusammengezuckt. In ihren Augen lag ein heller Schein. Ihr Gesicht wurde von Erregung ein wenig blaß.

»Hans-Georg kommt«, sagte sie leise.

Der alte Herr nickte vergnügt.

»Ja, Lori – hier steht's: ›Hurra! Vier Wochen Urlaub. Ich komme heute vier Uhr.‹«

Lori griff nach dem Telegramm. Aber ihre Augen irrten darüber hin in die Weite. Dann sagte sie, ihre Bewegung niederzwingend, munter:

»Siehst du, Väterchen, nun geht dein Wunsch in Erfüllung. Hans-Georg hat sich wohl gleich gedacht, als du ihm von deinem Zipperlein schriebst, daß er jetzt hier notwendig sei.«

»Ja, ja – er kommt mir sehr gelegen. Ich muß ihm mal ernsthaft zuleibe gehen. Es wird Zeit für ihn, sich mit seiner Scholle vertraut zu machen. Leicht wird es mir nicht, ihn dem frischfrohen Soldatenleben zu entreißen; ich bin selbst mit Leib und Seele Soldat gewesen! Aber was sein muß, muß sein. Nicht wahr, Lori?«

Das junge Mädchen nickte.

»Ja, ja, Väterchen«, antwortete sie zerstreut.

»Er wird ja nicht sehr erfreut sein, daß er seinen Kohl nun selbst bauen muß. Na – und heiraten muß er auch bald. Ich möchte es noch erleben, daß mir junger Nachwuchs um die Beine herumkrabbelt. Gelt, Lorchen, wenn der Hansjörg heiratet, dann ziehst du mit mir in den Westflügel, den reserviere ich mir als Altenteil. Da hausen wir vergnügt zusammen, bis – na ja – bis dich eines Tages ein schmucker Freier holt.«

Lori war mit seltsam blassem Gesicht an das Fenster getreten und machte sich an der Gardine zu schaffen. Nun wandte sie sich mit erzwungenem Lächeln um.

»Mich wird kein Freier fortholen, Väterchen.«

Der alte Herr lachte arglos.

»Abwarten, Lorchen! Du wirst doch nicht in ein Kloster gehen wollen?« neckte er sie.

»In ein Kloster? Nein! So Gott will, wird es auch ohne Klostermauern und ohne Freier immer eine Aufgabe für mich geben.«

Herr von Hohenstein sah kopfschüttelnd in ihr Gesicht.

»Hör mal, Mädel, du bist mir heute so unheimlich ernst gestimmt. Was zum Donnerwetter ist dir bloß über den Weg gelaufen? Mal raus mit der Sprache!«

»Nichts – wirklich nichts. Aber man hat doch mal eine nachdenkliche Stunde.«

Er sah sie prüfend an. Sie blickte mit großen ernsten Augen ins Weite, ihm ihr reines Profil zukehrend. Es sprang ihm förmlich in die Augen, wie herrlich sich dies junge Geschöpf in den letzten Jahren entwickelt hatte. So im täglichen Zusammensein hatte er gar nicht recht darauf geachtet. Aber heute fiel es ihm auf, wie reizvoll sie aussah in ihrer köstlichen Jugendfrische.

Sie trug ein schlichtes, dunkelblaues Kleid, das sich faltenlos ihrem Körper anschmiegte und die edlen Linien ihrer Gestalt zur vollen Geltung brachte. Gerade in seiner Einfachheit wirkte das hübsche Kleid wie ein vorteilhafter Rahmen für das liebreizende Mädchen. Und wie vornehm Lori aussah! Der alte Herr hatte seine Freude daran. Auch an den schmalen, feinen Füßen, die unter dem fußfreien Rock hervorsahen, und an den schöngeformten Händen, die tadellos gepflegt waren und doch verrieten, daß ihre Besitzerin fest zufassen konnte. Das ganze Persönchen bot einen herzerfreuenden Anblick.

Blinzelnd guckte er sie von oben bis unten an.

Alle Wetter, das Mädelchen wird alle Tage hübscher. Ungestraft darf ihr wohl kein Mann zu tief in die Lichter schauen, wenn er noch jung und herzwarm ist. Aber die Freier werden kaum zu Haufen ankommen, weil die Lori ein armes Ding ist. Eine anständige Aussteuer geb' ich ihr natürlich, es macht den Hansjörg nicht arm, wenn ich für die Lori ein übriges tue. Aber heiraten – hm! Ich wüßte keinen, der sich ein armes Mädchen leisten könnte. Na, ich behalte das liebe Ding gerne noch für mich. Wenn ich auch mal nicht mehr bin – hier im Haus hat die Lori immer eine Heimat, dafür sorge ich schon. Und Hansjörg? Der läßt sie nicht fort, da bin ich sicher. Aber freilich, wenn er heiratet ... na, Hansjörgs Zukünftige kann froh sein, wenn die Lori bleiben will. Da wird sie immer eine tüchtige Hilfe im Haushalt haben. Und dem Hansjörg ist sie doch wie eine richtige Schwester lieb und teuer; sie hängt auch an ihm. Die beiden stehen schon füreinander ein. Also machen wir uns keine unnötigen Sorgen um das Kind.

Seltsamerweise gingen Loris Gedanken auf ähnliche Bahnen. Aber sie waren doch anders als die des alten Herrn.

Wenn Hans-Georg eine junge Frau nach Hohenstein bringt, dann – dann wird für mich aller Sonnenschein verlöschen, dann möchte ich lieber fort – weit fort, damit ich's nicht sehen müßte.

So dachte Lori, und ein heißer, leidenschaftlicher Schmerz preßte ihr die Brust zusammen. Ihre weißen Zähne gruben sich in die roten Lippen, und um den Mund zuckte es wie in verhaltenem Schmerz. Sie rang das aber nieder und reckte sich, als würfe sie eine Last von sich. Dann zwang sie sich zu fröhlichem Plaudern über Hans-Georgs Ankunft.

2

Mutter Klimschen! Mutter Klimschen!« rief Lori mit ihrer klaren Stimme in die große Küche hinein, in der alles vor Sauberkeit blitzte.

Ein Küchenmädchen scheuerte den Steinfußboden und hob den Kopf.

»Sie ist in der Vorratskammer, gnädiges Fräulein«, sagte sie.

Lori huschte durch die Küche zur großen Vorratskammer. Ehe sie die Tür erreichte, wurde diese geöffnet, und eine weiße Haube kam zum Vorschein, unter welcher Mutter Klimschens Gesicht hervorlachte.

»Du bist's, Lorchen? War mir doch, als würde ich gerufen. Was gibt's denn?«

Lori faßte sie bei den Schultern und schob sie wieder in den mit allerlei Vorräten gefüllten Raum.

«Hans-Georg kommt, Mutter Klimschen! Der Wagen fährt schon zum Bahnhof! Also sorg für eine gute Mahlzeit heute abend und reiche zum Tee etwas Herzhaftes. Du weißt, Hans-Georg schlägt eine gute Klinge und läßt sich gern von dir verwöhnen«, sagte sie eifrig.

Die alte Frau lachte.

»Na, von dir nicht minder, Lorchen. Also der Jungherr kommt! Na, da wollen wir gleich mal nachsehen, was wir für ihn haben.«

»Das tue nur allein, ich muß wieder zum Väterchen. Ich wollte dir nur schnell melden, daß Hans-Georg kommt. Du freust dich auch, gelt?«

Mutter Klimschen strahlte.

»Ja doch, Lorchen, mächtig freue ich mich. Wie geht's dem gnädigen Herrn?«

»Besser, viel besser. Er hat auch deinen Tee getrunken.«

Die Alte nickte.

»Na, ja – sorg nur dafür, daß er vor dem Schlafengehen noch eine Tasse trinkt, dann ist er morgen die Schmerzen los.«

Lori ging zu ihrem Pflegevater zurück. Während sie

beide plauderten, lauschten sie erwartungsvoll hinaus, ob der Wagen noch nicht vom Bahnhof zurückkam.

Endlich knirschte der Kies auf dem breiten Weg, der vom Park herüber bis zum Herrenhaus führte, und Pferdegetrappel wurde hörbar. Wie ein Ruck ging es durch Loris Gestalt. Sie sprang auf und stahl sich unter einem Vorwand aus dem Zimmer. Das Wiedersehen zwischen Vater und Sohn wollte sie nicht stören.

So war es immer, wenn Hans-Georg nach Hause kam. In solchen Stunden fühlte Lori bitter, daß sie kein Anrecht hatte, sich als zur Familie gehörig zu betrachten. Niemand ließ sie das fühlen, aber sie litt unter dem eigenen, sensitiven Empfinden.

Herrn von Hohensteins Aufmerksamkeit konzentrierte sich auf das Geräusch draußen, das ihm die Heimkehr des Sohnes verriet. Er merkte gar nicht, daß Lori aus dem Zimmer huschte. Draußen lief sie wie gejagt durch das Haus, durch die Hinterpforte hinaus in den Garten, der sich zwischen Herrenhaus und Wirtschaftsräumen weit ausdehnte. Obst und Gemüse gediehen hier in großen Mengen und waren im weiten Umkreise berühmt wegen ihrer guten Qualität. Auch Blumen wurden gezogen, damit neben der Nützlichkeit auch die Schönheit zu ihrem Recht kam.

Dieser große Garten war Loris Kindheitsparadies, in dem sie mit Hans-Georg manche Stunde spielend und lernend verbracht hatte.

Ehe Lori durch die Hinterpforte in den Garten schlüpfte, hörte sie noch das frohe Lachen Hans-Georgs, mit dem er die große Halle betrat. Wohl und weh zugleich berührte sie dieser frische Klang – und es war, als treibe dies Lachen sie in die Flucht.

Hans-Georg von Hohenstein drang ohne Umstände in das Zimmer seines Vaters.

»Halli hallo!«

»Halli hallo!«

In diesem zwischen Vater und Sohn gebräuchlichen Begrüßungsruf, der gleichzeitig aus beiden Männerkehlen kam, prägte sich so viel Liebe, so viel Wiedersehensfreude aus, daß er das Zimmer wie mit einer warmen Gefühlswelle erfüllte.

Nun hielten sie sich bei den Händen und sahen sich strahlend und lachend an.

»Da bin ich, Vater! Ich habe mich dir als Medizin gegen das Zipperlein verschrieben und hoffe, daß sie prompt und sicher wirkt!« rief Hans-Georg, des Vaters Hände drückend.

Der lachte.

»Sie wirkt schon, Hansjörg! Wenn ich dich nur sehe, bin ich schon gesund. Zum Deibel mit dem Zipperlein! Wir lachen es zusammen fort.«

»Aber forsch, alter Herr! Wie ist's mit einer flotten Polka? Darf ich bitten?«

»Nee, nee, mein Jungchen, nicht so stürmisch. Guck dich mal um hier – Altweibertee und Fachinger Wasser, damit muß ich meine Tage fristen.«

Hans-Georg lachte.

»Hast du dich von Mutter Klimschen unterkriegen lassen?«

»Ach, mit der nehme ich es schon noch auf. Aber die Lori! Gegen die komme ich nicht an!«

Hans-Georg sah sich um.

»Wo steckt denn das Baby? Ist sie wieder ausgebüxt?«

»Scheint so – aber eben war sie noch hier. Na, du kennst ja ihre Schrulle, das erste Wiedersehen zwischen uns respektiert sie wie eine geheime Konferenz.«

Hans-Georg schüttelte den Kopf.

»So'n kleines Schaf. Na warte, ich werde ihr mal den Kopf waschen. Sie hat einfach hier anzutreten, wenn ihre brüderliche Liebe ins Haus fällt.«

»Sag's ihr nur gehörig. Nützen wird es nichts, aber es schadet auch nichts.«

»Also, jetzt entschuldige mich ein Viertelstündchen, Vater, ich will den Reisestaub abschütteln und mich 'n bißchen häuslich einrichten. Aber erst stöbere ich die Lori auf und nehme sie bei den Ohren. Bald bin ich wieder bei dir. Dann singen wir ein Duo, daß das Zipperlein vor Entsetzen entfleucht.«

Herr von Hohenstein schmunzelte.

»Wird gemacht, Hansjörg!«

Dieser ging schnell hinaus. Strahlend sah der Vater der schlanken, sehnigen Gestalt seines Sohnes nach. Das elegante Reisezivil kleidete ihn nicht minder gut als seine Uniform.

Hans-Georg ging mit elastischen Schritten durch den breiten Hausgang, der durch die beiden Flügel des schloßartigen Gebäudes führte. Als er an der Küche vorüberkam, riß er die Tür auf.

»Tag, Mutter Klimschen!« rief er hinein.

»Tag, Jungherr! Ich hab' Sie schon lachen hören, Jungherr, und da hab' ich mitgelacht.«

»Famos, Mutter Klimschen! Lachen ist gesund. Krieg ich einen guten Happen zum Abendessen?«

»Aber freilich – lauter Leibspeisen.«

»O weh – meine schlanke Taille! Wo steckt denn die Lori?«

»Ist sie nicht beim gnädigen Herrn?«

»Nee – ausgekniffen! Na, ich finde sie schon.«

Die Tür flog zu.

»Lori! Looori!« rief er schallend durch das Haus.

Aber keine Antwort kam.

»Das gnädige Fräulein ist in den Garten hinaus«, meldete der Diener.

»Schön, Friedrich – ich finde sie schon.«

Hans-Georgs gebräuntes Soldatengesicht mit den rassigen Zügen und den lebensprühenden Augen nahm einen übermütigen Ausdruck an.

Wie auf Schleichpfaden pirschte er sich durch den Garten. Seine Augen spähten mit scharfen Blicken zwischen den blühenden Obstbäumen und Sträuchern umher.

Bald entdeckte er die, die er suchte. Lori hatte den Arm auf einen Zaun gestützt und schaute nach dem waldbewachsenen Bergrücken hinüber, der den Horizont begrenzte.

Leise schlich er in ihre Nähe, ohne daß sie ihn bemerkte. Nun war er dicht hinter ihr. Seine Augen blitzten lustig. Und plötzlich umfaßte er sie mit beiden Armen, drehte sie zu sich herum und küßte sie auf den Mund – einmal, zweimal, dreimal. Dann sah er sie lachend an.

»Das war die Strafe für dein Auskneifen, Baby!« rief er übermütig.

Lori hatte wie gelähmt in seinen Armen gelegen und erschauerte unter seinen Küssen wie im Fieber. Ihr Antlitz war bleich geworden – und ihre Augen schlossen sich erst und sahen dann mit einem Ausdruck in die seinen, der ihn erschreckte, wie ihr ganzes Wesen.

»Aber Lori, was ist dir denn?« fragte er ganz betroffen, als sie wie betäubt in seinen Armen schwankte.

Da raffte sie sich gewaltsam zusammen und lächelte.

»Du Unband – wie du mich erschreckt hast!« stammelte sie.

»Herrgott, Baby, wie kann ein junges Mädchen so blaß werden und so erschrecken, wenn ein schneidiger Leutnant es küßt!« rief er lachend.

Sie strich sich das Haar aus der Stirn und atmete tief

auf. Damit war die Schwäche überwunden, die sie bei seiner plötzlichen Umarmung befallen hatte. Sie zwang sich zur Ruhe. Hans durfte um keinen Preis ahnen, welcher Sturm ihre Seele durchbrauste, als sie in seinen Armen lag.

»Konnte ich denn wissen, daß es ein schneidiger Leutnant war, der wie ein Wegelagerer über mich herfiel? Ich dachte, ich sollte umgebracht werden«, scherzte sie.

Er machte erstaunte Augen, in denen der Schalk lauerte.

»Hat meine Begrüßung einen so schauderhaften Eindruck auf dich gemacht, als solltest du umgebracht werden? Dann hat sie meine Gefühle nicht richtig zum Ausdruck gebracht und ich muß sie wiederholen. Komm, das Mäulchen noch mal her! Du hast ein so süßes, weiches Kußmäulchen, Lori, das ist mir bei diesem Überfall klargeworden.«

Übermütig wollte er sie wieder in die Arme ziehen, aber sie wich zurück und bannte mit aller Kraft das Zittern, das sie überfiel.

»Untersteh dich, Hans-Georg! Fürs erste habe ich genug von deiner stürmischen Begrüßung«, drohte sie scherzend.

Er faßte ihre Hände und zog sie an sich heran. Seine Augen strahlten. »Also guten Tag, Baby! Laß dich anschaun. Du wirst wirklich alle Tage schöner! Ich bin entzückt von meinem Schwesterchen.«

»Du – für Komplimente hast du in der Residenz wohl bessere Verwendung«, neckte sie.

Er zog die Brauen empor.

»Ich muß doch auch hier in der Übung bleiben. Und überhaupt, Baby, bei dir kommt es mir vom Herzen. Aber nun begrüße mich erst mal feierlich. Bis jetzt hast du das nämlich noch nicht getan. Erst bist du ausgekniffen, und statt mich zärtlich zu empfangen, stehst du hier am Gartenzaun und schweifst in die Ferne, wo doch das Gute so nahe liegt. Dann traktierst du mich mit Vorwürfen, weil ich dich zu stürmisch begrüßt habe. Das kannst du nur mit einer ebenso stürmischen Begrüßung wieder gutmachen. Also los!«

Er stellte sich dicht vor sie hin und hielt ihr den Mund entgegen.

Lori sah in seine übermütigen Augen. Ach, wie gern hätte sie sich in seine Arme geworfen und ihre Lippen auf die seinen gepreßt! Aber sie wußte, daß Hans-Georg nur wie ein Bruder für sie fühlte, während in ihrem Herzen schon lange ein heißeres Empfinden für ihn erwacht war. Er durfte nie etwas davon merken.

Sie ignorierte seinen verlangenden Mund und faßte lachend nach seinen Ohren.

»Die Begrüßung von vorhin war nach meinen Begriffen zärtlich genug.«

»Du – bei den Ohren wollte ich dich nehmen«, sagte er lachend und faßte nach ihren rosigen Ohrläppchen. So standen sie und hielten sich lachend bei den Ohren. Er sah sie bettelnd an.

»Die Gelegenheit ist günstig – noch einen Kuß, Baby!«

»Gibt es nicht!«

»Ich mache dir meine schönsten Augen, rührt dich das nicht?«

Sie schüttelte den Kopf, so daß er sie freigeben mußte, und sie ließ ihn ebenfalls los.

»Mit deinen ›schönsten Augen‹ richtest du schon genug Unheil an, und an Küssen wird es dir auch nicht gefehlt haben.«

»Just nach deinen weichen Lippen hätte ich jetzt Verlangen«, sagte er, und ehe sie sich's versah, hatte er sie umfaßt und seine Lippen fest auf die ihren gedrückt.

Sie wurde dunkelrot und stieß ihn fast zornig von sich.

»Nun ist's aber genug, hörst du!« rief sie unwillig.

»Aber, Baby, sei doch kein Frosch«, lachte er.

Ihre Augen blickten gequält an ihm vorbei.

»Hans-Georg, wir sind doch keine Kinder mehr«, sagte sie unsicher.

»Aber, Närrchen, du bist doch meine Schwester!«

»Das eben bin ich nicht, Hans-Georg!«

Er schüttelte erstaunt den Kopf.

»Baby, du bist wohl närrisch geworden? Was soll denn das heißen? Nee, du – solche Mucken verbitte ich mir. Du bist und bleibst meine Schwester – punktum. Was sollte ich ohne mein Schwesterchen anfangen! Wem soll ich meine losen Streiche beichten, von wem Absolution empfangen? Geh, Lori, sag, daß das bloß ein dummes Gerede war.«

Sie fühlte, daß sie eine Unklugheit begangen hatte und zwang sich zum Lachen.

»Hast du schon wieder so viel zu beichten?«

Er machte ein zerknirschtes Gesicht.

»Es genügt. Weißt du, Baby, es gibt zu viel hübsche Mädels in der Residenz. Da war diesen Winter so ein süßes kleines Ding mit Feueraugen und Lippen, so rot wie Korallen – «

»Also eine Brünette?« fragte Lori ironisch. Und dabei tat ihr das Herz weh.

Er schon seinen Arm in den ihren und ging neben ihr dahin, ohne zu ahnen, was in ihr vorging.

»Ja, Baby, eine Brünette. Ich hatte natürlich nicht eher Ruhe, bis ich die Korallenlippen geküßt hatte. Aber dann war der Durst merkwürdig schnell gelöscht. Die Kleine war bei näherer Betrachtung recht albern. Dann bin ich auch beinahe in einem ernsten Flirt steckengeblieben. Es fehlte nicht viel, so hätte ich mir den Verlobungsring anstecken lassen.«

»Wieviel fehlte denn noch?« fragte Lori mit erzwungenem Lächeln.

»Ach, nur Haaresbreite. Unser Oberst hatte nämlich eine reizende Nichte zu Besuch. Beinahe glaubte ich, dies sei die Rechte, nach der ich immer vergeblich suche. Schon war ich deshalb entschlossen, um sie anzuhalten, da gab eine Kleinigkeit der Sache eine andere Wendung.«

»Was geschah denn, Hans-Georg?«

»Also ich sehe die junge Dame auf der Promenade. Ich will hinter ihr her eilen, um sie zu begrüßen, da sehe ich, wie ein niedliches Baby, das noch nicht richtig laufen konnte, sich von seiner Wärterin losreißt und auf die junge Dame losstolpert. Froh, auf der kühnen Fahrt ins Leben einen festen Anker zu erwischen, umklammert das Kleine meine Angebetete. Vielleicht trug diese eine kostbare Toilette und fürchtete, dieselbe würde beschädigt, jedenfalls schüttelte sie das Kleine erbarmungslos von sich, so daß es zu Boden fiel und jämmerlich weinte. Meine Angebetete kümmerte sich nicht darum. Ärgerlich an ihrer Robe zupfend, ging sie davon und überließ es der Wärterin, das Kindchen aufzuheben. Aber ich war schon dabei, es zu tun. Zum Entsetzen der Wärterin drückte ich einen Kuß auf das reizende Gesichtchen der Kleinen und ging geheilten Herzens davon. Ich kann doch eine Frau nicht lieben, die so herzlos zu kleinen Kindern ist, was, Baby?«

Lori blickte lächelnd in sein gebräuntes Gesicht.

»Nein, Hans-Georg, das kannst du nicht, du nicht«, sagte sie warm. Sie hatte mit seltsam wehem und doch frohem Gefühl seiner Beichte gelauscht. So war es immer. Er kam zu ihr seit Jahren schon, mit allen Herzensnöten und mit all seinen kleinen Abenteuern. Geduldig hörte sie zu, in geheimer ängstlicher Erwartung, ob nicht eines Tages durch seine Beichte der Unterton einer echten Liebe hindurchklingen würde.

Aber bisher waren es immer nur harmlose Flirts gewesen. Es war immer wie ein unruhiges Suchen bei ihm, ein Suchen nach einem unklaren Ideal, das noch keine feste Gestalt angenommen hatte.

Als sie ihm nun zustimmte, drückte er froh ihren Arm.

»Gelt, Lori, du verstehst mich wieder, wie immer? Weißt du, diesmal war es nicht leicht, mich da wieder zurückzuziehen; ich glaube, die junge Dame spekulierte besonders auf meinen Besitz. Meine Person war ihr wohl kaum so erstrebenswert. Herrgott noch mal, man ist doch manchmal unglaublich leichtsinnig. Jedenfalls bin ich froh, daß ich wieder vollständig unverlobt hier mit dir spazierengehen kann.«

Lori atmete heimlich auf. Wie von einer drückenden Angst befreit, hob sich ihre Brust in tiefen Atemzügen.

Mit einem fast mütterlichen Lächeln blickte sie zu ihm auf.

»Also nun können weiter Herzen geknickt werden, Hans-Georg? Wann wirst du genug haben?«

Er lachte leichtherzig.

»Warte nur, Baby, wenn ich mich mal verheirate, dann werde ich ein schauderhaft solider Ehemann. Sollst mal sehen! Vater macht schon immer so zarte Anspielungen, so Winke mit dem Zaunpfahl. Brr! Na, eines Tages muß ich ihm wohl den Gefallen tun. Dann sollst du was erleben von einem ehr- und tugendsamen Hausvater. Ich schaue dann kein hübsches Mädel mehr an, damit meine Treue nicht ins Wanken kommt. Nein, Baby, mach nicht so ein zweifelndes Gesicht. Aber noch bin ich Junggeselle, und bis ich mich ins Ehejoch spanne, lasse ich kein hübsches Kind ungeküßt, wenn es sich's gefallen läßt.«

»Denkst du nicht daran, daß du mit deinen Flirts manche Hoffnung erweckst, die du unerfüllt lassen mußt? Daß du manches Herz in Gefahr bringst, seinen Frieden zu verlieren?« fragte Lori ernst.

»Unsinn, Baby, an so einem harmlosen Flirt geht ein Mädel nicht gleich zugrunde. Was denkst du von den Großstadtkindern? Die denken nicht so ernsthaft darüber nach wie du. Ach du, Baby, hast du eine Ahnung, wie leichtherzig diese Dämchen sind. Gelt, dich dürfte keiner küssen, dem du dich nicht fürs ganze Leben zu eigen gegeben hast, mich natürlich ausgenommen, weil ich doch brüderliche Rechte an dich habe.«

Sie schüttelte stumm den Kopf, reden konnte sie nicht.

»Das weiß ich, Baby. Und das gefällt mir so an dir. Manchmal muß ich diese jungen Damen mit dir vergleichen, und dann sage ich mir: Nein, die Lori, die ist doch ein ganz anderer, goldiger Mensch, so rein und wahr und so gesund und klar. Ein prachtvolles Mädel bist du, wahrhaftig! Und noch etwas bist du, Baby, soll ich dir's sagen?«

Wieder nickte sie stumm. Sie hätte aufjauchzen mögen, und doch weinen, weinen ohne Ende.

»Also, mein Gewissen bist du, Baby! Mein leibhaftiges Gewissen! Wenn ich irgendwo auf Abenteuer ausgehe, überhaupt bei allem, was ich tue, frage ich mich immer erst: Wirst du das der Lori beichten können? Und wenn ich mir dann sagen muß: Nein, das kannst du ihr nicht beichten, dann weiß ich, es ist schlimm, und wenn ich's kann, lasse ich's sein. Manchmal geht es freilich nicht, aber meistens doch. Siehst du, so stehe ich unter deinem Einfluß, auch wenn ich nicht bei dir bin. Was sagst du nun, Baby?«

Loris Augen schimmerten feucht. Seine Worte lösten ein tiefes Glücksgefühl in ihr aus.

»Stolz bin ich, Hans-Georg, daß ich dir so viel gelte.«

Er nickte.

»Nun mußt du mir noch für alle meine Sünden Absolution erteilen, Schwesterlein.«

Da strich sie ihm lächelnd über das offene Gesicht, das zuweilen noch einen knabenhaften Ausdruck haben konnte, obgleich er schon im dreißigsten Lebensjahr stand. Und leise sagte sie: »Man kann dir nicht böse sein, Hans-Georg, denn dein Herz ist ohne Arg. Ich muß dir wohl Absolution erteilen.«

Er küßte ihre Hand zart und andächtig. Aber dann zuckte es gleich wieder über sein Gesicht.

»Gottlob, mein Gewissen ist nun wieder rein, nun kann ich weiter sündigen.«

Sie schüttelte den Kopf.

»Nein, ›sündige hinfort nicht mehr‹, heißt es in diesem Fall.«

Fröhlich lachte er auf.

»Ach, Baby, dann hätte ich dir doch nie mehr etwas zu beichten. Und ich freue mich schon immer auf diese Beichte. Aber nun komm ins Haus, geh zu Vater und laß dich ausschelten wegen deines Auskneifens. Ich ziehe mich rasch um und komme dann zu euch.«

Er führte sie im Sturmschritt durch den Garten und schob sie durch die Pforte ins Haus.

Während Lori ihren Pflegevater aufsuchte, sprang er mit großen Sätzen die Treppe empor zu seinen Zimmern, wo sein Diener bereits alles zum Umkleiden zurechtgelegt hatte.

3

Wie immer, wenn Hans-Georg zu Hause war, ging ein frischer, froher Zug durch ganz Hohenstein. Singend und pfeifend lief er durchs Haus, sein Lachen schallte aus allen Ecken. Für jeden hatte er ein aufmunterndes Wort, für jeden einen Scherz, ein lustiges Nekken. Mutter Klimschen lachte über das ganze Gesicht, wenn er in die Küche kam und Allotria trieb; die Küchenmädchen kicherten verlegen, und wenn er es so weit getrieben, daß Mutter Klimschen schalt, dann zog er befriedigt ab. Vom Inspektor bis zum kleinen Reitknecht hinab war die ganze Dienerschaft wie elektrisiert, solange er in Hohenstein weilte.

Und mit dem Vater hörte man ihn um die Wette lachen. Tausend Schnurren ließ er los, um den alten Herrn aufzuheitern. Nicht selten mischte sich dann ein klares Mädchenlachen anmutig mit den sonoren Männerstimmen.

Es war wie ein Wunder – seit Hans-Georg im Haus war, hatte sein Vater keine Schmerzen mehr. Mutter Klimschen behauptete freilich, ihr Tee hätte das Zipperlein verjagt, aber das wollte der alte Herr nicht zugeben.

Jedenfalls konnte er schon am vierten Tag nach Hans-Georgs Ankunft aufs Pferd steigen und in festen Stiefeln spazierengehen. Nun wurde die Stimmung im alten Herrenhaus noch viel vergnügter. Hans-Georg hatte in der Nachbarschaft Besuche gemacht, und es fehlte den ganzen Tag nicht an Gästen.

In dem Bekanntenkreis der Hohensteins herrschte anspruchslose Geselligkeit und selbstverständliche Gastfreundschaft, wie sie auf dem Lande üblich ist. Auch die Offiziere der nahen Garnison, unter denen Hans-Georg einige Freunde hatte, kamen oft nach Hohenstein oder auf die nachbarlichen Güter herausgeritten. Man besuchte sich ohne Umstände. Kamen mehrere Herrschaften zusammen, dann wurde ein kleines Fest arrangiert. Dazwischen gab es auch eine formelle Einladung zu einem Diner, einem Gartenfest, einem Hausball, wo eine größere Anzahl von Gästen zusammentraf. Aber immer herrschte zwanglose Fröhlichkeit.

Hans-Georg war überall dabei, meist in Gesellschaft seines Vaters und Loris. Oft hielt er sich in Lankwitz auf, dem nach Westen an Hohenstein grenzenden Gut des Herrn von Lankwitz. Dieser besaß einen Sohn und zwei Töchter. Die älteste Tochter Lena war an den Freiherrn von Glasenapp verheiratet, der dem Auswärtigen Amt in Berlin angehörte. Leo Lankwitz war zwei Jahre jünger als Lena, die dreißig Jahre zählte. Hans-Georg und Leo waren befreundet, so wie ihre Väter befreundet waren. Traute, die jüngste Tochter, zählte zwanzig Jahre und war ein bildhübsches, blondes, zartes Persönchen.

In Lankwitz herrschte ein ziemlich steifer Ton. Frau von Lankwitz war in ihrer Jugend Hofdame der Prinzessin Amalie gewesen und hielt auch heute noch auf strenge Etikette. Ihrer kaltherzigen Natur war der zeremonielle Ton Bedürfnis, und ihre Angehörigen beugten sich ihrer Macht, teils aus Überzeugung, teils um des lieben Friedens willen.

Meist fügten sich auch die Gäste in Lankwitz dem ungewohnten Zeremoniell, nur Hans-Georg Hohenstein durchbrach immer, unbekümmert um das Stirnrunzeln der Hausfrau, die beengenden Schranken. Herr von Lankwitz und sein Sohn Leo freuten sich heimlich darüber. Wie die Töchter darüber dachten, war nicht zu merken. Jedenfalls war Traute Hans gegenüber immer sehr liebenswürdig. Und da sie unstreitig das schönste

Mädchen im Umkreis war, ließ sich Hans-Georg durch keinen Formenzwang von Lankwitz verscheuchen.

Herr von Hohenstein hatte keine Gelegenheit gefunden, mit Hans-Georg zu besprechen, daß er den Dienst quittieren und sich verheiraten solle. Aber eines Tages griff er die Gelegenheit beim Schopf.

Es war nach Tisch. Die beiden Herren saßen bei einer Schale Kaffee rauchend im Zimmer des Hausherrn. Und da rückte der alte Herr mit dem Wunsch heraus, Hans-Georg solle doch den Abschied nehmen.

»Weißt du, Hansjörg, es muß ja nicht gleich sein, aber ich möchte dich doch noch ein paar Jahre um mich haben. Du mußt noch manches lernen, ehe du Hohenstein selbständig verwalten kannst. Hab' ich nicht recht, mein Junge?«

Der junge Mann hatte ruhig zugehört und sah dem Rauch seiner Zigarette nach. Nun blickte er den Vater groß an.

»Sprich nur weiter, Vater – du hast doch noch etwas auf dem Herzen«, sagte er ruhig.

»Nun ja, Hansjörg – es wäre wohl auch an der Zeit, daß du dich verheiratest. Laß dir das mal durch den Kopf gehen.«

Hans-Georg rauchte noch eine Weile schweigend, dann sprang er plötzlich auf.

»Also nun ist's glücklich heraus, alter Herr! Das hat dir schon lange das Herz beschwert, ich habe es gemerkt«, sagte er, sich mit den Ellbogen auf dem Kaminsims stützend.

»Aber du gibst doch zu, daß ich recht habe, Hansjörg?«

»Ja doch, Vater.«

»Ich habe es dir nicht gern gesagt, mein Junge, weil ich weiß, wie gern du Soldat bist. Mir ist es in deinen Jahren auch schwer gefallen, den bunten Rock auszuziehen. Aber du wirst deinem neuen Beruf auch manche Freude abgewinnen. Du hast auch Pflichten gegen deinen Besitz, nicht wahr? Gewöhne dich an den Gedanken, Hansjörg – es muß ja nicht gleich sein.«

Hans-Georg stellte sich straff und gerade vor seinen Vater hin.

»Nein, alter Herr, wenn es sein muß, dann auch kurz und schmerzlos! Ich liebe solches Hinausziehen nicht. Ich reiche sofort mein Abschiedsgesuch ein – punktum.«

Die Augen des alten Herrn blitzten stolz. Es war Schneid in seinem Jungen! Aber er sagte doch bedächtig: »Überleg es erst, Hansjörg.«

Hans-Georg schüttelte energisch den Kopf.

»Das ist schon überlegt, Vater, schon ehe du es zur Sprache brachtest. Nun soll's auch rasch geschehen – einen Zahn läßt man sich auch nicht stückweise ziehen.«

»So schwer fällt es dir?«

Hans-Georg faßte den Vater bei den Schultern und sah ihn mit schimmernden Augen an.

»Alter Herr, du kannst es mir doch wohl nachfühlen? Das ist wie ein Schnitt ins eigene Fleisch. Aber der heilt schon wieder. Ich habe ja gewußt, daß es einmal zu Ende geht mit der Herrlichkeit des bunten Rockes. Ob heute oder morgen – das ist gleich. Nun steige ich eben frischfroh ins Zivil und – in die Ehe. Wie ist es, alter Herr, hast du schon eine Frau für mich in petto? Dann raus mit der Sprache! Jetzt hast du es leicht. Mein Herz ist momentan gänzlich verwaist.«

Herr von Hohenstein holte tief Atem wie nach schwerer Arbeit.

»Ncin, ich habe keine in petto, Hansjörg; es ist auch besser, ich laß dich selber suchen. Schau dich mal in der Nachbarschaft um. Da sitzen so ein halbes Dutzend hübscher Mädchen auf den umliegenden Gütern, die sicher nicht nein sagen, wenn du kommst.«

Hans-Georg warf sich wieder in seinen Sessel und zündete sich eine neue Zigarette an.

»Dann werde ich wohl nächstens auf die Brautschau gehen müssen«, sagte er mit einer Art Galgenhumor.

Schweigend saßen sie sich eine Weile gegenüber, bis Lori eintrat.

Hans-Georg richtete sich auf.

»Du, Lori, das Schicksal hat mich beim Wickel! Ich reiche mein Abschiedsgesuch ein und werde Krautjunker.«

Das junge Mädchen sah Vater und Sohn fragend an.

»Ist das schon beschlossene Sache?«

»Ja, Baby, mein Tyrannenvater hat ein Machtwort gesprochen.«

Lori lachte. »Ach, mit Väterchens Tyrannengelüsten ist es nicht weit her. Du wirst dich wohl der besseren Einsicht gefügt haben.«

Hans-Georg zog eine kleine Grimasse.

»Bessere Einsicht ist gut – na, lassen wir's bei dieser Lesart, Baby. Aber was sagst du dazu, daß ich für immer in Hohenstein bleibe? Du, Baby, ich glaube, unter deinem veredelnden Einfluß könnte ich noch ein ganz brauchbarer Mensch werden.«

»Fühlst du dich nicht als solcher?« neckte sie.

Er sprang auf und zog sie am Ohrläppchen.

»Darauf verweigert der Angeklagte die Aussage. Aber siehst du, Baby, schade ist es doch, wenn ich nun nie wieder auf Urlaub nach Hohenstein komme. Da fallen all die niedlichen Begrüßungsszenen fort. Und das gerade jetzt, wo ich herausgefunden habe, was für ein süßes Schnäbelchen du hast. Sag mal – einen Kuß bekomme ich nun wohl überhaupt nicht mehr von dir?«

Lori errötete.

»Vielleicht an hohen Festtagen – so zu Weihnachten und zu deinem Geburtstag«, sagte sie.

Er verneigte sich tief. »So viel Güte überwältigt mich. Vater bekommt auch schon Rührungstränen in den Augen, gelt, alter Herr?«

Der lachte. »Ihr seid Kindsköpfe – alle beide.«

Hans-Georgs Augen blitzten übermütig. Er legte schnell den Arm um Loris Gestalt.

»Im übrigen, du kleines Dummerchen, wenn es mich nach einem Kuß gelüstet, hole ich ihn mir. Schau meine starken Arme an. Gewalt geht vor Recht! Wenn ich mich hier als ehrsamer Krautjunker etabliere, dann mußt du meinen ganzen Bedarf an Zärtlichkeiten decken. Aber fall nicht gleich vor Schreck in Ohnmacht, Baby, das dauert nur so lange, bis ich mich verheirate. Und das werde ich wohl bald tun.«

Loris eben noch glühendes Gesicht überzog sich mit jäher Blässe, und ihre Augen blickten starr vor sich hin. Nur einen Moment – dann hatte sie sich wieder in der Gewalt. Aber Hans-Georg hatte diesen Blick und dieses jähe Erblassen doch bemerkt, und ein seltsames, unklares Unbehagen stieg in ihm auf.

»Was hat denn das Mädel?« dachte er erschrocken.

Aber schon hatte sich Lori wieder gefaßt und fragte ruhig: »Ist das dein Ernst, Hans-Georg, oder scherzst du?«

»Nein, Lori, ich gehe nächstens wirklich auf die Brautschau. Vater wünscht es – und schließlich muß es doch einmal sein.«

»Hast du schon eine Wahl getroffen?« fragte sie leichthin, während ihr Herz in dumpfen, schweren Schlägen gegen die Brust hämmerte.

»Noch nicht, Lori, du kannst mir suchen helfen. Es muß eine sein, die sich gut mit dir stellt.«

»Darauf kommt es doch zuletzt an, Hans-Georg!« rief sie gequält.

»Bitte sehr, Baby, das ist mir sogar eine Hauptsache. Dir und dem Vater muß meine Zukünftige gefallen. Ich selbst komme dann schon mit ihr zurecht«, sagte er, ihr mit einem herzlichen Blick in die Augen schauend.

Lori sah ihn dankbar lächelnd an und schien ganz heiter.

»Also wird es wirklich ernst, Hans-Georg?«

»Ja, Baby. Also hilf mir suchen. Vater sprach von einem halben Dutzend junger Damen, die in Frage kämen. Die wollen wir mal gelegentlich Revue passieren lassen. Aber nun Schluß für heute mit diesem gräßlichen Thema. Heute bin ich noch ein flotter Leutnant und muß schnell noch ein paar tolle Streiche machen. Übrigens – billig wird die Chose nicht, alter Herr. Ich will dich gleich schonend darauf vorbereiten, daß ich hübsch in der Tinte sitze. So an die zehntausend Mark wirst du wohl locker machen müssen, damit ich ohne Schulden ins Zivilleben treten kann.«

Herr von Hohenstein zwang sich zu einer strengen Miene, obwohl ihm das Herz im Leibe lachte vor Stolz über seinen schneidigen Jungen. Er hatte schon mit einer höheren Summe gerechnet. Aber das ließ er sich nicht merken.

»Donnerwetter, Hansjörg – zehntausend Mark? Bist du denn des Deibels, du Schlingel? Was hast du denn mit dem vielen Geld angefangen?« polterte er hervor.

Hans-Georg stellte sich breitbeinig vor den Vater hin und wippte hin und her.

»Hast du schon mal 'nen lebendigen Leutnant ohne Schulden gesehen, alter Herr? Ich nicht! Du weißt doch aus Erfahrung, wie das geht. Mach nur aus deinem Herzen keine Mördergrube! Du freust dich ja diebisch, daß du so billig wegkommst. Lori, mach nicht so ein entsetztes Gesicht! Schau dir das Baby an, Vater. Ganz blaß ist sie geworden vor Entsetzen über ihren Bruder Leichtsinn. Komm, Schwesterchen, ich will dich mit einem Kuß aus deiner Erstarrung erlösen, wie weiland der Prinz das selige Dornröschen.«

Lori fühlte sich kaum noch imstande, das heiße Weh ihres Herzens zu bezwingen. Sie hatte kaum darauf gehört, was Hans-Georg dem Vater gesagt hatte, sie mußte nur immer daran denken, daß eine junge Herrin nach Hohenstein kam. Als Hans-Georg sie in die Arme ziehen wollte, wehrte sie ihn hastig ab.

»Laß mich gehen, ich hab' mit Mutter Klimschen noch etwas zu besprechen.«

Dann huschte sie schnell aus dem Zimmer.

Hans-Georg sah ihr nach.

»Du, Vater!«

»Was denn, Hansjörg?«

»Die Lori ist nicht sehr entzückt von meinem Heiratsplan. Wenn sie sich auch noch so gut beherrschen kann, ich habe doch bemerkt, daß sie erschrak. Sie denkt, ihre Stellung hier im Haus wird durch eine junge Frau erschwert. Nun wird sie sich gleich wieder überflüssig vorkommen.«

Der alte Herr blickte betroffen auf.

»Ach Unsinn, Hansjörg. Die Lori und überflüssig – das wissen wir doch besser, was?«

Der junge Mann sah nachdenklich aus.

»Wir? Ja, Vater, wir wissen das besser. Aber die Lori muß doch auch wissen, daß sie zu unserem Wohlbefinden so nötig ist wie Luft und Sonne, gelt?«

»Ja, ja, Hansjörg, natürlich. Na, laß nur, diese Überzeugung wollen wir ihr schon beibringen, wenn sie daran zweifelt. Weißt du, wenn du eine junge Frau heimführst, dann ziehe ich mit Lori in den Westflügel, und ihr bewohnt den Ostflügel. Der Mittelbau ist dann neutrales Gebiet. So kommt einer dem andern nicht in den Weg. Lori wird schon selbst merken, wie nötig sie uns ist. Die Klimschen wird auch langsam alt. Da kann Lori ein Segen für Hohenstein sein.«

»Wie bisher, Vater.«

»Ja, wie bisher; ein wahres Wort, Hansjörg. Da wir nun einmal von ihr sprechen, mein Junge: Ich habe vor einigen Jahren ein Testament gemacht – Loris wegen. Ich habe ihr für alle Fälle dreißigtausend Mark vermacht. Dir macht das nicht viel aus, Hansjörg, deiner Zustimmung war ich sicher. Es ist nur, daß die Lori, wenn sie mal heiratet, eine anständige Aussteuer hat. Heiratet sie nicht, dann ist sie wenigstens nach meinem Tod ziemlich unabhängig. Von den Zinsen ihres Kapitals kann sie ihren Kleinkram bestreiten, damit sie nicht um jeden Klacks zu dir kommen muß. Sie ist in solchen Dingen sehr empfindlich und, wenn sie sich auch vor dir nicht geniert, vor deiner Frau würde sie es vielleicht als Demütigung empfinden. Deshalb will ich sie ein wenig auf eigene Füße stellen. Daß sie in Hohenstein stets ihre Heimat hat, das versteht sich doch von selbst? Gelt, Hansjörg?«

»Selbstverständlich, Vater!« Das Gesicht Hans-Georgs war ungewöhnlich ernst und nachdenklich.

»Was das letzte betrifft«, fuhr er fort, »ohne Lori kann ich mir Hohenstein gar nicht denken. Mir würde etwas fehlen, wenn sie nicht mehr mit ihrem leichten Schritt durchs Haus ginge, wenn ich nicht mit ihr plaudern könnte. Tausenderlei habe ich sie immer zu fragen, und immer gibt sie mir die rechte Antwort, immer hat sie warmes Verstehen für alles, was mich angeht. Das kann mir, glaube ich, keine Frau ersetzen. Na überhaupt, Lori gehört eben zu uns, gelt, Vater?«

Herr von Hohenstein nickte energisch.

»Ja wahrhaftig, Hansjörg, sie gehört zu uns, die Marjell. Na – nun sind wir auch darüber im klaren. Nun wollen wir wieder von vergnügteren Sachen reden.«

Sie drückten einander die Hände und sahen sich herzlich in die Augen. Hans-Georg ließ sich wieder neben dem Vater nieder, und sie besprachen noch allerlei, wie der junge Mann alles Nötige ordnen sollte.

Dann entstand eine lange Pause. Herr von Hohenstein schlief ein wenig ein. So ein Nickerchen nach Tisch gehörte zu seinem Behagen. Hans-Georg blickte sinnend durch das offene Fenster in den Park hinüber. Der stand im vollen, jungen Blätterschmuck. Würzig duftete es zum Fenster herein nach feuchter Erde. Es hatte über Nacht geregnet, nun war die Sonne eifrig dabei, zu trocknen, was die Erde nicht aufgesaugt hatte.

Plötzlich stieg es warm in Hans-Georg auf – die Liebe zur Scholle, zum angestammten Heimatboden. Dann flog ein Schatten über sein Gesicht. Mit seinem Abschied würde er sich eher befreunden als mit dem Gedanken an seine Heirat.

Er ließ die Damen seiner Bekanntschaft der Reihe nach im Geist an sich vorüberziehen. Aber eine nach der andern lehnte er ab. Als nach einer Weile der Vater aus seinem Schlummer emporfuhr und sich eine frische Zigarre anzündete, sagte Hans-Georg nachdenklich:

»Weißt du was, Vater? Ich werde mich an Traute Lankwitz heranmachen. Das ist die einzige, die ich mir als meine Frau denken kann. Ihre Schwester Lena war vor zwölf Jahren meine erste Liebe. Traute sieht ihrer Schwester ähnlich. Als ich sie neulich in einem blauen Kleid, mit dem goldenen Haar und den großen blauen

Augen auf mich zukommen sah, da mußte ich an meine erste Liebe denken. Ich war noch ein grüner Junge, als ich Lena damals im Lankwitzer Buchengrund küßte. Damals war mir das Küssen noch heiliger Ernst, und ich schwur hoch und teuer, daß Lena meine Frau werden müsse. Aber sie verlobte sich ein halbes Jahr später mit Herrn von Glasenapp, den ich deshalb – bis zu meiner nächsten Liebe – mit wütender Feindschaft beehrte. Gott, wie ist man mit achtzehn Jahren jung und dumm – und selig!«

Der alte Herr schmunzelte.

»So früh hast du schon angefangen, Schlingel? Davon wußte ich ja gar nichts.«

Hans-Georg lachte. »Die erste Liebe und die erste Zigarre, die hält man geheim. Aber nun sprich, Vater, was hältst du von der Traute?«

Herr von Hohenstein stieß den Rauch seiner Havanna von sich: »Ich hätte da nur ein Bedenken, Hansjörg.«

»Welches?«

»Die Schwiegermutter.«

Hans-Georg lachte. »Ach, du meinst, ich fürchte mich vor dem steifen Hofton? Bewahre, über den springe ich weg! Der bleibt in Lankwitz. Da kann die alte Dame im Zeremoniell schwelgen, soviel sie will. Wenn Traute in Hohenstein ist, wird sie froh sein, nicht mehr mittun zu müssen. Leo geht auch immer über Tisch und Bänke, wenn er ohne mütterliche Aufsicht ist. Davor ist mir nicht bange.«

»Nun, dann wäre mir die Traute schon recht. Lankwitzens sind gut situiert. Das Gut bekommt Leo, für die beiden Töchter fällt ein hübsches Vermögen ab. Du brauchst ja nicht auf Geld zu sehen, aber es schadet nichts, wenn deine Frau dir ein Vermögen zubringt. Heutzutage muß der Landwirt Geld im Kasten haben, damit er auch schlechte Jahre aushalten kann. Na – und gegen Traute selbst ist wohl nichts einzuwenden. Soviel ich weiß, ist sie auch noch frei.«

»Die Kleine hat mich sehr freundlich angestrahlt. Kennst du ihren Charakter, Vater?«

»Nein, darüber kann ich dir keine Auskunft geben. Wenn du nicht hier bist, komme ich selten mit dem Jungvolk zusammen. Lori sehnt sich wenig nach Verkehr mit jungen Damen. Sie nimmt nur Teil an der Geselligkeit, wenn sie muß. Und wenn du hier bist, kümmere ich mich auch nicht viel um die jungen Leute. Ich hoffe, daß Traute mehr nach ihrem Vater geraten ist. Lankwitz ist ein guter Kerl, nur etwas schwach seiner kaltherzigen Frau gegenüber.«

»Soviel ich beobachtet habe, ist Traute sehr anschmiegend und liebenswürdig. Sie scheint auch unter dem Druck zu leiden, den Frau von Lankwitz ausübt. Aber gerade das Hilflose, rührend Kindliche hat mich angezogen. Im übrigen ist Traute noch jung, man kann sie nach eigenen Wünschen formen. Das denke ich mir reizend. Die Hörner habe ich mir ja abgelaufen. Wenn ich schon heirate, wünsche ich mir eine Ehe ohne große Emotion, ruhig und behaglich, ohne gegenseitige Ansprüche.«

Herr von Hohenstein blickte ihn sinnend an.

»Ja, ja, Hansjörg – ihr Jungen denkt nüchterner über diesen Punkt. Na, vielleicht seid ihr im Recht. Die Hauptsache ist, daß du eine gesunde Frau bekommst, die dir gesunde Kinder schenkt. Denn die Kinder, mein Junge, die geben unserm Leben erst den Vollwert. Und die Lankwitzens sind ein guter Schlag.«

Hans-Georg nickte lächelnd.

»Ja, Lena hat drei stramme Jungen. Sie ist mit ihnen zu Besuch in Lankwitz, ich habe sie gestern gesehen. Sie schrien und tobten durch den Park, daß einem Hören und

Sehen verging. Frau von Lankwitz bekam all ihre Zustände, ihre Enkel sind ihr zu wenig dressiert, in denen steckt nach ihrer Meinung zu viel Natur. Aber ich fand die Bengels prachtvoll und habe mit ihnen herumgetollt, was Frau von Lankwitz mit süßsaurem Lächeln quittierte.«

Herr von Hohenstein lachte. »Du, verdirb es nicht mit deiner zukünftigen Schwiegermutter.«

»An mir bekommt sie sicher eine harte Nuß zu knakken. Aber ich werde schon mit ihr fertig werden. Also ich nehme die Traute aufs Korn, Vater. Aber die Lori will ich doch erst noch fragen, was sie zu dieser Wahl sagt und wie sie zu Traute Lankwitz steht.«

4

Lori war, nachdem sie die beiden Herren verlassen hatte, auf ihr Zimmer geeilt und hatte sich dort eingeschlossen. Sie konnte jetzt mit keinem Menschen reden, konnte sich nicht länger beherrschen, wo alles in ihr in Aufruhr war.

Nun saß sie regungslos mit blassem Antlitz und traurigen Augen am Fenster und starrte hinaus.

Hans-Georg will heiraten!

Dieser eine Gedanke bohrte sich schmerzlich in ihr Gehirn.

Sie preßte die Hände aufs Herz und biß die Zähne zusammen, um den qualvollen Aufschrei zu unterdrücken, der zum Ausbruch drängte. Sie durfte ja nicht zeigen, was sie bei dieser Nachricht empfand. Niemand durfte ahnen, daß sie Hans-Georg liebte mit der Innigkeit ihres ganzen Herzens.

Diese Liebe war nicht plötzlich gekommen, sie war wohl immer in ihr gewesen, seit sie fühlen und denken konnte. Schon als Kind hatte sie an ihm gehangen. Aber da hatte sie noch nichts gewußt von der Liebe der Frau zum Mann. Erst als sie vor einigen Jahren aus der Pension zurückgekehrt war und Hans-Georg wieder vor ihr stand mit seinen sonnigen, übermütig-strahlenden Augen – da war es plötzlich wie eine heiße Woge über sie dahingebraust, dies namenlos süße und zugleich so schmerzliche Gefühl: die Erkenntnis ihrer Liebe.

Zugleich hatte sie auch gewußt, daß diese Liebe hoffnungslos war. Hans-Georg sah in ihr nur die Schwester, der er zwar herzlich zugetan war, die aber als seine Frau nicht für ihn in Betracht kam.

Aber selbst wenn in seinem Herzen etwas anderes für sie gelebt hätte, wäre ihrer Ansicht nach ihre Liebe hoffnungslos gewesen. Hans-Georg von Hohenstein und die arme Waise, deren Mutter Haushälterin bei seinen Eltern gewesen war, die selbst das Gnadenbrot aß in diesem Haus – das hätte ja nie zusammengestimmt. Für sie war es schon ein großes Glück, daß Hans-Georg wie ein Bruder für sie empfand. Ach, wenn es hätte so bleiben dürfen! Wie dankbar wäre sie dem Himmel gewesen. Sie durfte teilnehmen an seinem Leben. Und er gab ihr so viel aus dem Schatz seines reichen Gemüts.

Niemandem, außer dem Vater, brachte er so viel Wärme entgegen, niemandem erschloß er sein ganzes Wesen so wie ihr. Selbst dem Vater zeigte er nicht so rückhaltlos sein Innerstes wie ihr.

Sie kannte sein ganzes Leben – alles, was gut und böse in ihm war. Und so wie er war, mit all seinen Fehlern und Tugenden, so liebte sie ihn. Sie hätte selbst seine Fehler nicht missen mögen, die sie liebenswert fand und die in ihren Augen zu Tugenden wurden. Wie glücklich wäre sie gewesen, wenn alles hätte bleiben können, wie es war.

Aber es durfte nicht so bleiben. Hans-Georg führte eine Frau heim, und diese würde nun die Schwester in seinem Herzen verdrängen.

Würde sie es ertragen können, wenn er eine andere in seinen Armen hielt? Würde sie nicht aufschreien, wenn er der andern zärtliche Namen gab, sie herzte und küßte? Ach, sie kannte seine hinreißende Zärtlichkeit. Wie mußte er erst seine Frau damit überschütten, wenn er schon für die Schwester so viel übrig hatte?

Sie stöhnte auf und schlug die Hände vor das Gesicht.

Nein, nein – ich muß fort, weit fort, dachte sie, und ihr Herz krampfte sich in wilder Qual zusammen.

Aber wohin sollte sie gehen? Wie sollte sie ihr Fortgehen begründen? Und Väterchen brauchte sie, brauchte sie vielleicht doppelt, wenn Hans-Georg von einer jungen Frau in Anspruch genommen würde. Wenn sein Leiden sich verschlimmerte, konnte sie ihn dann undankbar verlassen? Niemand verstand ihn so gut zu pflegen, so auf seine Eigenheiten einzugehen wie sie. Galt es jetzt nicht, eine Dankesschuld an ihn abzutragen?

Sie stöhnte auf, sank wie gebrochen zusammen, und ihre Augen starrten trostlos ins Leere.

So saß sie lange, bis eine feste Hand an ihrer Tür rüttelte. »Lori – Lori! Bist du hier? Mach auf! Wo steckst du denn?«

Hans-Georgs Stimme!

Lori fuhr auf und sah verstört um sich. Dann sprang sie empor. Die stets geübte Selbstbeherrschung siegte über ihre Schwäche. Ihrer Stimme Festigkeit gebend, rief sie hinaus:

»Ich bin beim Umkleiden, Hans-Georg.«

Er trommelte ungeduldig an die Tür.

»Na, dann los, Baby, ein bißchen dalli! Ich muß etwas mit dir besprechen, hörst du?«

»Ja, ja – so schnell ich kann«, antwortete Lori, die Hände auf das Herz pressend.

»Komm in die Weinlaube im Garten, dort warte ich auf dich!«

»Ja, Hans-Georg, ich komme gleich.«

Sie hörte, wie er sich entfernte und in großen Sätzen die Treppe hinabsprang. Sie lauschte, bis seine Schritte verklangen. Dann atmete sie schwer und schritt mit müder Haltung ins Zimmer zurück.

Eilig zog sie nun ein anderes Kleid an, damit Hans-Georg an das Umkleiden glaubte. Sie hatte das erste beste aus dem Kleiderschrank genommen. Es war ein weißes Kleid mit feinen schwarzen Streifen, aus weichem, leichtem Stoff. Hans-Georg hatte es kürzlich reizend gefunden – aber daran dachte sie jetzt nicht. Schnell ordnete sie ihr Haar noch einmal, dann ging sie in den Garten.

Lächelnd nahm sie ihr Martyrium auf sich – lächelnd nahte sie der Laube neben den Beerensträuchern. Hans-Georg saß rittlings auf einem Stuhl und sah ihr entgegen.

Mit beiden Händen hielt er die Stuhllehne fest und stützte das Kinn darauf. Seit ihren Kindertagen saßen sie oft und gern in dieser Laube, die mit wildem Wein dicht bewachsen und mit einem Tisch und einigen Stühlen von weißlackiertem Holz ausgestattet war.

»Endlich, Lori!« rief er ungeduldig.

»Habe ich dich lange warten lassen? Was hast du mir denn Wichtiges zu sagen?«

Ihrer klaren ruhigen Stimme hätte niemand anmerken können, welcher Kampf soeben noch ihre Seele durchtobt hatte. Nur in ihren Augen lag ein seltsames Leuchten, das von erlittenen Schmerzen zeugte. Aber Hans-

Georg fiel dies Leuchten nicht auf. Doch etwas anderes bemerkte er – daß Loris Augen mit den feingezeichneten schwarzen Brauen und den schwarzen, aufwärts gebogenen Wimpern wunderbar schön waren. Wie sie das ganze liebliche Gesicht belebten, diese Augen! Und was für einen herrlichen, blütenreinen Teint Lori hatte. Sonderbar – er fand jetzt täglich neue Schönheiten an ihr.

Wie lange war es her, daß er ihre dicken braunen Flechten nicht mehr gelöst hatte? Sie schienen noch dicker und länger geworden zu sein. Prachtvolles Haar! So etwas sah man selten. Und wie sich das reizende Kleid ihren weichen, schlanken Formen anschmiegte! Na überhaupt – die Lori war ein bildschönes Geschöpf.

So saß er eine Weile, sie wie ein schönes Bild betrachtend. Sie wandte sich ab und befestigte eine Weinranke, die ihre Stirn gestreift hatte. Es war plötzlich ein Gefühl in ihm wie andachtsvolle Bewunderung, daß der liebe Gott einen so schönen liebreizenden Menschen, wie sein Schwesterchen es war, geschaffen hatte. Ganz warm und freudig stieg es in ihm auf.

Daß er so lange schwieg, ward ihm nicht bewußt. Aber Lori bedrückte dieses Schweigen. Sie wandte langsam den Kopf wieder nach ihm um.

»Wenn du mich genug betrachtet hast, kannst du mir sagen, weshalb du mich mit so brennender Eile hierher zitiertest«, sagte sie mit leichtem Spott.

Er richtete sich auf und stieß einen tiefen Seufzer aus. »Ach, Baby, warum erweckst du mich aus so freundlichen Träumen?«

Sie lächelte. »Wenn du schlafen und träumen willst, kann ich wohl wieder gehen.«

»Nein, nein, bleib – und setze dich zu mir.«

Er rückte mit seinem Stuhl beiseite, so daß sie ihm

gegenüber Platz nehmen konnte. Dann stützte er den Ellenbogen auf die Stuhllehne und legte den Kopf auf die Hand.

»Mir ist miserabel zumute, Baby, du sollst mich ein bißchen trösten.«

»Warum bist du denn so trostbedürftig, Hans-Georg?«

»Ach, Baby – muß ich dir das erst sagen?«

Sie sah ihn an. Etwas mütterlich Sorgendes lag in ihrem Blick. »Weil es dir schwer fällt, Abschied zu nehmen von der flotten Leutnantszeit«, sagte sie leise, und es lag schon wie ein Trost in ihrer Stimme.

Er griff nach ihrer Hand, legte sie vor sich auf die Stuhllehne und preßte seine Augen darauf. »Ja, Baby – es kommt mich hart an, sehr hart. Vater soll nicht wissen, wie schwer es mir wird. Nun streichle mich ein bißchen mit deinen Händen – das tut mir gut.«

Sie strich sanft über sein kurz gehaltenes Haar. »Einmal muß es ja doch sein, Hans-Georg. Bald wirst du den Schmerz überwunden haben und deinem neuen Beruf tausend Freuden abgewinnen, glaube es mir.«

Er hielt ganz still unter ihren streichelnden Händen, die Stirn auf die Stuhllehne gepreßt. Und so wohlig ward ihm zumute unter ihrem liebevollen Trost.

Nach einer Weile sah er auf und küßte ihr dankbar die Hand. Er lächelte schon wieder.

»Nun ist es schon besser, Lori! Ich weiß nicht, wie das kommt, aber wenn ich ein Ungemach zu dir tragen kann, dann ist es schon halb überwunden. Du scheinst einen heilkräftigen Zauber auszuüben. Also – ich werde mich ins Unvermeidliche schicken.«

Er blickte sie nachdenklich an. »Nur mit dem Heiraten, Baby – das ist so'n Ding. Da gibt man doch alle persönliche Freiheit auf. Mit dem Flirten ist es dann ganz vorbei.«

»Ja, damit mußt du nun aufhören. Das drückt dich wohl am meisten?« neckte sie.

Er seufzte herzbrechend, und in seinen Augen funkelte es schon wieder.

»Es war aber doch so schön, Baby – all die lieben, hübschen Dinger!«

»Du bist wie ein Schmetterling von Blume zu Blume geflogen, du Unband«, schalt sie lächelnd.

»Ja, und nun muß der Schmetterling bei einer einzigen Blume festsitzen. Er wird am Fädchen gehalten und darf nicht mehr fliegen. Dabei wird er dick und behäbig. Du, Lori – stell dir vor, wenn ich Fett ansetze und eine Glatze kriege, brr – schauerlich.«

Sie lachten beide.

»Mit dem Fett und der Glatze hat es wohl noch lange Zeit. Festsitzen mußt du nun freilich, armer Schmetterling.«

»Schauerlich!« stöhnte er.

Dann saßen sie eine Weile stumm und sahen hinaus in den blühenden Garten. Endlich fragte Hans-Georg unvermittelt: »Wie gefällt dir Traute Lankwitz, Lori?«

Sie sah ihn nicht an und rührte sich nicht, aber ihr Herz krampfte sich wieder in wildem Schmerz zusammen. Sie wußte, warum er sie nach Traute Lankwitz fragte.

Und sie dachte, wie seltsam es doch war, daß sie Traute Lankwitz nie hatte leiden mögen. In Lori war eine starke Antipathie gegen dieses scheinbar so rührend kindliche Geschöpf. Weil sie mit Gewißheit fühlte, daß Trautes Liebenswürdigkeit einstudiert war, genau wie die rührenden Posen zarter Kindlichkeit. Traute war unecht, unwahr – und das widerstrebte Loris ehrlichem Empfinden.

Wäre Lori nun selbst im Herzen unbeteiligt gewesen, so hätte sie Hans-Georg offen und ehrlich ihre Bedenken über Trautes Charakter sagen können. Aber so vermochte sie kein Urteil abzugeben.

»Ich kenne sie zu wenig, Hans-Georg. Wir kommen selten zusammen und dann fast nur in größerer Gesellschaft. Sie ist sehr schön – aber das weißt du so gut als ich.«

»Hm! Ich wollte nur wissen, wie sie dir gefällt?«

»Warum?« fragte sie unsicher.

»Weil ich mit Vater erörtert habe, ob Traute Lankwitz zur Herrin von Hohenstein passen würde. Wir sind übereingekommen, daß ich um sie anhalten will, wenn sie auch dir gefällt. Denn, siehst du, Lori, ich muß wissen, ob sie dir sympathisch ist. Du mußt doch wie eine Schwester mit meiner künftigen Frau leben. Würde dir das mit Traute schwerfallen?«

Lori saß ganz still, aber ihr Herz klopfte schmerzlich. Kein Zug ihres Gesichts verriet ihre Empfindungen. Und es stieg wie eine heiße Lockung in ihr auf: »Sage ihm, daß du sie für falsch, für unwahr hältst, dann wendet er sich von ihr ab.« Aber sie zwang das nieder. Sie durfte nicht in sein Schicksal eingreifen. War es nicht Traute, so wählte er eine andere. Keine aber würde ihr würdig scheinen, Hans-Georgs Frau zu werden. Keine.

So sagte sie ruhig: »Nein, es wird mir nicht schwerfallen. Auf mich sollst du überhaupt keine Rücksicht nehmen, die Hauptsache ist doch, daß du glücklich wirst.«

Er lachte ein wenig überlegen.

»Ach, Baby, du träumst wohl so etwas von rosenroter Glückseligkeit für mich? Nein, das darfst du für mich in der Ehe nicht voraussetzen. Weißt du, das ist mehr so eine Art notwendiges Übel. Du kleines, dummes Baby träumst natürlich von einem großen romantischen Glück, von einer alles bezwingenden Liebe. Das besteht aber nur in der sehnsüchtigen Phantasie junger Menschen, Lori. Ich habe auch einmal daran geglaubt – habe gesucht und gesucht nach diesem Glück. Aber es war immer eine Täuschung, ein kleiner Rausch, in den man sich selbst hineinsteigert und aus dem man mit einem Katzenjammer erwacht. Na, jetzt gebe ich das Suchen auf. Ich begrabe meine Ideale, ohne die vielbesungene Liebe kennengelernt zu haben und bescheide mich mit meinen Erfahrungen. Mit Traute Lankwitz war ich drauf und dran, einen kleinen Flirt zu eröffnen. Da ich aber ein solider Ehemann werden soll, will ich das Flämmlein hüten, das sie in mir entzündet hat, und ein solides Herdfeuer damit anfachen. Ganz ruhig und verständig will ich in den Hafen der Ehe segeln. Trautes Liebreiz wird mir das erleichtern. Als ehrlicher Kerl werde ich meiner Frau treu bleiben. Ich glaube, bei Trautes rührender Kindlichkeit wird mir das nicht schwer fallen. Ein bißchen langweilig wird es schon werden – aber ich habe ja noch dich, Lori, du gehst auch ferner wie ein guter Kamerad neben mir. Wenn es mal nicht recht gehen will, dann komme ich zu dir und lasse mir von dir den Kopf waschen. Aber dich brauche ich, Lori, das ist sicher. Und darum muß ich wissen, ob du dich mit Traute gut stellen willst.«

Tiefatmend schloß er seine Rede. Es war ihm heiß geworden dabei. Nun sah er erwartungsvoll in ihre Augen. Und da mußte sie lächeln, gut und nachsichtig, wie eine Mutter zu den Torheiten ihres großen Jungen.

»Gewiß, Hans-Georg, du wirst mich immer auf deinem Weg finden, wenn du mich brauchst. Meine Stellung zu Traute soll dir keine Sorge machen.«

Er nickte. »Ja, Baby, das ist mir sehr wichtig. Traute stelle ich gleich zu Anfang die Bedingung, daß sie sehr lieb und gut zu dir sein muß. Denn wenn zwischen euch Unfrieden wäre – das hielte ich nicht aus.«

Loris Augen blickten klar und ruhig. Sie hatte den festen Willen, ihm jede Sorge, jeden Kummer zu ersparen, wenn es in ihrer Kraft lag. Sein Glück über alles. Sie strich über seine Stirn.

»Du kannst ruhig sein, Hans-Georg, es wird keinen Unfrieden geben, das soll meine Sorge sein. Du brauchst deiner künftigen Frau meinetwegen keine Bedingungen zu stellen. Ich werde dir den Frieden in deinem Haus erhalten, wenn es in meiner Macht steht.«

Sie fühlte sich stark und mutig und glaubte, alles ertragen zu können, wenn nur sein Leben ohne Schatten blieb. Sie plauderten noch eine Weile von diesem und jenem. Hans-Georg wurde wieder übermütig und scherzte über den hoheitsvollen Ton seiner künftigen Schwiegermutter.

»Du, Lori, mit der Zeit gewöhne ich ihr den zu Nutz und Frommen der ganzen Familie ab, die sie damit greulich tyrannisiert. Die kleine Traute scheint ganz verschüchtert dadurch zu sein. Gelt, Baby, in Hohenstein soll sie sich recht mollig und behaglich fühlen?«

So malte er sich die Zukunft aus, und Lori fragte sich in banger Sorge, ob nicht bittere Enttäuschungen auf ihn warteten.

Ach, wenn sie den Mut gehabt hätte, ihn zu warnen!

5

Unter den großen Linden vor dem Lankwitzer Herrenhaus war ein rot und weiß gestreiftes Zelt gespannt. Darunter standen eine Anzahl zierlicher Korblehnstühle um einen großen runden Tisch. Zwei dieser Stühle waren von Damen besetzt. Sie trugen elegante, helle Frühjahrskleider und waren mit Handarbeiten beschäftigt.

Die Ältere, eine hübsche, üppige Blondine von dreißig Jahren, war Frau Lena von Glasenapp, die Jüngere, zarter und schlanker, war ihre Schwester Traute.

Nach einer Weile legte Lena die Stickerei hin und sah in den Park.

»Sonderbar, ich höre gar nichts von meinen drei Buben. Wo mögen sie nur stecken?«

Traute stickte ruhig weiter. Ein spöttischer Ausdruck lag um ihren Mund.

»Mein Gott, Lena, sei doch froh, daß du mal Ruhe hast. Ich muß gestehen, daß es mir angenehmer ist, wenn sie nicht mit ihrem Indianergeheul die Luft erfüllen.«

Es lag etwas Gefühlloses in dem Ton ihrer Stimme.

Lenas Gesicht rötete sich ärgerlich. »Ihr habt eben kein Verständnis für meine Kinder – du und Mama. Nur Papa und Leo freuen sich über ihre ungebändigte Jugendlust.« Traute hob den Kopf und sah die Schwester kühl an. Jetzt hatte dieses schöne Gesicht durchaus nichts kindlich Hilfloses, sondern einen harten, bestimmten Zug.

»Ungebändigt – das ist es eben, Lena! Deine Kinder sind vollständig ungedrillt, zu Mamas und meinem Entsetzen. Wie kannst du sie nur so wild aufwachsen lassen? Wir sind doch ganz anders erzogen.«

In Lenas Gesicht zuckte es seltsam. »Ja, wir sind anders – ganz anders erzogen, dank Mamas strengem Regiment.«

»Soll das eine Kritik sein?« fragte Traute scharf.

»Nein, nur das Feststellen einer Tatsache. Mama hat es natürlich mit uns so gut gemeint, wie ich es mit meinen Kindern gut meine. Ich bin aber zu der Einsicht gekommen, daß man Kindern Spielraum lassen muß, sich zu freien Persönlichkeiten zu entwickeln.«

»Ah – wer hat dir denn diese Einsicht beigebracht?«

»Mein Mann«, sagte Lena mit aufleuchtendem Blick.

Wieder lächelte Traute spöttisch.

»Ja, ja – Mama sagte auch, du hättest deinen Mann schlecht erzogen.«

Lena lachte. Es war ein klares, befreiendes Lachen. »Mein Mann hat *mich* erzogen, Traute! Er war ein gefestigter Mensch, als ich seine Frau wurde. Ich habe es gar nicht erst versucht, ihn nach Mamas Rezept zu erziehen, er hätte sich das auch nicht gefallen lassen.«

»Ach Unsinn, eine kluge Frau macht aus einem Mann, was sie will.«

»Sagt Mama«, bestätigte Lena mit komischer Feierlichkeit.

Traute sah sie vorwurfsvoll an. »Mir scheint, du mokierst dich über Mama. Schade, daß du ihre Lehren nicht beherzigt hast. Ich finde dich als Frau zu deinem Nachteil verändert. Du bist manchmal auch recht – nun – recht nachlässig in bezug auf äußere Formen.«

Lena blickte mit einem Lächeln in Trautes Gesicht, in dem viel gutmütiger Spott lag.

»Aber nur in bezug auf die *äußeren*, Traute! Dafür sind die *inneren* besser geworden. Ich bin ganz zufrieden mit mir – und mein Mann auch.«

»Mama aber nicht«, sagte Traute mit scharfer Betonung.

Lena wurde ernst. »Liebe Traute, gib es auf, mich zu hofmeistern, das besorgt Mama schon. Wenn deine Verehrer dich mit diesem strengen, schulmeisterlichen Gesicht sähen, sie würden erstaunt nach dem rührend hilflosen Lächeln suchen, das dich so vorteilhaft kleidet.«

Trautes Gesicht rötete sich vor Zorn. Aber sie blieb kühl und gemessen. »Ich verzichte auf eine Entgegnung.

Wenn du auf meine wohlwollenden Worte nicht hören willst, ist es dein Schaden.«

Lena lachte wieder leise. »Also vertragen wir uns, Traute. Wir sind nun quitt. Du hast mich gereizt, und ich habe mit einer kleinen Bosheit quittiert.«

Drüben vom Park herüber erscholl jetzt lauter kindlicher Jubel.

»Gottlob – die drei bezeugen mir ihr Wohlbefinden«, lachte Lena glücklich.

Traute nahm keine Notiz davon. Lena ließ sie gewähren. Erst nach einer Weile fragte sie ganz harmlos: »Sag mal, Traute, schwärmst du immer noch für Leos Freund, Leutnant Ronneburg?«

Traute warf den Kopf zurück. »Ach, für den habe ich doch nie geschwärmt. Ich ›schwärme‹ überhaupt für keinen Mann.«

»Nun, ich dachte, es könnte dich gerade reizen, daß er sich nicht als Vasall an deine Füße schmiegt.«

Traute biß sich auf die Lippen. Daß Heinz Ronneburg ihrem Zauber nicht erlag, ärgerte sie, weil er der hübscheste, fescheste Mensch war, der ihr je begegnet. Noch ärgerlicher war es ihr, daß Lena bemerkt hatte, wie sie sich bemühte, ihn zu fesseln.

»Du bist im Irrtum, Lena. Ronneburg ist mir gleichgültig.«

»So so. Wie gefällt dir denn Hans-Georg Hohenstein?«

»Der? Ganz gut – bis auf Kleinigkeiten, die ihm wohl abzugewöhnen sind.«

»Ah, gedenkst du das zu tun?«

»Ich möchte wissen, warum es dich so interessiert, ob mir Hans-Georg Hohenstein gefällt.«

Lena blickte rasch auf. »Das will ich dir sagen: Er ist mal vor zwölf Jahren meine erste Liebe gewesen. Es war nicht viel mehr als eine Kinderei, aber ich habe ihm seither so eine Art Freundschaft bewahrt und interessiere mich immer noch ein wenig für ihn.«

Traute sah mit einem seltsamen Flimmern in Lenas Gesicht. »Ah – wie interessant. Davon weiß natürlich dein Mann nichts?«

»Im Gegenteil – er weiß *natürlich* alles.«

»So so. Nun, ich finde es jedenfalls komisch. Hohenstein ist doch ebenso alt wie du. Er muß damals noch ein dummer Junge gewesen sein«, sagte Traute mit unangenehmem Tonfall.

Lena lachte vergnügt. »So dumm war er, daß er mich heiraten wollte. Es schien ihm heiliger Ernst. Ich wurde aber schnell durch die Liebe zu meinem Mann von dieser Jugendtorheit kuriert. Hans-Georg grollte mir zuerst fürchterlich, dann sah er aber doch ein, daß es so besser war. Er und ich haben neulich herzlich darüber gelacht.«

»Wie unpassend, Lena!«

»Reg dich darüber nicht auf. Ich hielt es für besser, der Jugendeselei einen harmlosen Abschluß zu geben – deinetwegen.«

»Wieso meinetwegen?«

»Ach, Traute, spiel dich doch nicht so als Naive auf. Ich habe nämlich zufällig gehört, daß Mama mit dir neulich über Hans-Georg sprach. Ihr wart so vertieft in euer Gespräch, daß ihr mich nicht bemerktet.«

Trautes Gesicht rötete sich. »Pfui, du hast gelauscht.«

»Unfreiwillig, Traute.«

»Und was hast du gehört?«

»Daß Mama dir gute Lehren gab, wie du Hans-Georg behandeln sollst, wenn er dein Gatte geworden ist. Ich nehme also an, daß eine Verlobung zwischen euch in Aussicht steht, denn du warst mit großem Eifer bei dem Thema. Da ich nun früher bemerkt habe, daß du dich um

Heinz Ronneburg bemühtest, wollte ich von dir selbst hören, wer dir nun der Begehrenswerteste scheint.«

Traute fuhr auf. »Ich verbitte mir das! *Bemüht* habe ich mich noch nie um einen Mann! Und begehrenswert? Mein Gott, Ronneburg ist ein armer Schlucker, von einem geizigen Onkel abhängig. Du glaubst doch nicht, daß ich einen solchen Menschen begehrenswert finde!«

Lena sah sie ernst an. »Nein – bei dir ist daran nicht zu denken. Also wird Hans-Georg Hohenstein der Glückliche sein?«

»Er bewirbt sich allerdings um mich. Zwischen Papa und seinem Vater ist auch schon eine Andeutung gefallen. Sein Antrag ist jeden Tag zu erwarten. Aber ganz entschlossen bin ich noch nicht.«

Lena sah die Schwester lächelnd an. »Mama gegenüber ließest du von dieser Unentschlossenheit nichts merken. Ich denke doch, du sagst ja. Er ist der künftige Herr von Hohenstein – des größten und reichsten Besitzes im ganzen Herzogtum. Außerdem ein schneidiger, eleganter Mensch. Mit einem Wort – eine glänzende Partie.«

Traute bemerkte nicht, daß Lenas Worte etwas spöttisch gemeint waren. Sie rückte sich empor und fragte eifrig: »Also du meinst auch, daß ich seine Hand annehmen soll?«

»Wenn er sie dir bietet – gewiß. Du kannst nur gewinnen«, sagte Lena ernst. Aber sie dachte, daß Hans-Georg vielleicht weniger gewinnen könne.

Traute zog die Stirn kraus. »Ja, ja – so ist ja alles ganz günstig, aber es gibt zwei Punkte, die mir bedenklich sind.«

»Welche Punkte sind denn das?«

»Erstens ist Hans-Georg furchtbar, hm – furchtbar formlos.«

Lena lachte leise. »Ach so, noch nicht erzogen.«

»Gott, bleib doch mal ernsthaft.«

»Gut – also Hans-Georg ist formlos. Nach Lankwitz paßt er freilich nicht, Mama ist permanent über ihn schockiert. Aber sie hat dir doch schon Winke gegeben, wie du ihn beeinflussen sollst, daß er diese Untugend ablegt.«

»Ja, ja, gewiß, und ich denke auch, daß mir das gelingen würde. Mama sagt, man merke ihm an, daß in Hohenstein seit Jahren der veredelnde Einfluß der Hausfrau fehlt.«

»Lori Erbach vertritt doch die Stelle der Hausfrau in Hohenstein«, sagte Lena ruhig.

»Ach die!« rief Traute wegwerfend. Ihr Gesicht sah in diesem Augenblick weder schön noch kindlich aus. Ein gehässiger Ausdruck entstellte es. »Sie ist eben der zweite Punkt, der mir nicht paßt. Diese Lori fällt mir auf die Nerven. Hans-Georg macht ein Wesen mit ihr, als sei sie der reine Engel.«

»Jedenfalls ist sie eine sehr liebenswerte junge Dame, nur sehr ruhig und zurückhaltend, aber das liegt wohl an ihrem eigenartigen Schicksal. Ich finde, sie macht mit sehr viel Takt und Anmut die Honneurs von Hohenstein.«

Traute zuckte ärgerlich die Achseln. »Dann hast du eine falsche Meinung von ihr. Sie versteht es, sich überall einzuschmeicheln. Ich finde sie ziemlich taktlos. In ihrer Lage wäre doch eine gewisse Bescheidenheit am Platz. Aber sie ist stolz wie eine Prinzessin, und ihre vermeintliche Zurückhaltung ist nur Verstellung. Sie kokettiert geradezu unverschämt. Alle Herren lockt sie an sich. Du glaubst nicht, wie umschwärmt und verehrt sie wird.«

»Dafür kann sie doch nichts, Traute. Auf mich macht sie durchaus nicht den Eindruck einer Kokette.«

»Du bist nur immer einige Wochen hier und kannst das

nicht so beurteilen. Frag nur Mama, sie ist auch empört über ihre Koketterien. Mama sagt auch, so ein armes Mädchen werde nur umschwärmt, wenn sie den Herren Avancen macht. Und diese Lori kokettiert unglaublich.«

Lena zuckte die Achseln. »Das tun schließlich alle jungen Damen. Du scheinst ja schrecklich erbost zu sein auf die arme Lori. Hat sie dir mal einen Verehrer abspenstig gemacht?«

Traute wurde dunkelrot und Lena ahnte, daß sie ins Schwarze getroffen habe. So war es auch.

Traute hatte sich stark für Heinz Ronneburg interessiert. Er war ein Kamerad ihres Bruders Leo, mit dem er oft nach Lankwitz kam. Auch in Hohenstein verkehrte er viel. Obgleich Ronneburg durchaus keine Partie war, wie Traute sie sich wünschte, hatte es sie doch gelüstet, ihn an ihren Triumphwagen zu fesseln. Und weil er auf ihre koketten Manöver nicht einging, war sie bei dem Spiel selbst wärmer geworden, als es sonst in ihrer kalten Natur lag. Außerdem war sie maßlos eitel und wollte überall die erste sein. Daß ihr in diesem Fall Lori vorgezogen wurde, erfüllte sie mit Haß gegen dieselbe. Obendrein war sie wütend, daß ihre Schwester sie durchschaut hatte. Sie machte ein sehr hochmütiges Gesicht.

»Du wirst doch nicht im Ernst denken, daß ich mit einer Lori Erbach konkurriere?« sagte sie verächtlich.

Lena spielte mit einer Stickschere. »Hm – du scheinst dir im Vergleich zu ihr sehr erhaben vorzukommen.«

»Aber, Lena, soll ich mich vielleicht mit ihr auf eine Stufe stellen? Sie ist doch nichts weiter, als die Tochter einer Haushälterin! Sie ißt in Hohenstein das Gnadenbrot!«

Lena sah die Schwester vorwurfsvoll an.

»Mein Gott – Hohenstein ist geräumig genug, daß du

ihr aus dem Weg gehen kannst. Außerdem muß es dir doch ein Hochgefühl sein, wenn du als Herrin in ein Haus einziehst, in dem deine Feindin das Gnadenbrot ißt.«

Wieder lag ein feiner Spott in Lenas Worten, den Traute jedoch entweder nicht bemerkte oder ignorierte. Jedenfalls ahnte Lena nicht, daß ihre letzten Worte wie ein Blitz in Trautes Seele fielen. Ja, wenn sie Herrin von Hohenstein würde, dann war Lori von ihr abhängig – dann konnte sie die Verhaßte demütigen. In ihren Augen flimmerte es grausam.

Die Schwestern schwiegen. Jede hing ihren eigenen Gedanken nach. Lena dachte darüber nach, wie sehr sie sich im Lauf der Jahre dem Vaterhaus entfremdet hatte, wenigstens der Mutter und der Schwester. Mit Leo und dem Vater stand sie jetzt eigentlich auf vertrauterem Fuß als früher.

Als sie noch unter dem Einfluß der Mutter lebte, waren auch in ihrer Seele alle wärmeren Regungen verkümmert gewesen. Das erstemal hatte sie gespürt, daß ein warmes Gefühl in ihr lebte, als Hans-Georg Hohenstein sie im Buchengrund küßte. Aber das war nur wie ein flüchtiger Sonnenstrahl in ihre Seele gefallen. Dann kam die wirkliche Liebe – die zu ihrem Gatten. An seinem Herzen, in seinen Armen hatten alle Quellen ihres Lebens zum Licht gedrängt. Unter seinem Einfluß war nach und nach alles von ihr abgefallen, was eine engherzige, streng äußerliche Erziehung aufgebaut hatte. Lena hatte, wie Leo, das weiche Herz des Vaters; als sie erst aus dem Bannkreis der kalten, strengen Mutteraugen waren, hatten sie beide dieses warme Herz entdeckt und waren nun nicht mehr in die leere, kalte Form zu pressen.

Lena hatte oft versucht, auf Traute einzuwirken, sie glaubte, daß auch diese nur gezwungen in der gefühlsarmen Atmosphäre verharrte. Aber sie mußte einsehen, daß Traute die echte Tochter ihrer Mutter war und sich in dem kalten Element heimisch fühlte.

Lena schrak aus ihren Gedanken auf. Aus dem langgestreckten niedrigen Herrenhaus traten ihre Eltern. Herr von Lankwitz hatte seiner Gattin den Arm gereicht, die rauschte stolz erhobenen Hauptes neben ihm her. Obwohl er größer war als seine Gattin, erschien er neben ihrer stolzen, aufrechten Gestalt kleiner und auf seinem Gesicht lag ein Ausdruck der Unfreiheit.

Frau von Lankwitz trug ein grauseidenes Kleid mit langer Schleppe. Ohne Schleppe war sie nicht zu denken. Ihr graumeliertes Haar war sorgfältig frisiert, die weißen Spitzenbesätze an Hals und Ärmeln von blendendem Weiß. Sie hielt eine langstielige Lorgnette in der schmalen, sorgsam gepflegten Hand, und auf ihrem noch immer schönen Gesicht lag ein konventionelles Lächeln, bei dessen Anblick warmherzige Menschen frieren konnten.

Langsam, fast feierlich, wie all ihre Bewegungen waren, schritt sie am Arm ihres Gatten auf das Zelt unter den Linden zu.

Traute sprang auf und legte ein Kissen auf einen Sessel, in den sich Frau von Lankwitz niederließ.

Auch Lena hatte sich erhoben, bis die Mutter Platz genommen hatte. Diese reichte ihren Töchtern gnädig die Hand zum Kuß.

Als alle um den Tisch Platz genommen hatten, scholl wieder der laute Jubel frischer Kinderstimmen vom Park herüber. Frau von Lankwitz zog die Brauen empor und sah vorwurfsvoll in Lenas Gesicht, als wolle sie diese für den Lärm verantwortlich machen. Die Augen des alten Herrn aber leuchteten auf. Man sah ihm an, er wäre am liebsten hinübergeeilt. Aber der Diener rollte soeben den Teewagen herbei, und während der Teestunde war Herr von Lankwitz an die Seite seiner Gattin gebannt.

Das fröhliche Lärmen der Kinder wurde immer stärker. Traute und ihre Mutter wechselten indignierte Blicke.

»Sind denn die Kinder nicht unter Aufsicht, Lena?« fragte die alte Dame streng.

»Doch, Mama.«

»Wenn sie so lärmen, müßten sie mindestens tiefer in den Park hineingehen.«

»Bis jetzt hat man sie kaum gehört, Mama. Ich glaube, sie wissen, daß Teezeit ist und werden hungrig sein.«

Frau von Lankwitz lächelte süßsauer.

»Merkwürdig, wie laut sie allen Gefühlen Ausdruck geben. Das mußt du ihnen abgewöhnen.«

Lena biß sich auf die Lippen, aber sie antwortete nicht. Artig reiche sie ihrer Mutter eine Tasse Tee, die sie nach Geschmack der alten Dame zurechtgemacht hatte.

Jetzt tönte abermals frohes Geschrei herüber. Selbst Lena wurde etwas nervös. Frau von Lankwitz wollte gerade den Diener in den Park schicken, um Ruhe gebieten zu lassen, da mischte sich plötzlich zwischen den hellen Kinderstimmen der sonore Klang einer Männerstimme.

»Halli hallo! Halli hallo!« klang es deutlich herüber.

Und »Halli hallo!« antworteten die Kinderstimmen im Chor.

Die Wirkung war verblüffend. Traute und Frau von Lankwitz sahen sich bedeutungsvoll an. Darauf erschien sofort auf Trautes Gesicht das rührend kindliche Lächeln. Ihre Augen strahlten, und sie sah entzückend aus, als sie erwartungsvoll zum Park hinüberblickte. Frau von Lankwitz lächelte auch, wenn auch etwas säuerlich.

Lena und ihr Vater tauschten ebenfalls einen Blick und in diesem Blick sprach sich inniges Vergnügen aus. In Worte übersetzt, hätte der Blick vielleicht gelautet: »Jetzt erleben wir etwas.«

Es vergingen nur wenige Minuten, bis drüben zwischen den Bäumen ein seltsamer Zug erschien.

Hoch zu Roß nahte da Herr von Hohenstein, Lenas Jüngsten, einen vierjährigen Buben, vor sich im Sattel haltend. Auf einem anderen Pferd saßen die beiden anderen Knaben, im Alter von sieben und neun Jahren, gleich dem jüngsten Bruder in weiße Matrosenanzüge mit blauen Kragen gekleidet, die drallen Beinchen in den Halbstrümpfen fest an den Pferderücken gepreßt. Hans-Georg führte dieses Pferd am Zügel und schrie mit den Buben um die Wette: »Halli hallo!«

Hinterdrein kam mit verlegenem Gesicht die Bonne der Kinder, deren Aufsicht Hans-Georg die Kinder entführt hatte. Er hatte seine helle Freude an den drei strammen Bürschchen und grüßte, seinen Hut schwenkend, nach dem Teetisch hinüber.

So nahte der Zug über die Wiese.

Aber nur Lena und ihr Vater hatten Freude daran. Frau von Lankwitz hielt zwar krampfhaft das Lächeln fest, aber sie dachte bei sich: »Traute wird viel Mühe haben, bis sie Hohenstein beigebracht hat, was sich schickt.«

Und Traute? Sie blickte mit ihrem kindlichen Lächeln in Hans-Georgs Gesicht und dachte dabei dasselbe wie ihre Mutter.

Die beiden Herren von Hohenstein begrüßten nun zunächst die Herrschaften. Aber Hans-Georg nahm sich nicht viel Zeit dazu. Lenas Buben hängten sich an ihn, er mußte mit ihnen auf der Wiese herumtollen.

Traute war wütend, daß er so wenig Notiz von ihr nahm. Und Frau von Lankwitz klopfte nervös mit den Fingerspitzen auf den Tisch. Als Herr von Hohenstein mit ihrem Gatten sprach, flüsterte sie Lena zu: »Willst du dieser lästigen Szene nicht endlich ein Ende machen?«

Die junge Frau fuhr erschrocken auf. Sie hatte mit innigem Wohlgefallen das übermütige Spiel des jungen Mannes mit ihren drei Buben verfolgt. Das Herz hatte ihr gelacht vor Mutterstolz. Nun riß das Gebot der Mutter sie aus dem frohen Genuß. Sie erhob sich mit einem Seufzer.

»Gewiß, Mama – sofort.«

Sie nahm drei kleine Kuchen aus einem silbernen Körbchen und schritt über die Wiese auf ihre Kinder zu.

»Herbert, Joachim, Gerhard! Kommt her zu mir!« rief sie ihnen zu.

Der Älteste kam mit einem Purzelbaum zu ihren Füßen gekollert, der zweite folgte zögernd, das Gesicht verlangend nach Hans-Georg zurückgewandt, und den dritten brachte Hans-Georg auf der Achsel herbeigetragen,

»Ihr geht jetzt hinein und trinkt eure Milch. Lisa, sorgen Sie dafür, daß die Kinder dann hinter dem Haus bleiben«, sagte die junge Frau, ihren Kindern einen Kuchen reichend und ihnen sanft die Köpfe streichend.

»Ach, wie schade!« rief Hans-Georg. »Gnädige Frau, darf ich nicht noch ein Weilchen mit den Buben herumtollen?«

»Ach ja, Mama – ach ja!« bettelten die Kinder.

Lena sah Hans-Georg bittend an.

»Ich bitte Sie, Herr von Hohenstein, lassen Sie die Kinder gehen. Mama wünscht es, ich möchte sie nicht erzürnen.« Er lachte sie mit seinen übermütigen Augen an. »Eigentlich möchte ich brennend gern ungehorsam sein! Aber nein – Sie sollen keine Schwierigkeiten haben«, erwiderte er. Und zu den Knaben gewendet, fuhr er in Befehlston fort:

»Antreten, Jungens! Zum Parademarsch antreten! Eins zwei, eins zwei, eins zwei!«

Die Kerlchen stellten sich stramm hinter ihm auf, ihre Kuchen fest an die Hosennaht drückend. Dann marschierten sie hinter Hans-Georg dem Haus zu. An der breiten Freitreppe trat der junge Mann beiseite, kommandierte aber weiter, bis die sechs drallen Beinchen in der Halle landeten. Lisa eilte hinter den Knaben her und nahm sie nun wieder unter ihre Obhut. Hans-Georg sah ihnen noch ein Weilchen nach.

Solche Prachtkerlchen zu besitzen – das kann einem doch die Furcht vor der Ehe nehmen. Wenn die Traute eine so patente Mutter wird wie die Lena, dann kann ich zufrieden sein, dachte er.

Dann schritt er zu dem Zelt hinüber. Durch das süßsaure Lächeln der Frau von Lankwitz ließ er sich nicht stören. Er wandte sich an Traute, die ihm mit großen, strahlenden Kinderaugen entgegensah.

»Darf ich um eine Tasse Tee bitten, mein gnädiges Fräulein? Ich bin von dem Schreien und Toben durstig geworden.«

Traute kredenzte ihm anmutig die gefüllte Tasse.

»Hoffentlich bin ich Ihnen nicht zu sehr auf die Nerven gefallen mit meinem Geschrei, gnädige Frau«, wandte er sich an Frau von Lankwitz.

Diese hätte ihm am liebsten gleich eine Lektion erteilt, aber sie war klug genug, sich das aufzuheben, bis Hans-Georg Trautes Gatte geworden war.

»Oh, wir sind durch meine Enkel jetzt schon etwas daran gewöhnt«, sagte sie in ihrer vornehmen Sprechweise.

Hans-Georg machte Traute in jüngster Zeit immer mehr den Hof. Er hatte sich seit der Unterredung mit seinem Vater und Lori in eine gewisse Verliebtheit für das schöne, blonde Mädchen hineingesteigert. Ihr scheinbar anschmiegendes, kindliches Wesen schien ihm eine Garantie, daß er sie nach seinem Willen formen konnte.

»Darf ich Ihnen drüben im Park das Indianerlager zeigen, das Ihre Neffen aufgebaut haben, mein gnädiges Fräulein?« fragte Hans-Georg, als man den Tee eingenommen hatte.

Traute fühlte natürlich sofort, daß er sie isolieren wollte, und ging mit kindlichem Lächeln auf seinen Vorschlag ein. Hans-Georg bot ihr den Arm, über ihren blonden Kopf hinweg tauschte er mit seinem Vater einen bedeutungsvollen Blick.

Die Zurückbleibenden sahen dem jungen Paar nach. Dann sagte Herr von Hohenstein zum Hausherrn: »Mein lieber Lankwitz, ich hätte etwas Ernstes mit dir zu besprechen.«

Dieser erhob sich sofort.

»So komm in mein Arbeitszimmer. Du entschuldigst wohl, Klementine.«

Frau von Lankwitz neigte das Haupt und reichte den Herren die Hand zum Kuß, worauf diese Arm in Arm abzogen.

Lena und ihre Mutter blieben allein. Die junge Frau hatte hinter Hans-Georg und der Schwester hergesehen. Nun sagte sie lächelnd: »Es liegt wohl eine Verlobung in der Luft, Mama?«

Frau von Lankwitz nestelte an der Kette ihres Lorgnons. »Ich verstehe dich nicht, Lena«, sagte sie kalt und streng. »Man muß das Dekorum wahren – unter allen Umständen.«

Lena fröstelte. Wie hatte sie nur früher Jahr um Jahr, Tag um Tag in der herzenskalten Umgebung leben können, die ihr jetzt schon nach einigen Wochen unerträglich war. Sie erhob sich. »Du gestattest, ich möchte nach den Kindern sehen, Mama.«

Die Mutter nickte. »Ja, Lena, tue das. Und sorge dafür, daß sie nicht wieder stören. Ich muß mich sehr wundern, wie lax du ihre Erziehung auffaßt.«

»Mein Mann wünscht es so, Mama«, sagte Lena, sich beherrschend.

»Dein Mann? Mein Gott, die Männer sind oft unvernünftig, da ist es Pflicht der Frau, einzugreifen. Euer Vater hat mir die Erziehung meiner Kinder völlig überlassen.«

Ein bitteres »leider« wollte sich über Lenas Lippen drängen. Aber die kalten, strengen Augen der Mutter hatten doch noch zu viel Macht über sie. Schweigend ging sie davon.

Als sie bei ihren Kindern war, zog sie dieselben mit heißer Zärtlichkeit an sich. Die Buben fielen auch gleich mit Liebkosungen über sie her. Ach, wie warm und froh wurde ihr da ums Herz! Und eine große Sehnsucht nach ihrem Gatten stieg in ihr auf.

»Meine Kinder sollen fühlen, wie lieb ich sie habe«, dachte sie. Und lächelnd rief sie: »Sonnabend fahren wir heim zu Papa!«

Ein dreifacher Jubelruf antwortete ihr.

Frau von Lankwitz aber saß steif und hochaufgerichtet und wartete auf die Rückkehr Trautes und Hans-Georgs.

»Traute ist klug«, dachte sie. »Sie wird ihm abgewöhnen, was ihr mißfällt. Sie wird sich nicht wie Lena unterjochen lassen. Und ich werde ihr zur Seite stehen.«

Eine halbe Stunde später kamen Traute und Hans-Georg zurück und schritten auf sie zu.

6

Hans-Georg hatte Traute gefragt, ob sie seine Frau werden wolle, und sie hatte hold errötend ja gesagt und sich küssen lassen. Sie war Weib genug, Hans-

Georgs leicht entzündliches Herz in Flammen zu setzen. Er befand sich momentan wieder in einem Stadium heftiger Verliebtheit.

Dieses Gefühl ging aber auch diesmal nicht tief bei ihm. Bis zum Herzen war ihm noch nie eine seiner Liebeleien gedrungen. Deshalb glaubte er nicht mehr, daß er je eine echte, tiefe Liebe empfinden könne.

Manchmal freilich war eine große Sehnsucht nach einem tiefen, heiligen Gefühl, das ihn ganz auszufüllen imstande war, in ihm gewesen. Seltsamerweise hatte es ihn dann immer heimgetrieben – zu Lori. Ihr hatte er dann geklagt, daß er kein tiefinneres Genügen fand an all den kleinen Flirts, daß er Sehnsucht habe nach einem großen, tiefen Gefühl. Unter ihren sanft tröstenden Worten war dann der Schmerz bald vergessen und der alte, sonnige Übermut wieder zum Durchbruch gekommen.

Nun aber hatte er einen Strich gemacht unter sein bisheriges Leben, nun sollte es in seinem Herzen keinen Raum für diese unklare Sehnsucht mehr geben.

Vorläufig regte sich diese auch nicht mehr, da er in Traute verliebt war und diese, weich und hingebend, zu allem, was er wünschte, ja sagte. Die kluge Mutter hatte Traute gewarnt. Vor der Hochzeit sollte sie sich allem fügen, um nachher die Zügel an sich zu reißen.

Frau von Lankwitz hatte eine glänzende Verlobungsfeier als unerläßlich erklärt. Diese sollte jedoch erst in einigen Tagen stattfinden, damit man die nötigen Vorbereitungen treffen und auswärtige Gäste einladen konnte.

Das wurde alles noch an demselben Nachmittag besprochen, an dem Hans-Jörg um Traute geworben hatte.

Gegen Abend ritten die beiden Herren von Hohenstein wieder heim.

Hans-Georg war in bester Laune; sein frohes Lachen hallte durch den frischgrünen Wald.

Daheim angelangt, sahen sie Lori auf der Terrasse stehen. Der rötliche Schein der untergehenden Sonne umfloß ihre Gestalt mit loderndem Licht. Das reiche Haar glänzte in metallischem Schimmer, und das weiße Kleid leuchtete in rötlicher Glut.

Ihre herrlichen Augen sahen den beiden mit seltsam gespanntem, erwartungsvollem Blick entgegen, und auf ihren reinen Zügen lag es wie ein Hauch süßer Schwermut.

Als Hans-Georg sie erblickte, weiteten sich seine Augen. Es war aber auch ein wundersamer Anblick, dieses schlanke, schöne Geschöpf in der anmutig stolzen Haltung auf der Terrasse des alten Herrenhauses, dessen graue Mauern gleichfalls von rötlichem Licht umflossen waren und in dessen langen Fensterreihen sich die glutrote Sonne spiegelte. Und wie seine Augen, so weitete sich auch sein Herz. Es war plötzlich wie ein großes Glücksgefühl in seiner Brust, über dessen Ursprung er aber nicht nachdachte. Jauchzend grüßte er zu Lori hinüber. Sie winkte mit der Hand zurück. Da gab er seinem Pferd die Sporen und sprengte seinem Vater voraus, als könne er es nicht erwarten, in Loris Nähe zu kommen.

Vom Pferd springend, warf er dem herbeieilenden Reitknecht die Zügel zu, sprang die Steintreppe empor und schloß Lori mit glücklichem Lachen in die Arme.

»Da hast du uns wieder, Baby! Gelt, du hast schon voll Sehnsucht nach uns ausgeschaut?« rief er, sie fest an sich drückend.

Sie schloß einen Moment die Augen – aber als sie dann zu ihm aufblickte, waren sie ruhig und klar.

»Ja, ich dachte, daß ihr nun heimkommen würdet.«

»Sieh mich mal an, Baby. Vor dir steht ein glücklicher Bräutigam«, sagte er erregt.

Lori wurde bleich – oder veränderte sich ihr Aussehen nur, weil jetzt die Sonne hinter den Bäumen versank?

Er blickte sie unsicher an, und wieder überkam ihn das seltsam unbehagliche Gefühl. Nun war es ihm auch, als schauere Lori in seinen Armen zusammen. Doch ehe er darüber klar wurde, sagte sie ruhig:

»Wie kühl es plötzlich geworden ist – die Sonne ist untergegangen.«

Und sich aus seinen Armen lösend, faßte sie mit festem, warmem Druck seine Hände und fuhr mit verhaltener Stimme fort:

»Ich wünsche dir Glück zu deiner Verlobung, von ganzem Herzen – mein lieber Hans-Georg.«

Da verflog das leise Unbehagen.

»Ich danke dir, Lori! Und ich soll dich grüßen von allen Lankwitzern, auch von meiner Braut. Traute hat mir versprochen, dich wie eine Schwester lieb und wert zu halten.«

Inzwischen war auch der alte Herr herangekommen. Er stieg mit Hilfe des Reitknechts vom Pferd.

»Hol der Deibel die steifen Knochen! Wenn das so weitergeht, muß ich noch mit dem Hebekran aufs Pferd gehoben werden!« wetterte er. Dann wandte er sich an Lori: »Komm her, Marjell, gib mir einen Kuß, damit ich ein bißchen Jungbrunnen trinken kann. Siehst aus, wie der leibhaftige Frühling, Wettermädel!«

Lori flog in seine Arme, als suche sie Schutz bei ihm vor ihren eigenen Gefühlen. Er küßte sie auf die Wange und zog dann ihren Arm durch den seinen. Hans-Georg hing sich an Loris anderen Arm. So gingen sie ins Haus.

Als sie bei Tisch saßen, füllte Herr von Hohenstein die Sektgläser.

»So, Lori, jetzt wollen wir mal auf Hans-Georgs Glück und die künftige Herrin von Hohenstein anstoßen. Ich freue mich schon, wenn neben deinem braunen Kopf noch ein blonder hier auftaucht. Vielleicht werde auch ich noch mal jung zwischen euch, wenigstens ein bißchen elastischer. Also – auf das Glück von Hohenstein!«

Die Gläser klangen aneinander, und in Loris Herzen war es wie ein Gebet: Hans-Georgs Glück!

Sie bezwang sich tapfer. Niemand merkte, wie es in ihr aussah. Ganz heiter und froh schien sie zu sein, und als Hans-Georg von Lenas Buben und von Frau von Lankwitz' süßsaurem Lächeln erzählte, das er kopierte, da lachte sie mit Herrn von Hohenstein um die Wette.

Als sie aber an diesem Abend ihr Zimmer aufgesucht und endlich allein war, da brach sie kraftlos in einem Sessel zusammen, die Hände ringend, betete sie inbrünstig:

»Hilf mir, mein Gott, daß ich's ertrage – daß ich verwinde, was mich so namenlos quält. Ich muß stark sein, ich muß – hilf mir!«

Es waren zahlreiche Einladungen ergangen zur Verlobungsfeier des jungen Paares. Auch von auswärts waren schon am Tag vor dem Fest Gäste eingetroffen. Herr von Glasenapp, Lenas Gatte, war der erste, der in Lankwitz eintraf. Leo von Lankwitz, der in der benachbarten Garnison stand, hatte sich einige Tage Urlaub genommen. Er hatte Heinz Ronneburg und noch einen anderen Kameraden, Herrn von Bülow, mitgebracht. Die jungen Herren ritten nun von einem Nachbargut zum andern, um mit den andern jungen Leuten allerlei Kurzweil zu planen.

Auch Lori war mit in diesen Festtrubel hineingezogen worden. Soviel es anging, entschuldigte sie sich freilich damit, daß auch in Hohenstein Logiergäste weilten, denn auf die Kunde von Hans-Georgs Verlobung waren verschiedene Verwandte der Hohensteins gekommen, um das Fest mit zu begehen.

Als Hausfrau hatte sie wirklich alle Hände voll zu tun – und das war ihr lieb. So wurde sie wenigstens von ihren schmerzlichen Gedanken abgelenkt und war abends so müde, daß sie bald einschlief.

Es war am Tag vor der Verlobungsfeier. In Hohenstein saßen auf der Terrasse mehrere Personen um eine Maibowle, die Hans-Georg gebraut hatte. Er war heute von Lankwitz verbannt, weil man da viel zu tun hatte.

Neben Hans-Georg saß Exzellenz Robbingen, eine Schwester seiner Mutter. Sie war die Witwe des Intendanten der herzoglichen Theater, in dessen Haus Herr von Hohenstein Loris Vater kennengelernt hatte.

Tante Maria war kinderlos und hatte sich nach dem Tod von Loris Mutter erboten, die Waise zu sich zu nehmen. Sie lebte noch jetzt in der Residenz in ihrer schönen Villa. Hans-Georg war während seiner Leutnantszeit fast täglich bei ihr ein und aus gegangen.

Die heitere und großherzige Frau, die alle Lebensweisheit in dem Wort: »Alles verstehen heißt alles verzeihen« zusammenfaßte, war für viele Menschen zum Segen geworden durch ihre werktätige Nächstenliebe.

In ihrem Haus herrschte noch jetzt eine lebhafte Geselligkeit, deren geistiger Mittelpunkt sie war. Auch bei Hofe war sie gern gesehen.

Hans-Georg war ihr Liebling; mit seinem Vater verband sie eine treue Freundschaft. Sie war fast jedes Jahr ein paar Sommerwochen in Hohenstein. Daran hatte sich auch nach dem Tod ihrer Schwester und ihres Mannes nichts geändert.

Dabei war sie zu Lori in ein sehr herzliches Verhältnis getreten. Sie betrachtete Lori als zugehörig zur Familie und behandelte sie als Haustochter.

Lori hing mit inniger Verehrung an der alten Dame, die sie auch Tante Maria nennen mußte.

Also Tante Maria saß neben Hans-Georg. Unter ihrem grauen Haar blickten die großen blauen Augen noch recht jung und lebensfrisch aus dem gütigen Gesicht.

»Es ist eine Freude, wie entzückend Lori sich entwikkelt hat«, sagte sie leise zu Hans-Georg. »Mir ist das noch nie so aufgefallen wie heute, was für ein schönes Geschöpf sie ist. Wie wundervoll das lichtblaue Kleid ihr steht! Und einen Teint besitzt das Kind – wie aus Perlen und Rosen fabriziert. Wirklich, ein holdseliges Geschöpf! Ich beneide euch, daß ihr sie alle Tage um euch habt.«

Hans-Georg sah zu Lori hinüber, die sich mit einer alten Dame unterhielt. Seine Augen blickten stolz. Tante Marias Worte freuten ihn, als hätte er selbst Anteil an ihrem Lob.

»Ja, Tante Maria, ein lieber, prachtvoller Mensch ist die Lori. Die hat uns ein extra guter Stern ins Haus geführt. Vater sagt so oft – sie ist ein Segen für uns.«

Die alte Dame nickte. »Ja, der liebe Gott hat euch durch Lori selbst vergolten, was ihr an ihr getan habt.«

»Was habt ihr denn für Heimlichkeiten, ihr beiden?« fragte Herr von Hohenstein über den Tisch hinüber.

»Wer wird denn so neugierig sein, Schwager«, neckte Tante Maria.

Er lachte. »Also ich verzichte, in euer Geheimnis eingeweiht zu werden. Aber Hansjörg soll die Gläser füllen. Wir sitzen alle vor leeren Gläsern.«

Hans-Georg stand auf, und bald waren die Gläser frisch gefüllt.

»Und nun Prosit!« rief Oberst Heerwege, ein Vetter Hohensteins.

Die kleine Tafelrunde, acht Personen, erhob sich und die Gläser klangen aneinander.

»Halt – halt! Wir wollen auch mittrinken!« rief in diesem Augenblick Leo von Lankwitz, der soeben mit Heinz Ronneburg und Herrn von Bülow vom Park herübergeritten kam.

»Halli – hallo!« rief ihnen Hans-Georg entgegen.

Unter frohen Zurufen sprangen die drei Herren von den Pferden und kamen auf die Terrasse. Ein Diener brachte sofort Gläser herbei.

Leo Lankwitz, ein bildhübscher blonder Mensch mit einem flotten Bärtchen und lachenden Augen, schaute prüfend in die große Bowle.

»Famos! Da ist noch was drin. Da braucht sich ein echter deutscher Männerdurst nicht zu zähmen. Also los, Hans-Georg – hier sind unsere Gläser«, kommandierte er lustig.

Wenn seine gestrenge Frau Mutter nicht in der Nähe war, konnte er sehr ausgelassen sein.

Als der erste Durst gestillt war, sagte Leo: »Wir sind als Abgesandte von Lankwitz hierhergeschickt worden, um zu revidieren, ob in Hohenstein die Stimmung feierlich genug ist, ein Verlobungsfest würdig zu begehen.«

»Leo schwindelt!« rief Heinz Ronneburg lachend. »Wir sind ausgekniffen, weil in Lankwitz kein Mensch Zeit hat, sich mit uns zu beschäftigen. Die Damen haben mit ihren Festtoiletten zu tun, und Herr von Lankwitz memoriert seine Festrede für morgen. Herr von Glasenapp aber kriecht auf der Parkwiese herum, zu einem unentwirrbaren Knäuel vereinigt mit seinen drei Buben.«

»Und nützlich konnten wir uns auch nicht machen, da unsere Arbeit getan ist. Da hat Leo gesagt: ›Jetzt überfallen wir die Hohensteiner! Mir ahnt, daß wir da am besten aufgehoben sind‹«, erklärte Herr von Bülow weiter.

»Nun, ihr sollt euch nicht getäuscht haben. Eure Gläser her!« rief Hans-Georg vergnügt.

Heinz Ronneburg hatte es so einzurichten gewußt, daß er an Loris Seite Platz nehmen konnte.

»Mein gnädiges Fräulein, wir haben vorhin die Tischordnung für morgen aufgestellt. Ich habe mir die Ehre ausgebeten, Sie zu Tisch führen zu dürfen. Hoffentlich zürnen Sie mir nicht«, sagte er, seine Augen mit warmem Glanz auf ihrem Gesicht ruhen lassend.

Lori lächelte freundlich.

»Wie sollte ich zürnen, Herr von Ronneburg? Ich freue mich, einen so sympathischen Tischnachbar zu bekommen. Ist denn das Festprogramm schon fertig?«

»Gewiß! Leo – lies doch mal das Programm vor!« rief Ronneburg über den Tisch.

Leo zog ein Papier hervor und las vor, immer wieder von fröhlichen Zurufen unterbrochen.

Als er fertig war, rief er: »Herrgott – natürlich soll ich dich von Traute grüßen, Hans-Georg. Beinahe hätte ich das vergessen.«

»Barbar! Solche Grüße vergißt man nicht!« lachte Hans-Georg.

»Was euch Brautleuten alles wichtig ist«, neckte Leo und trank mit Behagen sein Glas leer.

Die Stimmung wurde immer vergnügter.

»Das ist erst eine Probe für morgen! Morgen darf in Lankwitz kein Stein auf dem andern bleiben«, erklärte Leo ausgelassen.

Hans-Georg faßte lachend seinen Arm.

»Du – deine Mutter wird schon sorgen, daß die Kirche im Dorf bleibt«, flüsterte er ihm zu.

Leo zog mit drolligem Entsetzen den Kopf ein.

»Duck dich, Seele, es kommt ein Platzregen!« rief er kleinlaut. Dann lachten beide übermütig.

»Du – Hans-Georg, laß dich bloß nicht unterkiegen von Mama. Ich hab' meine Freude, wie ihre strengen Blicke an dir abprallen«, flüsterte Leo.

»Keine Sorge, mein Junge. Habe ich die Traute erst in Hohenstein, dann sollst du was erleben«, erwiderte Hans-Georg ebenso leise.

Leo hatte ihm oft geklagt, daß das Wesen seiner Mutter so sehr auf allen laste. Und Hans-Georg glaubte, auch Traute leide darunter. Er freute sich schon, wie sie in Hohenstein auftauen würde.

Erst als es zu dämmern begann, ritten die drei jungen Offiziere nach Lankwitz zurück. Hans-Georg und Oberst Heerwege gaben ihnen ein Stück das Geleit.

»Ich möchte einen Spaziergang durch den Park machen, Lori. Hast du Zeit, mich zu begleiten?« fragte Exzellenz Robbingen das junge Mädchen.

»Sofort, Tante Maria. Ich will nur Mutter Klimschen einige Anordnungen für die Abendtafel geben. Gleich bin ich zurück«, entgegnete Lori.

Zehn Minuten später schritt Tante Maria, auf Loris Arm gestützt, in den Park.

»Du kannst doch auch wirklich abkommen, Kind?« fragte die alte Dame.

»Gewiß, Tante Maria. Es ist alles besorgt, und Väterchen plaudert behaglich mit unseren Gästen.«

»Aber du bist vielleicht müde, kleines Hausmütterchen? Manchmal will es mir scheinen, als seiest du abgespannt.«

Lori schüttelte den Kopf. »Das geht schnell wieder vorüber. Der kleine Spaziergang in deiner lieben Gesellschaft ist mir jedenfalls eine Erholung.«

Die alte Dame blickte ein paarmal forschend in Loris Gesicht, während sie langsam unter den schönen alten Bäumen dahinwandelten. Sie schwiegen beide und ließen den Frieden der Natur auf sich wirken. Dabei wurde Loris Gesicht immer ernster und schwermütiger.

Tante Maria entging das nicht. In ihren klugen Augen lag ein teilnahmsvoller Ausdruck.

Endlich brach sie das Schweigen. »Wir haben noch gar keine Gelegenheit gehabt zu plaudern, Kind. Und nun wir sie haben, schweigen wir uns aus.«

Lori fuhr aus ihrem schmerzvollen Sinnen auf und lächelte verwirrt.

»Ich glaubte, du seiest nicht zum Sprechen aufgelegt, Tante Maria. Verzeihe, daß ich meinen Gedanken nachhing.«

»Ach, Kind, ich werde nicht leicht müde. Gestern in Lankwitz habe ich mich übrigens wenig an der Unterhaltung beteiligt, sondern mich aufs Beobachten beschränkt. Ich kenne Lankwitzens flüchtig schon seit langen Jahren – Frau von Lankwitz kannte ich schon, als sie bei Prinzeß Amalie Hofdame war.«

»Was für eine Persönlichkeit ist Prinzessin Amalie, Tante Maria?«

Die alte Dame lachte, in ihren Augen lag ein humorvoller Ausdruck.

»Denke dir Frau von Lankwitz zehn Jahre älter – dann hast du eine Kopie von Prinzeß Amalie. Obwohl Prinzeß Amalie so unglaublich streng auf Etikette hält, daß selbst der Herzog und die Herzogin ihr gelegentlich ein Schnippchen schlagen, ist ihr Frau von Lankwitz darin noch über; sie hat sich die Prinzessin zum Vorbild genommen.«

Lori seufzte.

»Ja, Frau von Lankwitz ist sehr streng und formell. Hans-Georg und Väterchen lachen oft darüber.«

»Das beste, was sie tun können, Kind. Doch nicht von ihr wollte ich sprechen, sondern von Hans-Georgs Braut.

Bisher habe ich die kleine Traute wenig beachtet. Gestern benutzte ich meine Anwesenheit in Lankwitz, um sie zu beobachten und mir ein Urteil über sie zu bilden.«

Lori wandte schnell ihr Gesicht der alten Dame zu.

»Und hat sie dir gefallen, Tante Maria? Glaubst du, daß Hans-Georg mit ihr glücklich werden wird?«

Die alte Dame lächelte fein. »Das sind zwei Fragen auf einmal, meine kleine Lori, noch dazu zwei, die schwer zu beantworten sind. Also zuerst – ob mir Traute gefällt? Nun, sie ist ein schönes, graziöses Mädchen, mit einem kindlichen, warmen Lächeln, aber sehr unkindlichen, kalten Augen. Ich weiß nicht, was an ihr Firnis ist – und was Natur. Ich halte sie für klug genug, ihr Innerstes zu verbergen. Hohe Geistesgaben traue ich ihr nicht zu. Jedenfalls wird sie eine elegante Repräsentantin von Hohenstein werden.«

Lori zog wie im Schmerz die Stirn zusammen. »Das ist wenig, Tante Maria!«

Deren Augen sahen klar und fest in die Loris.

»Und was ich verschweige, Lori – das weißt du selbst, denn du hast dir über Traute ein ähnliches Urteil gebildet wie ich. Das habe ich in deinen sorgenvollen Augen gelesen.«

Lori errötete jäh. »Ich – ach, ich – Tante Maria!«

Die alte Dame drückte sanft Loris Arm.

»Ja, ja, Kind, ich verstehe dich ohne Worte. Du kennst Hans-Georg, du weißt, daß er trotz seines scheinbaren Leichtsinns ein tiefes Gemüt hat. Du weißt, daß er eine Frau haben müßte, die seiner Eigenart gerecht wird und – die ihm so viel Liebe gibt, daß er nicht an anderer Stelle danach zu suchen braucht. Und siehst du, Lori, du und ich zweifeln daran, daß er das alles bei Traute findet.

Und nun deine zweite Frage: ob ich glaube, daß Hans-Georg mit ihr glücklich wird? Kind, das kann man nie im voraus sagen. In der Ehe kommt oft alles anders, als man glaubt. Unglücklich wird sich Hans-Georg so leicht nicht fühlen, er wird dem Leben immer die beste Seite abgewinnen. Unglücklich könnte er nur werden, wenn er nach seiner Verheiratung einem Wesen begegnet, das er wahrhaft liebt und das dann unerreichbar für ihn wäre. Bis jetzt hat er immer nur gesucht, aber nicht das gefunden, was ihn wirklich ausfüllte. Auch Traute liebt er, soviel ich beurteilen kann, nicht so, wie er wohl lieben könnte, wenn sein Herz gefesselt ist. Doch mit solchen Möglichkeiten wollen wir uns nicht das Herz schwer machen, kleine Lori.

Aber nun eine andere Frage, Lori. Wie stehst du mit Traute? Ich habe bemerkt, daß ihr sehr freundlich miteinander verkehrt – ein wenig *zu* freundlich, wie mir scheinen will – so, als ob diese Freundlichkeit nicht ohne Zwang wäre.«

Loris Gesicht rötete sich dunkel. Dann sah sie mit großen offenen Augen in das gütige Gesicht der alten Dame.

»Mir geht es wie dir, Tante Maria, ich halte Trautes Wesen für unecht – auch ihre Freundlichkeit zu mir, die ich leider, so sehr ich mich zwinge, nicht herzlich erwidern kann. Und ich möchte es doch so gern Hans-Georgs wegen; er wünscht, daß wir einander wie Schwestern begegnen.«

Frau von Robbingen sah nachdenklich vor sich hin. Dann sagte sie ernst: »Natürlich, das wäre ja auch wünschenswert, da ihr unter einem Dach leben werdet. Ich bin überzeugt, daß du nach Kräften Frieden halten wirst.«

»Ja, Tante Maria, von meiner Seite soll alles geschehen.«

Die alte Dame nickte. »Das weiß ich, Kind. Aber dazu gehören zwei. Es könnte vielleicht der Tag kommen, da du, um in Hohenstein den Frieden zu halten, nur einen Ausweg fändest – nämlich, daß du das Feld räumst! Erschrick nicht, mein Kind; ich weiß, du hängst mit allen Fasern deines Herzens an Hohenstein, und der Gedanke, es verlassen zu müssen, erscheint dir jetzt schrecklich. Aber es könnte doch sein, daß du eines Tages fort möchtest. Dann wirst du bei mir eine Heimat und die liebevollste Aufnahme finden. Deshalb spreche ich jetzt von dieser Möglichkeit. Wenn sie eintreten sollte, dann kommst du zu mir als mein liebes Töchterchen, nicht wahr?«

Lori war tief erschüttert. Sie faßte die Hand der alten Dame und preßte ihre zuckenden Lippen darauf. »Liebe, gute, teure Tante Maria!« stieß sie erregt hervor.

Und sie dachte, welch eine Wohltat es sei, wenn sie die gütige Frau schon jetzt bitten könnte: »Nimm mich mit dir, gleich jetzt, denn ich fürchte mich namenlos davor, Traute als Hans-Georgs Frau in Hohenstein einziehen zu sehen.«

Aber Stolz und Scheu schlossen ihr den Mund, obwohl sie fühlte, daß sie bei Tante Maria Verständnis finden würde für ihr Leid. Und dann – Väterchen brauchte sie jetzt mehr denn je.

Nein, sie durfte jetzt nicht an sich denken. Es wäre feige und schlecht, jetzt die Flucht zu ergreifen. Als sie sich ein wenig gefaßt hatte, sagte sie innig: »Wenn du wüßtest, Tante Maria, wie dankbar ich dir für deine Güte bin. Ich will es nicht vergessen, was du mir heute gesagt hast. Solange jedoch Väterchen lebt und mich braucht, bleibe ich in Hohenstein. Sollte er mir aber eines Tages genommen werden – dann will ich dich an dein Versprechen erinnern, vorausgesetzt, daß Hans-Georg meiner nicht bedarf.«

Frau von Robbingen strich Lori gütig über das Haar.

»So, meine kleine Lori, nun habe ich vom Herzen herunter, was ich dir sagen wollte. Und nun wollen wir mit Gottvertrauen in die Zukunft blicken. Horch, da kommen die beiden Herren zurück. Ich höre Georgs Lachen. Komm, wir wollen ihm entgegengehen.«

7

Das Verlobungsfest in Lankwitz verlief glänzend. Die Geister des Weins und des Frohsinns sorgten dafür, daß der steife Ton, den Frau von Lankwitz für unerläßlich fand, siegreich aus dem Feld geschlagen wurde. Es war zu viel junges Blut auf diesem Fest, und Hans-Georg gab den übermütigen Ton an.

Wenn Traute nach ihrer Mutter hinüberschaute, dann dachte er mitleidig: »Das arme, kleine Ding wagt sich nicht heraus unter Mamas strengem Blick. Na warte nur, kleine Traute, in Hohenstein sollst du lernen, vergnügt zu sein.«

Trautes Augen strahlten freudig über die lange Festtafel hinweg. Aber diese Freudigkeit entsprang weniger einem herzlichen Gefühl als dem eitlen Stolz, der Mittelpunkt des Festes zu sein und von allen Seiten um die glänzende Partie beneidet zu werden.

In ihrer Seele lebte kein Schimmer von Liebe für Hans-Georg.

»In der Ehe hat der Teil die größte Macht, der am wenigsten liebt«, hatte die Mutter gesagt, als sie Traute das erstemal zuredete, Hans-Georgs Bewerbung entgegenzukommen und Traute erwidert hatte, daß sie ihn nicht liebe.

Das hatte sich Traute gemerkt.

Ihr Triumphgefühl, das ihrer Eitelkeit entsprang, hinderte sie aber nicht, auch heute mit ihren Augen Heinz Ronneburg zu verfolgen. Sie war wütend, daß er an Loris Seite saß, sich so lebhaft mit ihr unterhielt und nur für sie Augen hatte. Oft stieg es wie ein heißer Zorn in ihr empor. Sie hätte Lori irgend etwas Schreckliches antun mögen.

Hans-Georg ahnte nichts von Trautes Gefühlen gegen Lori. Sie verbarg diese meisterhaft. Als er ihr aber auch heute während der Tafel wieder von Lori vorschwärmte und deren Vorzüge pries, da konnte sie sich kaum noch beherrschen.

Lori saß indessen mit wehem Herzen neben Heinz Ronneburg und zwang sich, seinen Worten mit freundlicher Teilnahme zu lauschen. Dabei sah sie unsagbar lieb und holdselig aus in ihrem duftigen, weißen Spitzenkleid. Sie war etwas bleich, nur die Lippen glühten rot, und die Augen – diese wundersamen klaren, grauen Augen – schimmerten in unterdrückter Erregung.

Heinz Ronneburg betrachtete sie voll Entzücken und fühlte sich recht unglücklich, weil er als armer Schlucker es nicht wagen durfte, seine Hand nach diesem holden Mädchen auszustrecken.

Auch Hans sah wieder und wieder, strahlend vor brüderlichem Stolz, in ihr Gesicht.

»Gelt, Traute, mein Schwesterchen ist das schönste Mädchen an der ganzen Tafelrunde – außer dir, natürlich«, sagte er zu seiner Braut.

Trautes Lippen zuckten nervös. »Deine Schwester? Lori ist doch nicht deine Schwester«, sagte sie.

Hans-Georg trank Lori begeistert zu, ehe er antwortete: »Doch, Traute, Lori ist meine Herzensschwester, wenn auch nicht der Geburt nach. Wir sind so fest zusammengewachsen, wie es nur Geschwister sein können. Du mußt sehr lieb und gut zu ihr sein.«

Sie fand, daß er das schon bis zum Überdruß wiederholt hatte.

»Muß ich?« fragte sie mit seltsam schillernden Augen.

Er lachte sorglos und drückte verstohlen ihre Hand. »Ach so – das Muß behagt dir nicht? Du hast unter Mamas strenger Zucht schon so viel müssen müssen. Na, hab keine Angst. In Hohenstein mußt du niemals, was du nicht gern willst. Aber die Lori wirst du liebhaben müssen, ob du willst oder nicht. Sie ist ein so goldiger Mensch. Ich kenne keinen Menschen, der sie nicht gern hat.«

Traute dachte, daß sie sehr wohl jemand kenne, der Lori nicht ausstehen konnte. Aber sie sagte es nicht.

Gleich darauf hob Frau von Lankwitz mit wahrhaft königlicher Miene die Tafel auf. Der Kaffee wurde draußen unter den Linden serviert. Auf dem großen Rasenplatz waren Tische und Stühle aufgestellt. Man ließ sich in zwanglosen Gruppen nieder, nur das Brautpaar wurde von Leo auf zwei im Mittelpunkt stehende Sessel genötigt.

»Heilige Kümmernis! Was soll denn jetzt vor sich gehen, Leo?« fragte Hans-Georg in komischem Entsetzen.

»Schweig still und setz dich nieder. Es tut nicht weh. In einer halben Stunde ist alles überstanden«, sagte Leo mit unterdrücktem Lachen.

Hans-Georg zog Traute neben sich nieder. »Du, Traute, mir scheint, die guten Leute können uns gar nicht genug foltern«, sagte er leise. »Ich fände es viel amüsanter, mich mit dir seitwärts in die Büsche zu schlagen«, versicherte er.

Aber dann saß er still und gottergeben an ihrer Seite. Plötzlich stieß er ein entsetztes »Allmächtiger Gott!« hervor.

Vom Hause her nahten feierlichen Schrittes drei junge

Damen in griechischen Gewändern, Rosenkränze in dem gelösten Haar und eine Rosengirlande vor sich hertragend. Es waren nicht gerade drei sehr schöne oder sehr jugendliche Vertreterinnen ihres Geschlechtes. Aber Hans-Georgs Entsetzen galt nicht ihnen, sondern dem feierlichen Aufzug.

Zum Glück hatte es niemand gehört außer Traute und Leo, der sich schleunigst abwenden mußte, um nicht die Fassung zu verlieren. Traute aber flüsterte ziemlich ärgerlich: »Sei doch ernsthaft.«

Hans-Georg seufzte ergeben und sah den nahenden Grazien entgegen. Nahe an das Brautpaar herangekommen, versicherten sie abwechselnd in einem ziemlich umfangreichen Gedicht, sie seien von den Göttern abgesandt, um das Brautpaar mit Rosenketten für das ganze Leben aneinander zu fesseln, dabei schlangen sie in einem anmutigen Reigen die Rosengirlande um Hans-Georg und Traute.

»Die armen Mädels, das haben sie nun alles auswendig lernen müssen. Sie sind vielleicht noch bedauernswerter als wir, die wir das geduldig über uns ergehen lassen müssen«, dachte Hans-Georg und hatte Angst, daß er seinen Ernst nicht würde bewahren können.

Aber es ging alles ohne Unfall vorüber. Gleich nachdem die drei Grazien verschwunden waren, kam Lenas ältester Junge in einem drolligen Tirolerkostüm mit niedlichen Lederhöschen und bloßen Knien. Er sagte ein kurzes Gedicht, das einen herzlichen Glückwunsch enthielt und mit einem hellklingenden »Grüß Gott« endete.

Hans-Georg war von dem Bürschlein so entzückt, daß er seine Würde als Bräutigam vergaß, das Bübchen jauchzend hoch emporhob und eine Weile mit ihm auf dem Rasenplatz herumtollte. Nur mit Mühe war er zu bewegen, sich wieder niederzusetzen und sich an Trautes Seite noch weiter anfeiern zu lassen.

Sein Blick flog einige Male wie hilfesuchend zu Lori hinüber. Als er endlich erlöst war und wieder tun und lassen konnte, was er wollte, suchte er sofort Lori auf. Sie stand zufällig allein, etwas abseits von den andern. Er schob seinen Arm in den ihren.

»Du, Baby, verlobe dich ja niemals. Das ist eine gräßliche Schinderei. Diese feierlichen Vorträge und Ansprachen sind die reine Tierquälerei. Das hält kein Mensch aus!« sagte er halblaut, und es sprühte und leuchtete vor Übermut in seinem Gesicht.

Sie sah lächelnd zu ihm auf. Ach, wie sie ihn liebte mit all seinem ungebändigten Übermut, der das Kraftvolle seiner Persönlichkeit widerstrahlte. Wie sie ihn liebte – und wie sie litt!

»Es ist ja nun überstanden«, sagte sie tröstend.

»Gib mir wenigstens zur Stärkung einen Kuß, Baby«, bettelte er.

Sie schüttelte den Kopf, »Hol dir diese Stärkung bei deiner Braut«, scherzte sie, obwohl sie am liebsten geweint hätte vor Herzeleid.

Er lachte. »Ach so! Du denkst wohl, du brauchst dich nun nicht mehr mit schwesterlichen Zärtlichkeiten zu strapazieren? Nein, Baby, so haben wir nicht gewettet. Das Mäulchen her! Aber schnell!«

Und ehe sie es hindern konnte, hielt er sie im Arm und drückte ihr – vor aller Augen – einen Kuß auf die Lippen. Als er sie dann lachend losließ, stand plötzlich Traute neben ihnen. Ihre Augen sprühten haßerfüllt in die Loris.

Hans-Georg wandte sich lachend und harmlos an Traute.

»Du kommst mir grade recht, Traute, ich bedarf dringend der Herzstärkung nach all den Strapazen. Ich habe mir nur mit Mühe einen Kuß von ihr geraubt. Sie meint, du seiest die Nächste dazu. Damit hat sie eigentlich recht. Also – einen Kuß, Herzenstraute.«

Er wollte sie umschlingen. Sie machte sich heftig los. »Nicht doch, Hans-Georg, hier vor allen Leuten!« rief sie ärgerlich.

»Ach Unsinn, was scheren uns die Leute. Wir sind doch verlobt, uns hat keiner was dreinzureden.«

Traute zog die Stirn kraus. »Es ist unfein, vor den Leuten Zärtlichkeiten zu tauschen«, sagte sie mit einem Seitenblick auf Lori.

Es war erschreckend, wie sie in diesem Augenblick ihrer Mutter glich.

Hans-Georg bemerkte das aber nicht, er sah lachend in Loris Gesicht, das einen Schein blasser geworden war.

»Siehst du, Baby, da haben wir die Pastete. Meine Braut übt Kritik an unserm geschwisterlichen Kuß vor dem Forum der Öffentlichkeit.«

Traute hatte sich schnell wieder in der Gewalt und zeigte nun ein kindlich schmollendes Gesicht. Er legte gutmütig ihre Hand in seinen Arm.

»Komm, Traute, wir verschwinden hinter den Sträuchern, da sind wir geborgen. Ich muß dich jetzt auf dein schmollendes Mündchen küssen. Du siehst zu reizend aus in deinem Zorn. Adjüs, Lori!«

Dann zog er die sich sträubende Traute mit sich fort.

Sie trotzte und wehrte ihm, als er sie im Schutz des Gebüsches küssen wollte.

»Nein, laß mich, ich mag nicht, jetzt, da du eben erst eine andere geküßt hast«, sagte sie böse.

Er lachte. »Aber du Närrchen, die andere war doch meine Schwester. Das zählt doch nicht. Ob du nun willst oder nicht, küssen muß ich dich jetzt – weil es mir so gefällt.«

»Wage es nur«, drohte sie.

»Sofort, kleiner Trotzkopf, mit Vergnügen.«

Und trotz ihres Sträubens küßte er sie, wieder und wieder, bis er selbst atemlos war. Dann ließ er sie aufatmend frei.

»Oh, das war herrlich«, sagte er befriedigt.

»Du bist ein Barbar!« rief Traute, noch immer ärgerlich.

Er nahm ihr Schmollen nicht ernst. »Wußtest du das noch nicht, Traute? Du wirst noch allerlei an mir erleben. Ich an deiner Stelle hätte nicht so bedingungslos ja gesagt«, neckte er.

Sie war klug genug, endlich auf den Scherz einzugehen.

»Ich kann es mir ja bis zur Hochzeit noch reiflich überlegen«, sagte sie kokett.

Kopfschüttelnd zog er ihren Arm wieder durch den seinen. »Gibt's nicht mehr, mein Schatz. Ein Verlöbnis ist bindend. Du mußt mich verbrauchen, wie ich bin.«

Das werde ich nicht, dachte Traute bei sich, sagte es aber nicht. Nun sie ihren Groll bezwungen hatte, zeigte sie sich ihm wieder in ihrer kindlich schmiegsamen Art, die ihn stets von neuem bestrickte.

So gingen sie zur Gesellschaft zurück, wo man sie mit Neckereien empfing.

Als Hans-Georg und Traute Lori allein gelassen hatten, trat Herr von Hohenstein zu ihr heran.

»Nun, Lori, amüsierst du dich?«

»Sehr gut, Väterchen.«

»Na, na, Mädelchen, du machst mir ein so ernsthaftes Gesicht. Hat dich dein Tischherr nicht gut unterhalten?«

»Herr von Ronneburg? O ja, er ist ein sehr guter Gesellschafter.«

»Also dann« – Herr von Hohenstein sah sich vorsichtig

um –, »dann ist dir wohl Frau von Lankwitz mit ihrem Hofton auf die Nerven gefallen? Unter uns, Lorchen, mir auch. Weißte, bei uns in Hohenstein ist's ja nicht so vornehm, aber gemütlicher, was?«

Lori nickte lächelnd. »Ja, Väterchen – unser liebes Hohenstein.«

»Du, das hast du eben ganz sehnsüchtig gesagt. Gelt, wir beide sind froh, wenn diese Feier zu Ende ist. Es ist doch etwas anstrengend.«

Lori hing sich schmeichelnd an seinen Arm. »Das hat Hans-Georg mir eben auch versichert. Er nennt seine Verlobungsfeier eine Schinderei und Tierquälerei.«

Der alte Herr lachte schallend. »Das sieht ihm ähnlich.«

Er ging mit Lori auf und ab. »Du, Lori, sieh dir mal Tante Marias Gesicht an. Sie ist seit einer halben Stunde an Frau von Lankwitz' Seite gefesselt. Wollen wir sie mal ablösen?«

Sie nickte. »Komm, Väterchen.«

Aber ehe sie die beiden Damen erreichten, begann im Saal die Musik zum Tanz aufzuspielen, und Herr von Ronneburg kam herbeigeeilt. »Mein gnädiges Fräulein – dieser Tanz gehört mir.«

Herr von Hohenstein gab Loris Arm frei.

»Na, dann lauf, Lori, da verdiene ich mir allein die Lebensrettungsmedaille«, scherzte er.

Sie ging lächelnd mit Herrn von Ronneburg in den Saal. »Wollten Sie sich an einer Lebensrettung beteiligen, gnädiges Fräulein?« fragte Ronneburg.

»O nein, Väterchen scherzt nur«, erwiderte Lori verlegen, denn sie konnte doch Herrn von Ronneburg unmöglich sagen, was Väterchen gemeint hatte.

Als sie in den Saal traten, walzte eben das Brautpaar an ihnen vorüber. Hans-Georg nickte Lori strahlend zu.

Ronneburg war ein sehr guter Tänzer, und Lori

schwebte leichtfüßig in seinem Arm über das Parkett. Es sah wunderschön aus, wie die beiden schlanken, schönen Menschen so dahinschwebten.

Traute und Hans-Georg pausierten eine Weile und sahen zu. In Trautes Augen lag wieder das häßliche Flimmern. Hans-Georg aber konnte kaum erwarten, bis der zweite Tanz begann.

»Jetzt komme ich an die Reihe, Baby«, sagte er eifrig, Lori im Tanz dahinführend.

Traute sah ihnen nach, da trat Ronneburg zu ihr. »Mein gnädiges Fräulein – darf ich bitten?«

Sie sah mit kokettem Augenaufschlag in sein Gesicht und lächelte süß zu ihm auf.

Aber der Blick und das Lächeln glitten wirkungslos an dem jungen Offizier ab.

8

Hans-Georgs Abschiedsgesuch war genehmigt worden. Er war für kurze Zeit in die Residenz zurückgekehrt, um sich zu verabschieden und seine Verbindlichkeiten zu lösen.

Nun war er schon längere Zeit in Hohenstein. Mit wahrem Feuereifer arbeitete er sich in seinen neuen Beruf ein; wie Lori ihm tröstend vorausgesagt hatte, gewann er ihn bald lieb.

Inzwischen waren die Vorbereitungen zur Hochzeit im Gange. Anfang September sollte sie stattfinden. Hans-Georg hatte energisch gegen einen langen Brautstand protestiert, denn er wollte seine Braut nicht immer in der mütterlichen »Eisregion« aufsuchen müssen. Natürlich besuchte er seine Braut trotzdem, so oft es seine Zeit zuließ. Aber seltsam – die Verliebtheit, in die er sich fast gewaltsam hineingesteigert hatte, verblaßte mehr und mehr, je besser er Traute kennenlernte. Sie wäre wohl längst ganz verflogen, wenn Traute sich nicht klug beherrscht hätte, so daß er von ihrem wirklichen Wesen noch immer keine Ahnung hatte.

Trotzdem kühlten sich seine Gefühle merklich ab. Er schob das jedoch auf die fortwährende Gegenwart seiner Schwiegermutter, die auf ihn zu wirken begann wie das rote Tuch auf den Stier. Nur mit Mühe bezähmte er sich. Und um den Besuchen in Lankwitz enthoben zu sein, sehnte er seine Hochzeit herbei.

Wenn er nach solch einem Besuch in Lankwitz dann behaglich plaudernd mit Lori und dem Vater zusammensaß, dann dachte er oft, daß es doch am schönsten sei, wenn das hätte immer so bleiben können. Er fühlte bereits, daß Traute wie ein fremdes Element in Hohenstein wirken und Unbehagen in sein Leben tragen würde, ohne ihm dafür in ihrer Persönlichkeit einen vollwertigen Ersatz zu bieten.

»Einmal muß ich ja doch heiraten. Und wenn erst mal so kleines Kroppzeug um mich herumtollt, wie der Lena ihre Buben, dann wird mir's schon gefallen. Und die Lori wird dann als gute Tante auch ihren Spaß haben.«

So kam der Hochzeitstermin heran, dem Hans-Georg mit recht gemischten Gefühlen entgegensah. Die Hochzeit wurde in großem Stil gefeiert.

Wieder waren in Hohenstein und Lankwitz zahlreiche Gäste erschienen, wieder plante man allerlei Kurzweil und Vorträge. Wenn Hans-Georg davon hörte, schnitt er eine Grimasse.

»Mir wird ganz schwach, Baby; ich bekomme eine Gänsehaut, wenn ich daran denke, was ich wieder alles über mich ergehen lassen muß«, sagte er zu Lori.

Sie scherzte ihm sein Unbehagen fort. Und dabei war ihr so weh ums Herz – so furchtbar weh.

Schweren Herzens hatte sie mit Mutter Klimschen in Hohenstein alle Vorbereitungen zur Aufnahme der jungen Herrin getroffen. Sie selbst war mit Väterchen in den Westflügel übergesiedelt, während für das junge Paar der Ostflügel neu hergerichtet wurde. Im Mittelbau blieb alles, wie es war. Da befanden sich die große Halle, der Speisesaal und die Gesellschaftsräume, deren Ausstattung, zum Teil sehr kostbare alte Möbel, ein wenig aufgefrischt worden war. Traute hätte es am liebsten gesehen, wenn auch hier alles neu eingerichtet worden wäre, aber schon bei einer leisen Andeutung hatte Hans-Georg ihr erklärt, daß es ein Anachronismus sei, in diese stimmungsvollen alten Räume neue Möbel zu verpflanzen. Darein werde sein Vater niemals willigen – und er auch nicht.

Vorläufig hatte sich Traute beschieden, in der Hoffnung, später ihren Willen durchzusetzen.

Es war am Abend vor dem Polterabend. Lori legte mit Mutter Klimschen letzte Hand an die Ausstattung der für das junge Paar bestimmten Zimmer. Die Hohensteiner Gäste waren mit Hans-Georg und Väterchen in Lankwitz. Lori war zurückgeblieben, weil sie noch allerlei zu ordnen hatte und froh war, allein bleiben zu können.

Wie ihr zumute war, als sie mit sorgender Hand diese Zimmer schmückte, das wußte nur sie allein!

Aber Mutter Klimschens Augen sahen immer wieder heimlich forschend in das ernste, blasse Mädchengesicht. In ihrer Gegenwart vergaß Lori zuweilen, die heitere Maske vorzulegen. Mutter Klimschen hatte längst bemerkt, daß der Frohsinn aus Loris Augen verschwand, wenn sie sich unbeobachtet glaubte.

Mutter Klimschens Stimmung blieb auch nicht rosig.

Sie war gar nicht einverstanden mit Hans-Georgs Wahl. Viel schöner und richtiger hätte sie es gefunden, wenn aus Hans-Georg und Lori ein Paar geworden wäre, so wie sie das im Stillen gehofft hatte.

Ihr war es immer so erschienen, als wenn Hans-Georg und Lori sich so recht von Herzen liebten. Auf so feine Unterschiede wie die vornehmen Leute verstand sie sich nicht.

Nun dachte sie betrübt, daß sie sich wohl getäuscht haben mußte, wenigstens was Hans-Georg anbetraf, der doch das Lankwitzer Fräulein nun heiratete. Aber die Lori – ja, die Lori –, die hatte seitdem oft so einen trüben Blick und war so still, wenn sie sich allein glaubte. Und sonst hatte das Lorchen bei der Arbeit vergnügt vor sich hingesungen. Jetzt sang sie nicht mehr.

Mutter Klimschen machte sich allerlei Gedanken. Mit dem Lorchen stimmte es nicht. Und sie wünschte inbrünstig, daß die »Lankwitzer« nicht nach Hohenstein käme.

Lori breitete eben ein zartes Spitzendeckchen über den Toilettentisch der künftigen Hohensteiner Herrin, als draußen unter den Fenstern Hans-Georg ihren Namen rief. Mutter Klimschen sah ganz deutlich, daß Lori zusammenzuckte und rot anlief.

Lori eilte an das Fenster.

»Du, Hans-Georg? Schon zurück von Lankwitz? Was willst du von mir?« rief sie hinab.

Drunten stand Hans-Georg, im Reitanzug, die Mütze ins Genick geschoben. Er ließ die Reitpeitsche ungeduldig auf seinen Lederstiefeln tanzen. Lächelnd und tief aufatmend sah er zu ihr empor.

»Was ich will? Dich sehen, Lori. Ich habe in Lankwitz so viel langweilige Gesichter um mich gehabt, daß ich eine wahre Sehnsucht nach deinem Anblick bekam. Komm ein Weilchen in den Garten, Baby! Du tust ein gutes Werk, wenn du ein halbes Stündchen mit mir plauderst.«

»Ich habe in euren Zimmern noch alle Hände voll zu tun. Traute hat mir noch allerlei Anordnungen gegeben«, sagte sie zögernd, obwohl sie seinem Wunsch nur zu gern Folge geleistet hätte.

Er schlug heftig mit der Reitpeitsche durch die Luft. »Das hat alles Zeit, bis wir von der Hochzeitsreise zurückkommen.«

»Ich möchte aber schon vorher fertig sein.«

»Ach, ich habe dich jetzt viel nötiger, Lori. Wahrhaftig! Komm nur! Mutter Klimschen wird schon allein fertig werden. Die andern sind alle noch in Lankwitz, ich bin allein ausgekniffen, weil ich es nicht mehr aushalten konnte. Wir haben endlich mal wieder ein Stündchen für uns allein – vielleicht das letzte für lange Zeit. Wenn die andern kommen, wirst du doch wieder von allen Seiten in Anspruch genommen.«

Lori atmete tief auf. »Also muß ich dir wohl den Willen tun.«

»Selbstredend, Baby, mach nur schnell!«

Da trat sie vom Fenster zurück. Auf ihrem Antlitz lag ein heller Glanz. Es war eine heiße Freude in ihr, daß er heimgekommen war, um mit ihr zu plaudern.

»Mutter Klimschen, wirst du ohne mich fertig werden?«

»Freilich, Lorchen. Geh nur, ich schaffe es schon. Wir sind ja gleich fertig«, erwiderte die Alte.

Und sie sah mit nachdenklichen, sorgenden Augen hinter Lori her und seufzte.

Als Lori in den Garten trat, stand Hans-Georg ihrer wartend da. Er schob seine Hand in ihren Arm und zog sie schweigend mit sich fort. In seinem Wesen war eine nervöse Unruhe, wie Lori sie jetzt oft an ihm bemerkte.

Schweigend schritten sie bis zu der weinbewachsenen Laube. Hans-Georg ließ ein paarmal die Reitgerte durch die Luft sausen und sah aus, als quäle er sich mit etwas herum.

Als sie sich in der Laube gegenübersaßen, fragte Lori: »Nun, Hans-Georg, nennst du das plaudern? Du schweigst dich ja in allen Sprachen aus.«

Er blickte hastig auf, in ihre Augen hinein.

»So? Habe ich geschwiegen? Das wußte ich gar nicht. Weißt du, Baby, es geht mir oft ganz sonderbar. Ich denke manchmal, du müßtest alle meine Gedanken erraten. Ich weiß dann schon immer im voraus, was du antworten würdest.«

»Dann hättest du mich gar nicht von meiner Arbeit fortzulocken brauchen. Diese Art der Unterhaltung bedarf doch kaum meiner persönlichen Gegenwart«, scherzte Lori.

Er schüttelte den Kopf. »Nein, da irrst du. Der Kontakt wird erst durch deine Gegenwart hergestellt, ich muß dich dabei anschauen können.«

Sie wurde ernst. »Bedrückt dich etwas, Hans-Georg? Du siehst so verstimmt aus.«

Er atmete tief auf.

»Ach, Lori, siehst du, seit meiner Verlobung ist so ein Gefühl in mir – ein Gefühl, das ich nicht in Worte fassen kann. Weißt du – so, als hätte ich eine bodenlose Dummheit begangen, die nie wieder gutzumachen ist. Und dabei bin ich in meinem ganzen Leben noch nie so vernünftig gewesen wie jetzt. Kannst du mir das nicht erklären?«

»Nein, Hans-Georg, das kann ich nicht«, sagte sie leise.

Er hatte wieder seine Lieblingsstellung eingenommen und saß rittlings auf dem Stuhl. Und wieder nahm er, wie so oft, Loris Hand, legte sie vor sich auf die Stuhllehne und drückte seine Augen darauf.

»Ich glaube, es ist die Ehescheu, Lori. Es ist ein niederträchtiges Gefühl. Etwa so, als sollte ich übermorgen in ein Gefängnis gesperrt werden.«

»Aber, Hans-Georg, wenn Traute das hörte«, sagte Lori beklommen, und ihr Herz klopfte heftig.

Er rührte sich nicht; ohne aufzublicken, sagte er wie im Traum: »Wie kühl und weich sind deine Hände, Lori – wie Rosenblätter. Ich möchte so sitzenbleiben, stundenlang. Es ist gerade, als ob aus deinen Händen ein tiefer Frieden auf mich ausstrahlte.«

Ihre Augen hingen voll heiliger Liebe an seinem gesenkten Kopf. So voll war ihr Herz – so voll Sorge um ihn. Sie hätte ein großes, schweres Opfer bringen mögen, um ihn glücklich machen zu können. Was lag daran, daß sie Schmerzen litt, wenn er nur froh und glücklich war. Aber sie konnte nichts tun – nichts, als stillhalten und sich selbst bewachen, damit er nicht ahnte, wie es in ihr aussah.

Nach einer Weile hob er den Kopf. »Du wunderst dich gewiß über meine Stimmung, Baby.«

Sie schüttelte das Haupt. »Nein, Hans-Georg, ich weiß doch, daß du einen ernsten Schritt vor dir hast.«

Er stützte den Kopf in die Hand, nachdem er ihre Hand mit einem Kuß freigegeben hatte.

»Ich hatte mir die ganze Sache vergnüglicher gedacht. Weißt du, Baby – am liebsten möchte ich – aber nein, das ist ja Unsinn. Du – lach mich mal herzhaft aus! Und verrate bloß keinem Menschen, daß ich so heftig an der Ehescheu kranke. Es ist doch lächerlich, gelt, Lori, daß ich nicht in eine hochzeitliche Stimmung kommen kann. Ich glaube, das liegt an der Lankwitzer Luft. In der Nähe meiner Schwiegermama erfriert jeder Frohsinn. Na, wenn Traute erst in Hohenstein ist, wird es schon besser werden.«

»Sicher, Hans-Georg. Es wird alles viel leichter sein, als du es dir denkst. Erinnere dich nur, wie du dich gefürchtet hast, bevor du deinen Abschied nahmst. Und jetzt bist du mit ganzer Seele bei deinem neuen Beruf.«

Er sprang auf und reckte sich in seiner ganzen Größe, als werfe er eine Last von sich. »Du hast recht, Lori. Eigentlich müßtest du mich bei den Ohren nehmen und mir den Text gründlich lesen, statt mir so gut zuzureden.«

»Das kann ja immer noch geschehen«, scherzte sie.

Er blickte auf sie herab, und eine seltsame Weichheit kam über ihn. Sanft und zärtlich strich er ihr über ihr herrliches Haar. »Schöner wäre es doch gewesen, Lori, wenn wir drei allein in Hohenstein geblieben wären: du, Vater und ich. Ich weiß doch nicht, ob Traute so recht zu uns passen wird.«

Sie lächelte tapfer zu ihm auf. »So müssen wir versuchen, uns Traute anzupassen.«

Mit einem energischen Ausdruck warf er den Kopf zurück. »Nein, sie muß sich uns anpassen! Hier bleibt alles, wie es ist«, sagte er hastig.

Seine Stirn verfinsterte sich. Er dachte daran, was Traute heute gesagt und was ihn plötzlich von ihr fort zu Lori getrieben hatte.

Sie sprachen über die Zukunft, und da hatte Traute gesagt: »Natürlich leben wir in Hohenstein ganz für uns, Hans-Georg, und kommen nur bei den Mahlzeiten mit Lori und deinem Vater zusammen.«

Da war es wie ein Ruck durch seine Seele gegangen. Er dachte gar nicht daran, die innige Gemeinschaft mit Lori und dem Vater aufzugeben, wenn er auch darein gewilligt hatte, daß er mit Traute in dem Ostflügel wohnen sollte. Das hatte er Traute in aller Ruhe gesagt. Von da an hatte sie nur noch kalt und förmlich mit ihm gesprochen. Dabei war ihm zum ersten Mal aufgefallen, wie ähnlich sie ihrer Mutter sein konnte. Unter dem Vorwand, noch etwas Geschäftliches erledigen zu müssen, war er fortgegangen. Traute hatte ihm schmollend adieu gesagt. Es rührte ihn kaum. Mochte sie schmollen – dadurch ließ er sich nichts abtrotzen, was so tief in sein innerstes Leben einschnitt. Lori, der Vater und er, sie gehörten zusammen, solange er denken konnte, sie konnte Traute in launischem Trotz nicht auseinanderreißen.

9

Nun war Traute schon seit Wochen Hans-Georgs Frau. Das junge Paar wurde heute von der Hochzeitsreise zurückerwartet.

Lori hatte alle Zimmer mit frischen Blumen geschmückt, die sie selbst aus dem Gewächshaus geholt hatte. Denn im Garten blühten keine Blumen mehr; im Park trieb der Wind mit den abgefallenen Blättern sein loses Spiel.

Hans-Georg hatte in all den Wochen nur ab und zu eine flüchtige Nachricht geschickt. Auch seine Ankunft meldete er nur kurz für den zwanzigsten Oktober. Mit nachdenklichem Gesicht betrachtete sein Vater diese im Lapidarstil gehaltenen Nachrichten. Aber er sprach nicht aus, was er sich dabei dachte.

Nun hantierte Mutter Klimschen eifrig in der Küche, um das erste Mahl für die junge Herrin von Hohenstein zu richten. Es sollte ein Festmahl werden. Mutter Klimschen wollte zeigen, daß die Hohensteiner Küche nicht hinter der Lankwitzer zurückstand – »im Gegenteil«.

Der Wagen, der das junge Paar vom Bahnhof abholen sollte, war schon lange fort. Jeden Augenblick konnte der als Wache ausgestellte Diener seine Rückkehr melden.

Herr von Hohenstein schritt in unruhiger Erwartung in der großen Halle auf und ab. Hier hatten sich die Dienerschaft und die Beamten zur Begrüßung der neuen Herrin aufgestellt. Herr von Hohenstein hatte seine geliebt Joppe mit dem schwarzen Festkleid vertauscht, und sah in seiner aufrechten Haltung, mit dem scharfmarkierten grauhaarigen Kopf sehr vornehm aus. Obwohl er sich in letzter Zeit gar nicht wohl fühlte, hatte er sich aufgerafft, um seine Schwiegertochter mit allen ihr zukommenden Ehren zu empfangen. Zu seinem sonstigen Leiden hatte sich in letzter Zeit noch eine Herzaffektion gesellt, die ihm viel Beschwerden, Atemnot und Schwindel verursachte. Sobald er sich viel bewegte, quälte ihn ein nervöser Husten, dem mit allen ärztlichen Heilmitteln nicht beizukommen war.

Er sah recht leidend aus, als er, auf einen Stock gestützt, zwischen seinen Leuten auf und ab wandelte.

Jetzt kam Lori die Treppe herab; von der Küche herüber schritt auch Mutter Klimschen im schwarzen Seidenkleid. Sie hatte sorglich erst nach dem Festessen gesehen und in der Küche Weisungen erteilt.

Lori trug ein weißes Kleid aus weichem Stoff, der sich wundervoll um die schöne, schlanke Gestalt schmiegte, und die edlen Formen herrlich zur Geltung brachte. So schlicht und lieb und zugleich so vornehm sah sie aus, daß Herrn von Hohensteins Blick in väterlichem Stolz aufleuchtete. Loris Antlitz war blaß und wie von innerer Erregung durchleuchtet.

Schnell nahm Lori den auf einem Tischchen bereitliegenden Blumenstrauß, den sie Traute als Willkommengruß überreichen wollte, und trat zu Herrn von Hohenstein.

»Da bin ich, Väterchen. Du siehst, ich bin zur rechten Zeit fertig geworden.« Er nahm ihren Arm und zog ihn durch den seinen.

»Ja, Lorchen, dir steckt die militärische Pünktlichkeit im Blut.«

»Hast du auch ordentlich gefrühstückt, Väterchen? Wir essen heute etwas später als sonst, damit sich Traute und Hans-Georg erst in Ruhe umkleiden können.«

»Ja, ja, Lorchen, ich habe mein möglichstes getan. Aber geschmeckt hat es mir nicht, weil du mir nicht Gesellschaft geleistet hast.«

Sie drückte schmeichelnd seinen Arm und lächelte zu ihm hinauf. »Das ging heute nicht anders, Väterchen. Nun brumm nicht mehr, jetzt bleibe ich bei dir.«

»Der Wagen kommt!« meldete der herbeieilende Diener.

Auf Loris Arm gestützt, trat Herr von Hohenstein vor das geöffnete Portal. Der Herbstwind faßte sein graues Haar und fing sich in Loris Kleid, es dicht um ihren schlanken Körper schmiegend.

»Ist dir nicht zu kalt, Väterchen?« fragte Lori besorgt.

»Nein, nein, es dauert ja nur wenige Minuten. Ich will doch meine Schwiegertochter an der Pforte meines Hauses willkommen heißen.«

Der Wagen fuhr vor. Hans-Georg sprang heraus und half seiner Frau beim Aussteigen. Am liebsten wäre er, wie sonst, in großen Sätzen die Treppe hinaufgesprungen. Aber Trautes wegen mußte er sich bezwingen. Er führte sie die Treppe empor; oben angelangt, ging jedoch das Gefühl mit ihm durch. Er begrüßte den Vater in seiner alten stürmischen Art. Und während Herr von Hohenstein seine Schwiegertochter begrüßte, zog Hans-

Georg mit fast schmerzhafter Heftigkeit Lori in die Arme und küßte sie zärtlich. Er wollte sie gar nicht wieder loslassen. Sie aber wehrte ihm lächelnd.

»Jetzt kommt erst Traute an die Reihe, Hans-Georg. Sei vorsichtig, du zerdrückst die Blumen«, sagte sie schnell, ihre Bewegung unterdrückend.

Lachend, mit frohem Aufatmen, schob er sie an beiden Armen vor Traute hin. »So, Baby, nun sag dein Sprüchlein auf«, gebot er.

Lori reichte Traute, die sie mit kalten, flimmernden Augen betrachtete, den Strauß. »Gott segne deinen Eingang, liebe Traute. Sei glücklich und beglücke in dem Haus, das nun deine Heimat ist. Wir alle heißen dich von Herzen willkommen als die junge Herrin von Hohenstein. An deine Schritte möge sich reicher Segen heften, für dich selbst und für alle die, denen deine Gegenwart zum Segen werden soll.«

Lori sagte diese schlichten Worte mit tiefer Bewegung, und in ihrem Herzen war ein heißes Gebet, daß mit dieser blonden jungen Frau das Glück einziehen möge in Hohenstein.

Aber in Trautes Herzen fanden ihre Worte keinen Widerhall. Mit kühlem Lächeln nahm sie den Strauß entgegen.

»Ich danke dir.«

Mehr sagte sie nicht; ihre Worte klangen herablassend, als hätte sie von einer Untergebenen eine Huldigung empfangen.

Hans-Georgs Gesicht zuckte nervös.

Man schritt nun in die Halle, wo das junge Paar von den Beamten und der Dienerschaft begrüßt wurde.

Hans-Georg nahm ohne Umstände Mutter Klimschen beim Kopf und küßte sie herzhaft auf die Wange.

»Macht es kurz und schmerzlos, Leute! Wir danken

euch herzlich, meine Frau und ich. Ich weiß, ihr meint es gut. Aber wir verstehen uns ohne viele Worte. Und zur Feier des Einzugs eurer neuen jungen Herrin gibt es heute abend im Dorfkrug Tanz und Freibier. Für die Frauen gibt es Kaffee und Kuchen, soviel sie futtern mögen. Zum Abend richtet euch Mutter Klimschen einen ordentlichen Braten. Und damit wollen wir's genug sein lassen.«

So sagte er laut und herzlich zu den Leuten, die ihm begeistert zujubelten. Hans-Georgs Vater nickte schmunzelnd.

»So soll es sein. Und nun adieu, Leute.«

Traute hatte mit entschiedener Mißbilligung diese Szene beobachtet. Als Hans-Georg Mutter Klimschen auf die Wange küßte, glaubte sie, nicht recht gesehen zu haben. In Lankwitz verkehrte die Herrschaft mit den Leuten ganz anders.

Als Hans-Georg sie an den Leuten vorüber die Treppe hinaufführte, grüßte sie huldvoll – wie ihre Mutter es getan haben würde.

»Hier muß ich einen ganz andern Ton einführen. Hans-Georg tut ja, als stände er auf du und du mit seinen Dienstboten«, dachte sie.

Aber sie sprach kein Wort. Und als Hans-Georg sie dann, in ihren Zimmern angelangt, in die Arme nehmen wollte, um ihr ein herzliches Wort zu sagen und sie zu küssen, da bog sie sich entsetzt zurück. »Ich muß jetzt danken. Nachdem du eben erst deine weiblichen Domestiken geküßt hast, habe ich wirklich kein Verlangen danach.«

Hans-Georgs Arme sanken herab. Jedes warme Gefühl war verflogen. Ernüchtert trat er zurück; in seinen Augen zuckte es seltsam, als wenn aus Stahl Funken sprühten.

»Meine Domestiken? Ich habe nur Lori und Mutter Klimschen geküßt.«

»Nun, eine Haushälterin ist doch eine Untergebene. Die Haushälterin rechnen wir in Lankwitz auch zu den Domestiken.«

Ein ironisches Lächeln umspielte seine Lippen. Er ahnte nicht, daß Traute zugleich feststellen wollte, daß Loris Mutter auch nur Haushälterin in Hohenstein gewesen sei.

»Aber in Hohenstein nicht«, sagte er ruhig. »Mutter Klimschen ist seit einem Menschenalter unsere Hausgenossin, deren Treue und Tüchtigkeit wir in guten und schlimmen Zeiten erprobt haben. Sie hat mich schon als kleinen Buben auf den Armen getragen, und sie steht uns sehr nahe. Aber das nur nebenbei. Wenn du mir keinen Kuß geben willst, so muß ich warten, bis ich mit Kölnischem Wasser alle Spuren getilgt habe, die Mutter Klimschens Kuß auf meinem Mund hinterlassen hat.«

Traute zog die Brauen empor: »Mein Gott, Hans-Georg, du kannst unglaublich formlos sein!«

Er lachte grimmig. »Das hast du auf unserer Hochzeitsreise so oft wiederholt, daß ich es zur Genüge weiß. Ich habe das bisher ruhig hingenommen, Traute, um mich unter fremden Leuten nicht mit dir zu zanken. Jetzt sind wir aber zu Hause, jetzt gib es auf, mich stets zu kritisieren. Hier in Hohenstein herrscht ein anderer Ton als in Lankwitz. Daran wirst du dich gewöhnen müssen.«

Sie warf den Kopf zurück und sagte in scharfem Ton »Ich denke, *du* wirst dich anders gewöhnen müssen. Den Ton in einem Haus gibt doch wohl die Hausfrau an.«

Er sah sie mit einem unbeschreiblichen Blick an. Dann sagte er langsam: »Wie sonderbar – mir ist noch nie so aufgefallen wie jetzt, wie du deiner Mutter gleichst. Ich möchte nur wissen, wo dein kindliches Wesen geblieben ist, das du während der Brautzeit zeigtest. Übrigens irrst du, wenn du meinst, in Hohenstein den Ton einführen zu können, den deine Mutter in Lankwitz angibt!«

Damit wollte er aus dem Zimmer gehen. Aber er besann sich. Nein – so sollte die erste Stunde in ihrem Heim nicht ausklingen. Er mußte nachsichtig sein mit ihr. Sie war unter den strengen Augen ihrer Mutter aufgewachsen und konnte nichts dafür, daß deren Art ihr im Blut steckte.

Er kehrte um und faßte sie bei den Schultern.

»Traute!«

»Was willst du?« fragte sie schmollend.

»Ich bitte dich, Traute, wirf den steifen Formelkram über Bord. Lerne den herzlichen Ton in Hohenstein verstehen, dann wirst du ihn auch lieben und dir das Herz davon wärmen lassen. Draußen in der Welt waren deine strengen Formen vielleicht am Platz. Aber hier ist mir alles Geschraubte unerträglich. Und Kritiken über das, was mir bisher lieb und teuer war, vertrage ich erst recht nicht. Also sei ein froher Mensch unter Menschen. Vergiß, was deine strenge Mama dir eingepaukt hat – oder verlange wenigstens nicht, daß ich den formellen Firlefanz als Katechismus betrachte. Wir wollen uns doch das Leben nicht gegenseitig schwer machen.«

Trautes Miene blieb unbewegt bei seinen bittenden Worten. »Jetzt nur nicht nachgeben, dann habe ich gewonnenes Spiel«, dachte sie.

Und laut sagte sie: »Ich kann dich unmöglich in deiner nachlässigen Art gehen lassen. Das sind Junggesellenmanieren, die jeder anständige Mann seiner Frau zuliebe ablegt.«

Er ließ sie los. Der herzliche Ausdruck seines Gesichts machte einer förmlichen Miene Platz.

»Also entschuldige mich – ich will mich umkleiden. Soll ich dir deine Zofe schicken?« fragte er steif.

»Ich bitte darum.«

Er verneigte sich übertrieben höflich und ging hinaus.

Traute sah ihm mit bösen Augen nach. »Mama hat recht. Die Hausfrau hat zu lange in Hohenstein gefehlt. Dieser unausstehlichen Lori geht jedes feine Empfinden ab. Sie hat hier einen Ton einreißen lassen, den ich keinesfalls dulden werde. Dieses Geschöpf muß aus dem Haus, das ist sicher.«

Hans-Georg stand in seinem Zimmer am Fenster und starrte auf den Park hinüber.

Traute hatte es vorzüglich verstanden, in den kurzen Wochen jedes warme Gefühl für sie zu unterdrücken. Sie nahm keine Rücksicht auf sein impulsives Wesen; vom ersten Tag an wollte sie ihn hofmeistern. Dabei zeigte sie bald genug, wie sehr er sich in ihrem Wesen getäuscht hatte. Er sah bald genug ein, daß sie ihm mit ihren kindlich-rührenden Posen Komödie vorgespielt hatte, und sich nun erst zeigte, wie sie wirklich war.

Das hatte ihn erbittert, und es war schon zu unangenehmen Szenen gekommen.

Hans-Georg war dabei so unvorsichtig gewesen, Traute zu erzählen, wie gut Lori ihn verstand, er hatte sie ihr gewissermaßen als Vorbild hingestellt. Das empörte Traute namenlos. Sie fühlte, wie der Haß auf Lori in ihrem Innern wuchs.

So kehrte das junge Paar in kriegerischer Stimmung heim.

Hans-Georg stand eine Weile in gedrückter Stimmung am Fenster.

Aber dann richtete er sich energisch auf und pfiff leise vor sich hin. »Also das ist nun der heilige Ehestand! Na schön – unterkriegen läßt sich der Hansjörg Hohenstein deshalb doch nicht, o nein! Frau Traute, ich bedauere, auf diese Art bin ich nicht unter den Pantoffel zu zwingen.

Überhaupt nicht! In Ihren Gemächern mögen Sie den Ton bestimmen; darüber hinaus aber bin ich der Herr – verstanden?«

So redete er im Geiste mit seiner Frau und verneigte sich spöttisch nach ihrem Zimmer. Dann kleidete er sich um, und zehn Minuten später rannte er durch das Haus, um Lori zu suchen.

10

Er fand sie bei seinem Vater im Westflügel. Die beiden ihm so lieben Menschen saßen sich stumm gegenüber, als Hans-Georg wie ein Sturmwind hereinsauste. Und nun feierten die drei erst das Wiedersehen auf ihre Art.

Von Traute sprachen sie, wie auf Verabredung, kein Wort.

»Ach, hier ist's gemütlich! Hier ist noch das alte liebe Hohenstein! Droben im Ostflügel herrscht kalte Pracht. Das ist mir alles so neu und ungewohnt. Ich glaube, ihr werdet mich hier viel auf dem Hals haben«, sagte Hans-Georg mit einem tiefen Atemzug. Und er plauderte lebhaft weiter, als sei es ihm eine Wohltat, einmal wieder frisch von der Leber weg zu reden.

Als die Tischzeit war, erhob er sich mit einem Seufzer. »Jetzt will ich Traute holen. Sie wird wohl mit ihrer Toilette fertig sein. Komm, Baby, gibt mir schnell einen Kuß – unter Ausschluß der Öffentlichkeit.«

Er küßte Lori fest und warm auf die Lippen und dabei empfand er recht deutlich, wie kalt und spröde Trautes Lippen ihm gegen diesen warmen Mädchenmund erschienen. Aber er dachte nicht weiter darüber nach.

Langsamer als vorher ging er durch das Haus, um Traute das erste Geleit in den Speisesaal zu geben.

Als Hans-Georg das Zimmer verließ, sahen sich Herr von Hohenstein und Lori eine Weile schweigend an. Dann holte Herr von Hohenstein tief Atem.

»Du, Lori!«

»Was denn, Väterchen?«

»Hm! Weißte was, Lorchen – ich glaube, der Hansjörg und die Traute passen nicht so recht zueinander. Da muß sich noch viel abschleifen.«

Lori nickte. »Ja, Väterchen, und wir müssen ihnen dabei helfen, allen beiden – dadurch, daß wir uns ganz neutral halten und sie mit sich selbst fertig werden lassen. Du darfst dich da nicht einmischen.«

»Natürlich nicht, Mädelchen! Traute scheint ein bißchen viel von der hoheitsvollen Art ihrer Mutter geerbt zu haben.«

»Aber sie ist noch jung, Väterchen; sie wird sich schon bei uns eingewöhnen«, tröstete Lori, obgleich sie selbst nicht daran glaubte.

Im Speisesaal trafen sie mit dem jungen Paar zusammen.

Die Tafel war festlich dekoriert. Blumen zierten sie, und das schöne alte Silbergerät hob sich blitzend von dem kostbaren, blütenweiß schimmernden Damast ab. Feine Kristallgläser funkelten mit dem Silber um die Wette.

Die Wände des Speisesaals waren über Mannshöhe mit Eichenholz getäfelt. Aus Eichenholz waren auch die großen festgefügten Kredenzen und Geschirrschränke und die schweren, hochlehnigen Sessel mit dem geschnitzten Wappen der Hohensteins. Sitz und Lehne der Sessel waren mit Leder überzogen, das gleich dem Eichenholz einen dunklen, warmen Ton durch das Alter erhalten hatte.

Die hellen Toiletten der beiden Damen hoben sich wirkungsvoll von dem dunklen Hintergrund ab. Lori hatte ihr weißes Kleid anbehalten; Traute trug eine kostbare Toilette aus lichtblauem Seidenchiffon über weißer Seide, mit langer Schleppe. Sie sah sehr schön aus – aber ihr Gesicht hatte einen kalten Ausdruck. Unbekümmert darum bemühte sich Hans-Georg und sein Vater, den in Hohenstein herrschenden behaglichen Ton bei Tisch festzuhalten. Aber Traute saß hoheitsvoll und steif, wie zum ersten Mal an einem fremden Tisch. Und in dem Bemühen, einen formelleren Ton einzuführen, schoß sie über das Ziel hinaus. Sie korrigierte nicht nur ihren Gatten, sondern auch den alten Herrn, wenn diese sich nach ihrer Meinung eine Nachlässigkeit zuschulden kommen ließen. Lori ignorierte sie vollständig.

Hans-Georg quittierte jeden Tadel mit einem nervösen Zucken seines Mundes, ohne etwas zu erwidern. Sein Vater aber wußte nicht, sollte er über Trautes Gebaren lachen oder sich ärgern. Er schaute zu Hans-Georg hinüber; als er die Wolken auf dessen Stirn sah, gab er sich doppelt ungezwungen, um die Stimmung zu halten.

Lori bemerkte die gereizte Stimmung hüben und drüben, und das Herz wurde ihr schwer und schwerer. Das sah nicht aus wie eine glückliche, friedliche Ehe. Sie kannte Hans-Georg und wußte, daß Traute sich ihm gegenüber vollständig im Ton vergriff. Und Lori erwog bei sich, ob es nicht gut sei, Traute einen Wink zu geben, wie sie Hans-Georg nehmen müsse.

So verlief die Mahlzeit recht unerquicklich. Die vorzüglichen Speisen, auf die Mutter Klimschen so viel Sorgfalt verwendet hatte, wurden nicht gewürdigt. Traute schätzte Tafelfreuden überhaupt nicht, weil sie stets besorgt war, ihre elegante Schlankheit einzubüßen. So mollig und rundlich wie ihre Schwester Lena zu werden, erschien ihr wie ein Schrecknis.

Gleich nach dem Dessert erhob sich Herr von Hohenstein und ging auf die Terrasse hinaus, um dort eine Zigarre zu rauchen. Der Wind hatte nachgelassen, es war fast sommerlich warm geworden.

Die kleine Frau tut ja gerade, als sei sie unversehens unter Botokuden geraten! Nee – das gefällt mir nicht, dachte er ärgerlich.

Hans-Georg ging seinem Vater nach und stellte sich vor ihn hin. »Na, alter Herr, dir ist wohl auch die Galle übergelaufen?« fragte er mit Galgenhumor.

Herr von Hohenstein blickte seinen Sohn mit tragikomischer Miene an. »Schockschwerenot, Hansjörg – wir sind ja wohl eine ganz verwahrloste Bande, daß deine kleine Frau uns so straff an die Kandare nimmt.«

Hans-Georg lachte grimmig. »Ja, alter Herr, Traute behauptet, ich hätte lauter saloppe Junggesellenmanieren, die sie mir abgewöhnen müsse. Mit Feuereifer hat sie sofort nach unserer Hochzeit damit begonnen. Na, dir wird's wohl nun auch an den Kragen gehen.«

In Herrn von Hohensteins Gesicht wetterleuchtete es wie in dem seines Sohnes. »Lassen wir uns das gefallen, Hansjörg?«

Hans-Georg richtete sich mit einem Ruck empor. »Nein, alter Herr, das lassen wir uns nicht gefallen.«

»Hm!« brummte Herr von Hohenstein, »wir haben doch bisher noch nirgends mit unsern ›mißachteten‹ Manieren angestoßen – was?«

»Nein, Vater, man hat uns damit sogar bei Hofe passieren lassen. Prinz Christian ist nicht die Spur formeller als wir; selbst der Herzog und die Herzogin geben sich schlicht und natürlich, wenn sie nicht vor der Öffentlichkeit repräsentieren müssen. Traute wird hoffentlich zur Einsicht kommen, daß das Leben in Hohenstein gemütlicher ist als das in Lankwitz.«

Der alte Herr atmete tief auf. »Na, gottlob, Hansjörg – ich dachte schon, ich müßte auf meine alten Tage noch einen Anstandskursus durchmachen.«

Vater und Sohn sahen sich an, dann lachten sie beide, lachten laut und fröhlich, lachten sich allen Ärger von der Seele und promenierten Arm in Arm auf und ab.

»So ist's, Hansjörg! Wir lachen den ganzen Formenkram zum Deibel! So, wie wir sind, so sind wir unserm feinen, sensitiven Mütterchen recht gewesen, so sind wir der Lori recht. Tante Maria hat auch nie etwas an uns auszusetzen gehabt, obwohl sie an den Hofton gewöhnt ist. Wir lassen uns von deiner kleinen Frau gar nicht irremachen, dann wird sie ihre Erziehungsversuche schon von selbst aufgeben, was, Hansjörg?«

»Hoffentlich, Vater. Hier bleibt jedenfalls alles beim alten.«

Drinnen im kleinen Salon neben dem Speisezimmer hatten Traute und Lori sich niedergelassen, um den Kaffee einzunehmen. Lori quälte sich ab, eine leichte Unterhaltung zustande zu bringen. Traute gab ihr jedoch nur einsilbige Antworten und sah über sie hinweg, als sei sie Luft.

Als das laute, fröhliche Lachen der beiden Herren hereinklang, atmete Lori, wie von einer Last befreit, auf. Sie hatte Väterchens und Hans-Georgs ärgerliche Stimmung wohl gemerkt. Am liebsten wäre sie nun hinausgeeilt und hätte mitgelacht.

Aber sie konnte Traute nicht allein lassen. Die junge Frau war nervös zusammengezuckt, als das laute Gelächter ertönte.

»Mein Gott, dieser Lärm!« rief sie. »Wie kann man seinen Gefühlen nur so laut Ausdruck geben. Man merkt, daß die Herren lange Jahre nicht unter dem veredelnden Einfluß der Hausfrau gestanden haben.«

Lori stieg das Blut ins Gesicht. Das war ein Hieb, der sie treffen sollte. Am liebsten wäre sie hinausgegangen. Aber sie sagte sich, daß sie sich Hans-Georgs wegen mit Traute vertragen müsse. Seinetwegen und auch Väterchens wegen mußte sie jeden Konflikt vermeiden.

So bezwang sie sich und antwortete ruhig: »Du urteilst ein wenig streng, Traute. Sehr zeremoniell ist es in Hohenstein nie gewesen, auch nicht zu Mütterchens Lebzeiten. Sie war eine feine, stille Frau, aber sie hatte es gern, wenn in ihrem Gatten und ihrem Sohn die Lebenslust überschäumte. Wolltest du mit deinen Worten sagen, daß ich nie imstande war, einen veredelnden Einfluß auszuüben?«

Traute wippte wie gelangweilt mit der Fußspitze, die unter ihrem Rocksaum hervorlugte.

»Ja, das will ich damit sagen. Aber von dir ist auch nicht zu verlangen, daß du weißt, was sich in *unsern* Kreisen schickt. Bei deiner Abstammung ist es immerhin anerkennenswert, daß du dich in unsern Kreisen so leidlich zurechtfindest.«

Sie beobachtete Loris Gesicht scharf unter ihren Lidern hervor, um zu sehen, ob ihre Pfeile trafen.

Lori wurde totenbleich, und ihre Lippen zuckten. »Bei meiner Abstammung?« fragte sie mit bebender Stimme.

»Nun ja – deine Mutter war doch wohl hier im Haus Mamsell oder Haushälterin?«

Lori preßte die Handflächen aufeinander. »Meine Mutter war allerdings gezwungen, für sich und mich das Brot zu verdienen. Aber sie war die Tochter eines Offiziers, eines Freiherrn von Halten. Mein Vater war gleichfalls Offizier und aus altadeligem Geschlecht. An meiner Abstammung ist also wohl nichts auszusetzen.«

Trautes Augen sahen gehässig in das blasse, stolze Gesicht. Lori hatte ruhig, würdevoll gesprochen, und Traute sah ein, daß sie ihren Zweck, Lori zu demütigen, nicht erreicht hatte.

Eine Weile blieb es still zwischen den beiden Damen. Von der Terrasse herein klang das frohe Geplauder der beiden Herren, die ihren Ärger über Traute vergessen hatten. Lori bezwang sich endlich, das Gespräch fortzusetzen. Sie wollte die Kränkung vergessen, die Traute ihr zugefügt hatte, wollte das Ihre tun, um den Frieden dieses Hauses zu wahren. Jetzt hatte sie gleich die beste Gelegenheit, ihren gutgemeinten Rat anzubringen.

»Vielleicht ist dir in Hohenstein manches ungewohnt, Traute. Du wünschst gewiß manches zu ändern. Aber ich bitte dich, tu das nicht in der Weise wie heute bei Tisch. Damit erreichst du bei Hans-Georg nur das Gegenteil. Er ist nie von einem Menschen hart angefaßt worden. Ich beschwöre dich, Traute, beharre nicht auf diesem Ton.«

Loris schöne Augen sahen flehend in Trautes kaltes Gesicht.

Die junge Frau warf hochmütig den Kopf zurück. »Ich habe dich nicht um deinen Rat gebeten, wie ich meinen Mann behandeln muß. Ich finde, daß du dich recht aufdringlich in eine Angelegenheit mischst, die dich nichts angeht. Das verbitte ich mir – ein für allemal.«

Lori erhob sich rasch. Ihre Lippen zuckten, und ihre Augen sahen in der Erregung fast schwarz aus. »Verzeih, ich meinte es gut. Ich kenne Hans-Georg genau, wir sind wie Geschwister aufgewachsen. Ich sah, daß du ihn nicht richtig beurteilst. Da wollte ich helfen. Einen Übergriff wollte ich mir nicht erlauben«, sagte sie tonlos.

»Das hast du aber doch getan«, erwiderte Traute scharf. »Du scheinst übrigens deine Stellung hier im Haus völlig zu verkennen. Daß man dich barmherzig aufgenommen hat, berechtigt dich doch nicht, dich als zur Familie gehörig zu betrachten. Du müßtest als Frau doch ein feineres Taktgefühl besitzen und dafür sorgen, daß besonders Hans-Georg nicht so vertraulich mit dir verkehrt.«

Lori fuhr auf. Ihre Augen blitzten zornig, und eine schroffe Entgegnung lag ihr auf den Lippen. Aber da dachte sie an das Versprechen, das sie Hans-Georg gegeben und sich selbst: Frieden zu halten um jeden Preis. Sie sah Traute mit traurigen Augen an.

»Warum verletzt du mich mit jedem Wort, mit jedem Blick? Bisher hat mich noch niemand in diesem Haus fühlen lassen, daß ich ein Fremdling bin. Du hast Vater und Mutter, hast einen Gatten und Geschwister. Ich aber habe keinen Menschen, an dessen Liebe ich ein Anrecht hätte; ich bin um so dankbarer, wenn man mir ein wenig Liebe als freies Geschenk entgegenbringt. Es ist nicht edel von dir, Traute, daß du mir auch das noch nehmen willst. Du bist so reich, ich bin so arm. Und doch möchte ich jetzt nicht so vor dir sitzen, wie du vor mir. Väterchen, Mütterchen und Hans-Georg sind großzügig gewesen und haben mir ein Plätzchen eingeräumt in ihren Herzen – und in diesem Haus. Dieses Plätzchen hat mir bisher kein Mensch streitig gemacht. Du solltest es auch nicht tun, Traute – «

»Mein Gott, wie theatralisch du das auffassest«, sagte Traute. »In deinen Worten liegt eine Drohung. Meinst du, ich fürchte mich? Wenn es dir Spaß macht, kannst du Hans-Georg jedes meiner Worte brühwarm berichten«, sagte sie höhnisch.

Lori war zusammengezuckt und strich sich über die Stirn. »Hans-Georg – nein, um Gottes willen, er darf nicht wissen, was du mir gesagt hast. Es würde ihm weh tun und er würde – nein – nein, Gott soll mich behüten, nur ein Körnchen Unfrieden zwischen euch zu tragen.« Und, sich stolz aufrichtend, fuhr Lori in ruhigem Ton fort: »Du kannst mich nach Belieben quälen und demütigen, ich bin ganz wehrlos. Ich werde niemanden zum Schutz gegen dich anrufen.«

Traute lachte spöttisch auf. »Wie empfindlich du bist! Du scheinst es nicht gewohnt zu sein, daß man dir die Wahrheit sagt. Ich fand es immer unbegreiflich, daß man dich so verwöhnte. Damit werden nur die Begriffe verwischt. Du fühlst dich hier im Haus viel mehr als Herrin, denn als – nun – als das, was du bist.«

Lori lächelte bitter. »Nun, du wirst wohl dafür sorgen, daß ich mir bewußt bleibe, was ich bin«, sagte sie herb.

Und sie dachte, welche Wohltat es jetzt sein müsse, von Hohenstein fortgehen zu können. Aber sie dürfte Väterchen nicht verlassen – und Hans-Georg durfte nicht merken, wie feindlich Traute ihr gegenüberstand. Also ausharren, die Zähne zusammenbeißen!

Trautes Groll wurde immer tiefer, als sie merkte, daß Lori, obwohl sie verwundet war, doch als Siegerin aus diesem Kampf hervorging.

»Ich muß dir nochmals sagen, deine Empfindlichkeit mußt du dir abgewöhnen.«

»Vielleicht gewöhnst du sie mir ab«, antwortete Lori bitter.

In diesem Augenblick traten die beiden Herren ein.

»Nun, Lori, bekommen wir jetzt auch eine Tasse Kaffee?« fragte Hans-Georg vergnügt und ließ sich rittlings auf einen Stuhl nieder, unbekümmert um Trautes zürnende Miene.

»Ja, Lorchen, gib mir auch ein Täßchen. Du erlaubst doch, Traute? Dieser Salon ist nämlich neutraler Boden, wie der Speisesaal.«

»Bitte sehr, Papa«, erwiderte die junge Frau höflich und, sich an Hans-Georg wendend, fragte sie tadelnd:

»Willst du dich nicht anders auf den Stuhl setzen? Du bist in Damengesellschaft.«

Hans-Georg funkelte sie mit seinen Augen übermütig an.

»Strapaziere dich nicht mit Erziehungsversuchen, kleine Frau, es ist nutzlos. So habe ich schon als Knabe am liebsten gesessen. Das ist ein altes Übel, das du nie ausrotten wirst. Wenn mir behaglich sein soll, sitze ich immer so – daran wirst du dich gewöhnen«, sagte er in scherzendem Ton. Er hatte beschlossen, Trautes Kritik nur noch scherzhaft zu nehmen und ihnen keine Wichtigkeit beizumessen.

Traute ärgerte sich maßlos. Gereizt sah sie in sein lachendes Gesicht. »Wenn du nicht tust, um was ich dich bitte, zwingst du mich, das Zimmer zu verlassen. Ich dulde keine lässigen Manieren in meiner Gegenwart«, sagte sie scharf.

Lori bot Hans-Georg eine Schale Kaffee. Mit bittendem Blick sah sie ihn dabei an, als wollte sie sagen: »Tu ihr doch den Willen.«

Aber Hans-Georg fühlte, daß er verspielt hatte, wenn er nachgab. Und so blieb er, die Kaffeetasse auf der Stuhllehne balancierend, ruhig sitzen und sagte, noch immer in scherzendem Ton: »Geh, sei vernünftig, kleine Frau. Verbeiß dich nicht in den ungemütlichen Hofton. Bleib ruhig noch ein Weilchen bei uns sitzen. Wir sind ja zu Hause in unsern vier Pfählen. Ich verspreche dir, wenn wir nach Lankwitz zur gestrengen Mama gehen, dann benehme ich mich so, daß du mit deinen Erziehungserfolgen paradieren kannst.«

Traute erhob sich trotzig.

»Wenn du dich nicht anders hinsetzt, ziehe ich es vor, auf mein Zimmer zu gehen.«

Hans-Georg sah in ihre kalten, fordernden Augen, und in seinen Augen blitzte es wie geschliffener Stahl. »Ich hindere dich nicht!«

Sie schritt in stolzer Haltung zur Tür.

Da vertrat ihr Herr von Hohenstein den Weg. »Aber, Traute, sei doch nicht so ungemütlich! Wie kannst du nur so eigensinnig sein?«

Traute warf den Kopf zurück. »Das frage Hans-Georg. Bitte, halte mich nicht, Papa.«

Hans-Georg sah über die Schulter hinter ihr her. »Wenn dich die Langeweile plagt, kleine Frau, dann komm nur wieder herunter. Wir warten!« rief er übermütig.

Aber Lori hörte aus dem übermütigen Ton etwas Hartes, das ihr Herz mit Sorge erfüllte.

Traute hatte mit einem bösen Blick das Zimmer verlassen. Herr von Hohenstein stand noch ganz betroffen da und schaute ihr nach.

»Na, das kann ja recht gemütlich werden, Hansjörg!« stieß er ärgerlich hervor.

Der junge Mann sprang auf und stellte seine Tasse beiseite. »Laß dich's nicht verdrießen, alter Herr! Laß Traute ruhig schmollen. Wenn sie merkt, daß sie uns nicht imponieren kann mit ihrer hoheitsvollen Art, dann wird sie bald kuriert sein.«

Lori trat bittend zu ihm. »Tu ihr doch den Gefallen und gehe auf ihre Wünsche ein, Hans-Georg. Sie ist nun einmal diesen formellen Ton gewöhnt.«

»Und ich bin einen zwanglosen Ton gewöhnt, in dem wir alle uns bisher wohlgefühlt haben. Oder bist du der Ansicht, Lori, daß Vater und ich uns so betragen, daß eine Dame nicht in unserer Gesellschaft existieren kann?«

Sie schüttelte den Kopf.

»Nein, gewiß nicht, Hans-Georg. Aber Traute kommt es wohl vor allen Dingen darauf an, ihren Willen durchzusetzen.«

»Jawohl, Baby, das ist es eben. Sie will hier ein Pantoffelregiment einführen, wie ihre Mutter es in Lankwitz ausübt. Und das will ich ihr von Anfang an unmöglich machen. Mir kommt es eben auch darauf an, *meinen* Willen durchzusetzen! Und ich setze ihn durch, darauf verlaß dich! Es wird nicht lange dauern, dann schickt die törichte kleine Frau sich drein, einen Mann bekommen zu haben, der sich wohl um etwas bitten, sich aber nichts abtrotzen läßt.«

Lori teilte seine Zuversicht nicht. Sie hatte einen tieferen Blick in Trautes Wesen getan.

Auch Herr von Hohenstein machte ein zweifelndes Gesicht. Hans-Georg sah die beiden Menschen an. Dann atmete er tief.

»Nein, so geht es nicht. Ihr beiden dürft nicht so bedrückt aussehen. Das halte ich nicht aus, da laufe ich davon! Ihr müßt mir bleiben, wie ihr immer wart – das brauch' ich jetzt doppelt, hört ihr?«

Er schüttelte Lori und den Vater bei den Schultern – bis sie lachten.

»So ist's recht, so halte ich's durch. Komm, alter Herr, wir rauchen noch eine Friedenspfeife, und Lori kredenzt uns noch ein Schälchen Kaffee. Dann sind wir vergnügt und lachen. Eines Tages wird die Traute merken, daß sie am besten tut, wenn sie mitlacht. So lange lassen wir sie schmollen.«

11

So leicht, wie Hans-Georg es sich gedacht hatte, nahm Traute keine Vernunft an. Es kam zu allerlei unerquicklichen Szenen zwischen dem jungen Ehepaar. Hans-Georg wurde bald ungeduldig und nervös, wenn Traute wieder und wieder allerlei tadelte.

Herr von Hohenstein und Lori bemerkten, daß der zwischen dem jungen Paar herrschende Ton immer gereizter wurde.

Hans-Georg gab sich den Anschein, als berühre ihn der fortwährende Kampf um Nichtigkeiten mit Traute nicht tief. Bisher hatte sich sein Leben in Ruhe und Frieden abgespielt. Stets war er in inniger Harmonie mit seiner Umgebung gewesen. Jetzt gab es täglich Reibereien und Zwistigkeiten mit Traute. Er scherzte wohl darüber, aber Lori kannte ihn zu gut, um nicht zu merken, daß er viel mehr darunter litt als Traute, die an einen solchen Kriegszustand zwischen ihren Eltern gewöhnt war.

Hans-Georgs Vater war natürlich auch sehr niedergedrückt durch die unharmonische Ehe seines Sohnes. Am liebsten wäre er mit Lori stets drüben im Westflügel geblieben, um Traute nicht mehr zu begegnen; er konnte seine Ruhe auch nur schwer bewahren bei Trautes anmaßendem Wesen. Nur seinem Sohn zuliebe nahm er noch an den gemeinsamen Mahlzeiten teil, die entweder in eisigem Schweigen oder gewürzt durch allerlei Plänkeleien eingenommen wurden.

Am meisten litt Lori unter diesen Verhältnissen, denn Traute ließ allen Ärger, den ihre Niederlagen in ihr aufspeicherten, an ihr aus.

Aber nie kam ein Wort der Klage über Loris Lippen. Im Gegenteil, sie besänftigte Hans-Georg, trat für Traute ein und redete zum Frieden, wo es nur anging.

So verging der Winter, der die Bewohner von Hohenstein viel ans Zimmer fesselte. Das Verhältnis zwischen Hans-Georg und seiner Frau war täglich kühler und unerquicklicher geworden.

Traute weilte oft in Lankwitz bei ihrer Mutter, die sie in ihrem Verhalten noch bestärkte. Mutter und Tochter hatten sich gegenseitig die Ansicht beigebracht, daß nur Loris Anwesenheit in Hohenstein daran schuld sei, daß Hans-Georg seiner Frau gegenüber so unbeugsam war.

»Dieses widerwärtige Geschöpf macht es mir durch ihr Verhalten unmöglich, Einfluß auf meinen Mann zu gewinnen, Mama. Sie schmeichelt sich geschickt bei den beiden Herren ein, weil sie alles gut und recht findet, was sie tun, so daß ich gar nichts gegen sie vermag«, klagte Traute eines Tages ihrer Mutter.

Diese trommelte nervös auf der Tischplatte herum. »Das habe ich gefürchtet, Traute. Darum war ich dagegen, daß dieses Mädchen im Haus blieb.«

»Es ist schon so weit gekommen, Mama, daß Hans-Georg mir diese hergelaufene Person als nachahmungswertes Muster aufstellt! Sicher intrigiert sie gegen mich. Und dabei tut sie so scheinheilig, daß ich nichts, gar nichts gegen sie unternehmen kann. Sie ist so raffiniert – du glaubst es nicht! Aber sie muß aus dem Haus! Wenn ich nur wüßte, wie ich das erreichen könnte!«

Frau von Lankwitz dachte nach. »Du müßtest ihr nahelegen, daß sie überflüssig ist«, sagte sie endlich.

Traute lachte plötzlich auf. »Ach, hast du eine Ahnung von ihrer Dickfelligkeit! An ihr Ehrgefühl habe ich bereits appelliert; ich habe es ihr direkt zu verstehen gegeben, daß sie mir im Weg ist. Bei einigem Feingefühl hätte sie längst ihr Bündel geschnürt. Aber es gleitet alles an ihr ab. Die größten Unfreundlichkeiten erträgt sie mit stoischer Ruhe – und bleibt! Dabei ist sie von einer Vertraulichkeit gegen meinen Mann – unerhört, sage ich dir! Immerfort steckt sie mit ihm drüben bei dem alten Herrn im Westflügel zusammen. Und Hans-Georg sieht sie oft mit Augen an – nun, ich bin nicht eifersüchtig, aber eine andere hätte an meiner Stelle schon die Geduld verloren.«

Frau von Lankwitz horchte auf. »Eifersüchtig? Wie meinst du das, Traute? Willst du damit sagen, daß du glaubst, zwischen deinem Mann und diesem Mädchen bestehen Beziehungen, die – «

Traute zuckte die Achseln. »Nun, sie sieht ihn immer mit schwesterlicher Gelassenheit an. Und Hans-Georg ist direkt zärtlich zu ihr. Leo und ich sind doch echte Geschwister, aber so zärtlich waren wir nie miteinander. Sie ist ja nicht einmal Hans-Georgs richtige Schwester. Wer kann wissen, ob sie nicht meines Mannes Geliebte war oder noch ist.«

Frau von Lankwitz hob mahnend die Hand. »Oh, so etwas darf man nicht aussprechen, Traute – ich bitte dich! Dazu liegt doch wohl kein Grund vor! Das wäre ja entsetzlich.«

Traute warf den Kopf zurück. »Wer weiß! Jedenfalls komme ich mir wie verraten und verkauft vor, solange diese Person im Haus ist. Kannst du mir nicht helfen, sie zu entfernen, Mama? Du bist so klug.«

Wieder sann Frau von Lankwitz nach. »Wenn du nun deinen Mann direkt ersuchtest, das Mädchen von Hohenstein fortzuschicken?« sagte sie nachdenklich.

Traute wehrte heftig ab. »Ich habe neulich daraufhin angespielt. Da ist er entsetzlich heftig geworden und hat mir verboten, je wieder so einen Gedanken laut werden zu lassen. Nie würde er darein willigen, daß Lori von Hohenstein entfernt würde. Und in der Gunst meines Schwiegervaters sitzt sie auch so fest. Ich begreife nicht, was sie an ihr haben. Auch die Leute gehen für sie durchs Feuer – die Haushälterin an der Spitze. Diese Mutter Klimschen ist mir ebenfalls ein Dorn im Auge. Sogar unsere Gäste stellen sich mit dieser Lori an, als sei sie die Herrin von Hohenstein. Besonders natürlich die Herren – zu meinem ganz besonderen Ärger auch Leo und dessen Kameraden. Du könntest ihm gelegentlich einen Wink geben, daß mir das nicht paßt. Im Haushalt geht auch alles nach ihrem Sinn. Will ich etwas bestimmen, dann heißt es: ›Das kann Lori tun, sie weiß ja Bescheid.‹ Kurz und gut, Mama, ich halte das nicht aus! Hilf mir, diese Lori aus dem Haus zu bringen, damit ich Ruhe habe.«

Frau von Lankwitz setzte ihre energische Miene auf, vor der in Lankwitz alle zitterten.

»Nun, ich sehe ein, daß das so nicht weitergeht. Bisher habe ich mich zurückgehalten, weil ich hoffte, du würdest dir allein Geltung verschaffen. Aber nun muß ich doch eingreifen. Du mußt mir Zeit zum Nachdenken lassen. Ich will überlegen, wie diese Lori unschädlich gemacht werden kann. Man muß da diplomatisch vorgehen. Tu vorläufig nichts in der Angelegenheit, zeige dich auch Lori gegenüber nicht feindlich, damit dein Mann nichts merkt. Ist das Mädchen auf geradem Wege nicht zu entfernen, so muß man eben zur List greifen. Also sei vorsichtig, mein Kind.«

Traute versprach es. Und in ihrem Eigensinn bestärkt, fuhr sie nach Hohenstein zurück.

Lori vermochte nur noch mit Aufbietung aller Selbstbeherrschung ein frohes Gesicht zu zeigen. Sie litt unter Trautes Feindseligkeiten mehr, als sie sich eingestehen wollte. Aber das schlimmste für sie war, daß sie zusehen mußte, wie Hans-Georg sich in seiner Ehe quälte. Früher hatte sie geglaubt, es nicht ertragen zu können, Hans-

Georg mit einer anderen glücklich zu sehen. Jetzt wußte sie, daß es noch viel schmerzlicher war, ihn unglücklich zu sehen.

Auch Hans-Georg fiel es nicht leicht, den frohen Ton festzuhalten. Mit leichtem Sinn hatte er diese Ehe geschlossen, weil er überzeugt war, daß es sich auch als Ehemann ganz behaglich leben lasse. Für das, was er aufgab, hatte er gehofft, Ersatz in anderen Annehmlichkeiten zu finden.

Und nun mußte er einsehen, daß er sich in der Wahl seiner Gattin arg vergriffen, daß er sich durch ein kindlich anschmiegendes Wesen und durch ein rührend hilfloses Lächeln hatte täuschen lassen. Gleich nachdem er fest im Netz gesessen, war von Traute abgefallen, was Schein war – geblieben aber war ein Wesen, wie er es niemals zur Gattin begehrt haben würde! Immer mehr kam er zu der Einsicht, daß Traute ihm in kühler Berechnung eine Komödie vorgespielt hatte.

Seinem ehrlichen Charakter war diese Erkenntnis sehr niederdrückend.

Aber als er sich erst einmal klar darüber war, kämpfte er mutig gegen den eigenen Mißmut an. Er bezwang sich tapfer, schon seinem Vater zuliebe, der ihn so sorgenvoll betrachtete. Hans-Georg war nicht der Mann, der an einer Enttäuschung zugrunde ging. Mit einem gewissen Trotz gegen das Schicksal – und gegen Traute – zeigte er erst recht ein übermütiges, lachendes Gesicht. Lori jedoch konnte er nicht täuschen. Sie wußte, daß seine Fröhlichkeit nicht echt war. Aber sie wagte es nicht, ihm tröstend beizustehen, obwohl sie wußte, daß es ihm eine Erleichterung sein würde, sich ihr gegenüber auszusprechen. Ängstlich suchte sie das zu verhindern, denn Traute hatte sie durch allerlei versteckte Anschuldigungen und Angriffe unsicher gemacht. So war

Lori Hans-Georg gegenüber sehr zurückhaltend, und es kam nur selten zu einem traulichen Aussprechen zwischen ihnen.

Wenn Väterchen nicht schon seit Beginn des Winters ernstlich leidend gewesen wäre, dann hätte Lori den Feindseligkeiten Trautes gegenüber wohl längst die Waffen gestreckt und wäre von Hohenstein fortgegangen. Aber so wurde sie durch den Zustand des alten Herrn festgehalten.

Hans-Georg hatte längst herausgefunden, daß Traute Lori feindlich gesinnt war. Er hatte jedoch keine Ahnung, wie sehr Traute insgeheim die arme Lori quälte und wie wehrlos sich Lori alles gefallen ließ, um Frieden zu halten. Hätte er das alles gewußt, dann wäre er ihr sicher noch viel schroffer entgegengetreten.

So behandelte er sie nur wie ein launenhaftes, eigensinniges Kind und suchte sich im übrigen, so gut es gehen wollte, damit abzufinden, daß seine Ehe ein Mißgriff war. Sein Leben wollte er sich dadurch nicht zerstören lassen. Mit der Zeit wurde er gleichgültig gegen Traute. Begegnete er ihr in ihren eigenen Räumen oder waren Gäste zugegen, so benahm er sich korrekt und förmlich gegen sie. Trafen sie aber auf neutralem Boden zusammen, so ignorierte er ihre Versuche, ihn zu korrigieren, vollständig und gab sich nach wie vor in seiner natürlich ungezwungenen Art, die allen Menschen – außer seiner Frau und seiner Schwiegermutter – so liebenswert erschien.

Wurde es ihm einmal zu eng in der Brust, dann stieg er aufs Pferd und tobte sich aus. Und mit einem Eifer warf er sich auf seine Arbeit, daß Herr von Hohenstein ihm ruhig alle Geschäfte überließ.

Mit Lori erging es Hans-Georg seltsam. Seit seine Frau unverblümt verlangt hatte, er solle Lori von Hohenstein fortschicken, war es wie eine heiße Angst in ihm aufgestiegen, Lori könne wirklich eines Tages gehen. Seine Frau hatte ihm gesagt: »Man könnte Lori doch verheiraten, irgendeine passende Partie würde sich wohl finden.« Diese Worte hatten ihn mit einer quälenden Unruhe erfüllt.

Aber seit dieser Zeit betrachtete er Lori oft mit forschenden Augen. Er suchte sich vorzustellen, wie das sein würde, wenn Lori eines Tages zu ihm käme und ihm sagte: »Ich will fort von Hohenstein – ich will mich verheiraten.«

Ganz heiß und unruhig machte ihn diese Vorstellung. Er sprang dann empor wie auf der Flucht vor diesem Gedanken, warf sich aufs Pferd und jagte davon. Aber Ruhe fand er auch draußen nicht, die fand er erst wieder, wenn er heimkam und Lori in ihrer immer gleichen Freundlichkeit und Güte neben dem Vater sitzen sah. Blickte sie ihm dann mit ihren herrlichen klaren Augen sorgend und liebevoll ins Gesicht, hielt er ihre Hand in der seinen – dann wurde es wieder friedlich in seiner Brust. Nein, sie geht nicht fort, niemals, sie gehört zu uns! dachte er dann aufatmend und war voll Frohsinn und Übermut.

Sogar der Gedanke an seine verfehlte Ehe verblaßte gegen den an eine etwaige Heirat Loris.

So gingen Monate hin. In Hohenstein hatte eigentlich niemand mehr so recht seinen Herzensfrieden. Auch mit den Leuten verstand Traute nicht umzugehen; sie machte sie nur rabiat, weil sie launisch befahl, was sie im nächsten Augenblick wieder verwarf. Wenn ihr der Sinn danach stand, rief sie die Leute von der dringendsten Arbeit ab. Und das alles in einem Ton, wie ihn die Leute in Hohenstein nicht gewöhnt waren. Mutter Klimschen hatte ihre Not, das gutgeschulte Personal zu halten.

Auch an Mutter Klimschens Art und Tätigkeit übte Traute zuweilen verletzende Kritik, nur um sich als Herrin aufzuspielen. Das ließ sich die resolute Alte nicht ruhig gefallen, sie sagte der jungen Gnädigen unverblümt Bescheid.

»Sie müssen erst noch viel lernen, gnädige Frau, ehe Sie da besser Bescheid wissen als ich«, sagte die Alte eines Tages seelenruhig.

Wutentbrannt über diese »Frechheit« lief Traute zu Hans-Georg und verklagte die alte Frau. Er hörte Traute ruhig an, dann sagte er:

»Du mußt dich an Mutter Klimschens Art gewöhnen, Traute. Wenn sie auch nicht so untertänig ist wie eure Leute in Lankwitz, so ist sie dafür treu wie Gold und geht für uns durchs Feuer, wenn es sein muß. Laß sie ruhig gewähren, sie hält seit zwanzig Jahren Hohenstein in Ordnung. Wenn sie etwas für gut und richtig befindet, so kannst du gewiß sein, daß es so ist. Also plage dich nicht unnötig mit Haushaltssorgen. Das läuft bei uns alles wie am Schnürchen, weil wir nicht so oft mit den Leuten wechseln, wie es in Lankwitz der Fall ist. Im übrigen ist ja auch Lori da.«

Traute fiel es schwer, die hoheitsvolle Haltung zu bewahren, in der sie sich jetzt immer gefiel.

»Aber ich will nicht, daß Lori sich an meiner Stelle als Herrin aufspielt«, rief sie heftig.

Hans-Georg sah sie kühl und ruhig an. »Ah so – das läuft also wieder darauf hinaus? Lori ist dir wieder im Weg?« sagte er scharf.

Traute zuckte die Achseln. »Sie ist mir durchaus nicht im Weg. Ich finde es nur anmaßend von ihr, daß sie tut, als sei sie die rechtmäßige Tochter deines Vaters.«

»Genau so soll sie sich auch fühlen! Das weißt du. Es ist mein Wunsch und der Wunsch meines Vaters. Das habe ich dir schon vor unserer Verheiratung gesagt. Also finde dich endlich damit ab.«

»Nun, und ich? Was bin ich denn hier in Hohenstein?« fragte sie höhnisch.

Ernst blickte er ihr in die Augen.

»Meine Frau – und die zukünftige Herrin von Hohenstein. Denn vorläufig bin ich noch nicht Herr in Hohenstein. Jetzt ist es mein Vater noch – und hoffentlich noch recht lange. Hier gilt in erster Linie sein Wille. Und er will ganz entschieden, daß Lori hier wie seine Tochter schaltet und waltet. Sie hat Vollmacht von ihm. Daran änderst du nichts mit all deiner Feindseligkeit gegen Lori. Ich rate dir dringend, Frieden mit ihr und Mutter Klimschen zu halten. Das ist bei einigem guten Willen nicht schwer.«

Traute wollte auffahren, aber sie dachte an ihre Mutter. Diese hatte recht: Lori war nur mit List zu entfernen.

»Mein Gott, wie empfindlich du wirst, sobald Lori im Spiel ist. Also meinetwegen mag sie tun und lassen, was sie will, ich werde mich in Zukunft jeder Kritik enthalten.«

Er trat schnell auf sie zu und faßte ihre Hand. Noch einmal stieg eine leise Hoffnung in ihm auf, Traute könnte vernünftig werden.

»Wenn du doch versuchen wolltest, Traute, dich hier einzuleben und nicht immer allerlei Änderungen anzustreben. Glaub mir, es wird für dich und mich behaglicher sein«, sagte er bittend. Wenn er sie auch nicht mehr liebte, so wünschte er doch, in Frieden mit ihr auszukommen.

Aber Traute wandte sich kalt von ihm ab.

»An mir liegt es nicht, wenn wir uns ewig mißverstehen. Wir können uns ja gar nicht miteinander einleben, weil stets andere Menschen zwischen uns stehen.

Wären wir allein, so hättest du vielleicht längst eingesehen, daß ich recht habe, wenn ich allerlei rügen muß.«

Es zuckte in seinem Gesicht.

»Hier im Ostflügel ist niemand zwischen uns – und doch gibt es gerade hier immerfort Streit zwischen uns. Alles das, was du rügst und tadelst, ist mir ja Lebensbedingung. Ich kann dir nur sagen, ginge es bei uns so zu wie bei euch in Lankwitz – dann wäre ich schon längst auf und davon gelaufen.«

Traute richtete sich hoch auf.

»In Lankwitz herrscht ein mustergültiger Ton! Dort merkt man den veredelnden Einfluß der Hausfrau!«

»Unter dem dein Vater wie unter einem schweren Joch leidet. Gott bewahre mich in Gnaden vor solch veredelndem Einfluß, da bekommt man vor Frost eine Gänsehaut. Bisher hat sich noch niemand in der Atmosphäre von Lankwitz wohlgefühlt, nicht einmal deine Geschwister. Frage deinen Bruder, frage Lena, sie werden es dir bestätigen. Ich hoffte, auch du würdest dich davon frei machen. Aber du bist die echte Tochter deiner Mutter. Man muß schon selbst kalten Herzens sein, um sich in solcher Gletscheratmosphäre wohlfühlen zu können.«

So brach es in stürmischer Rede aus Hans-Georgs Brust.

Traute stand einen Augenblick wie gelähmt. Dann raffte sie mit einer schnellen Bewegung ihr Kleid zusammen.

»Du schmähst meine Mutter, schmähst mich in ihr! Darauf kann ich dir nur sagen, daß ich stolz darauf hin, ihre Tochter zu sein. Ich verbiete dir, in meiner Gegenwart noch ein tadelndes Wort über meine Mutter zu sagen!«

»Schön, so verbiete ich dir noch viel energischer, jemals wieder Kritik zu üben am Wesen und Benehmen meines Vaters! Du hast dir dieses Recht betrübend oft angemaßt. Mein Vater gilt mir mindestens zehnmal soviel wie dir deine Mutter! Und nun empfehle ich mich – ich habe noch zu arbeiten.«

Damit lief Hans-Georg hinaus. Die Tür flog nicht gerade sanft ins Schloß. Traute zuckte zusammen und riß heftig an ihrem Taschentuch.

»Der Unverschämte! Der Unverschämte!« preßte sie in ohnmächtigem Zorn hervor. Ihre Eitelkeit empfing durch jede derartige Niederlage eine neue Wunde. Sollte sie wirklich so kläglich Schiffbruch leiden?

»Daran ist nur diese Lori schuld! Oh, wie ich sie hasse!« dachte sie, unlogisch und kleinlich ihren Zorn auf eine Unschuldige werfend.

12

Einige Tage später war in Hohenstein größere Gesellschaft. Auch Trautes Eltern waren von Lankwitz herübergekommen, und mit ihnen Lena, die während der Osterferien mit ihren Buben in Lankwitz wohnte, damit diese sich nach der langen Winterszeit einmal wieder im Lankwitzer Park austoben konnten. Trotz der strengen Großmama war das in Lankwitz doch noch eher möglich als in Berlin.

Herr von Glasenapp war amtlich verhindert, seine Familie zu begleiten. Übrigens drängte es ihn nicht, an den Besuchen Lenas in Lankwitz teilzunehmen. Diese hatte ihren Gatten viel zu lieb, um ihm etwas zuzumuten, das ihm widerstrebte.

Auch Leo von Lankwitz und Heinz Ronneburg waren

zugegen, außerdem mehrere Gutsnachbarn mit Familie und einige andere Offiziere.

Herr von Hohenstein hatte seit langer Zeit einmal wieder einen schmerzfreien Tag und saß gut gelaunt bei den Gästen.

Lori war einmal aller Sorgen ledig und plauderte angeregt mit Heinz Ronneburg. Er war einige Monate nach Berlin kommandiert gewesen und erst vor kurzer Zeit zurückgekommen. Er war glücklich, Loris Gesellschaft wieder genießen zu können. Er liebte sie noch tiefer und inniger als zuvor, aber auch noch ebenso hoffnungslos, denn seine Verhältnisse hatten sich nicht gebessert.

Seine Augen hingen mit inniger Verehrung an Loris Gesicht.

Vergeblich hatte Traute, die eine kostbare Toilette trug und ihren guten Tag hatte, versucht, Heinz Ronneburg an ihre Seite zu fesseln. Er war ihr immer wieder entwischt, um in Loris Nähe zu gelangen. Traute hatte sich vergeblich zu den gewagtesten Koketterien verstiegen – Ronneburg blieb kalt, seine sehnsüchtigen Augen suchten nur Lori.

Soeben wieder hatte er sich unter einem Vorwand von Traute entfernt und war auf Lori zugeeilt, als Hans-Georg zu Traute trat, um der Leute halber einige Worte mit ihr zu wechseln.

In Trautes Augen glitzerte es böse.

»Herr von Ronneburg und Lori scheinen ja sehr glücklich zu sein, sich nach langer Zeit wiederzusehen. Sie sind wieder unzertrennlich«, sagte sie mit seltsamer Betonung.

Hans-Georg war plötzlich zumute, als fasse eine kalte Hand nach seinem Herzen. Mit einem unruhig forschenden Blick sah er zu Lori und Ronneburg hinüber, die in ein Gespräch vertieft in einer Fensternische standen.

»Was willst du damit sagen?« fragte er.

Sie blickte lauernd zu ihm auf.

»Hast du noch nicht gemerkt, daß zwischen den beiden etwas spielt? Sieh doch nur, wie er sie mit seinen dunklen Augen anglüht; sie macht ihm deutlich genug Avancen. Er ist ja auch ein bildschöner Mensch. Ich glaube, die beiden sind längst einig.«

Sie merkte wohl, daß Hans-Georg bei ihren Worten erblaßte.

»Unsinn, Traute! Das hätte mir Lori gesagt. Sie hat keine Heimlichkeiten vor mir«, sagte er hastig.

Sie lachte spöttisch.

»Bist du wirklich so naiv zu glauben, Lori würde dir ihre Liebesgeheimnisse offenbaren?«

Er fuhr sich mit der Hand über die Stirn, ohne viel auf ihre Worte zu achten. Er sah und hörte überhaupt nichts als Lori und Ronneburg. Und als er bemerkte, wie lieb und freundlich Lori dem jungen Offizier zulächelte und wie dieser seine Augen in inniger Verehrung auf ihr ruhen ließ, da war ihm plötzlich zumute, als sei für ihn die Sonne erloschen, als sei die Welt kalt und leer. Er biß die Zähne aufeinander. Zugleich riß ein wilder Schmerz an seinem Herzen, dem er keinen Namen geben konnte.

»Was ist das mit dir?« fragte er sich fassungslos.

Aber ehe er eine Antwort auf diese Frage fand, trat seine Schwiegermutter zu ihm heran. Sie wechselte einen bedeutungsvollen Blick mit Traute und sagte liebenswürdig:

»Lieber Hans-Georg, ich möchte gern etwas mit dir besprechen. Hast du Zeit für mich?«

Er riß sich zusammen. »Gewiß, Mama. Womit kann ich dienen?« fragte er mit einer Verbeugung.

»Bitte, begleite mich ins Nebenzimmer, da sind wir ungestört.«

Er bot ihr artig den Arm. Sein Blick flog aber nochmals zu Lori hinüber; so bemerkte er nicht, daß Mutter und Tochter abermals einen vielsagenden Blick tauschten.

Traute sah ihnen mit flimmernden Augen nach. Würde die Mutter erreichen, was sie so brennend wünschte?

Sie mischte sich wieder unter die Gäste.

Inzwischen hatte Hans-Georg mit seiner Schwiegermutter das Nebenzimmer betreten. Er schob ihr einen Sessel zurecht; sie ließ sich, liebenswürdig dankend, nieder. Ihre Liebenswürdigkeit fiel ihm heute als ungewöhnlich auf, aber er achtete nicht weiter darauf, denn seine Gedanken waren bei Lori und Ronneburg.

Sehr aufmerksam hörte er nicht zu, als Frau von Lankwitz sagte, sie fühle sich in Lankwitz so einsam, seit Traute fort sei. Lena komme auch nur selten mit den Kindern, und Leo lasse sich zu Hause überhaupt kaum mehr sehen. Übrigens gehe er nächstens auf längere Zeit nach Berlin.

Hans-Georg horchte erst interessiert auf, als Frau von Lankwitz nach dieser Vorrede fortfuhr: »Da habe ich denn gedacht, daß es eine große Wohltat für mich und auch für meinen Mann wäre, wenn wir wieder ein junges Gesicht um uns hätten. Und ich möchte dich bitten, Hans-Georg, daß du deinen Vater bestimmst, uns Lori nach Lankwitz zu geben. Nicht wahr, du legst bei deinem Vater ein gutes Wort dafür ein?«

Hans-Georg richtete sich plötzlich schroff auf. Er wußte sofort, wo hinaus seine Schwiegermutter wollte und daß Traute hinter diesem Wunsch steckte. Seine Stirn rötete sich, und seine Augen blickten scharf in die der alten Dame.

»Diesen Wunsch kann ich dir leider nicht erfüllen, Mama. Mein Vater braucht Lori viel zu nötig, als daß ich einwilligen könnte, sie von ihm zu entfernen. Er ist, wie du weißt, schon längere Zeit sehr leidend und bedarf ihrer Pflege.«

Frau von Lankwitz blieb liebenswürdig.

»Ach, mein lieber Hans-Georg, dein Vater sieht ja heute so frisch und munter aus! Er bedarf sicher keiner aufopfernden Pflege mehr. Und Traute würde ihm Lori vollständig ersetzen.«

Ein ironisches Lächeln huschte um seinen Mund.

»Das bezweifle ich, Mama. Mein Vater hat schlimme Tage, wo er sich kaum rühren kann und wo er sehr große Anforderungen an seine Pflegerin stellt. Lori kommt dann oft Tag und Nacht nicht zur Ruhe. Ich möchte Traute diese Aufopferung nicht zumuten. Lori ist daran gewöhnt; sie kennt Vaters Zustand so genau, daß er nicht viel zu erklären braucht. Niemand würde ihn so hingebend und aufopfernd pflegen wie Lori.«

Frau von Lankwitz verlor nun doch ein wenig ihre Ruhe und Liebenswürdigkeit.

»Sag doch lieber, du willst nicht, Hans-Georg.«

Groß und ruhig blickte er sie an. »Nein – ich will auch nicht. Ich würde auch nicht wollen, wenn Vater Lori nicht so nötig brauchte.«

»Und warum nicht?«

»Das will ich dir sagen. Weil ich ganz genau weiß, daß Traute dir diesen Wunsch suggeriert hat. Sie kann sich mit Lori nicht einleben oder sie will es vielmehr nicht. Nun soll Lori auf diese Weise von Hohenstein entfernt werden, weil es Traute auf andere Weise mißlungen ist.«

Die alte Dame bekam vor Ärger einen roten Kopf. »Nun – und wenn es so wäre? Wäre dir das so unverständlich? Kannst du Traute nicht nachfühlen, daß es sie kränkt, wenn du mit Lori viel inniger vertraut bist, als mit ihr – daß Lori dir mehr gilt als deine Frau?«

»Das liegt weder an Lori, noch an mir, sondern an den Verhältnissen, hauptsächlich aber an Traute selbst. Sie will sich nicht in die Verhältnisse in Hohenstein schikken. Traute ist eigensinnig und trotzig wie ein unartiges Kind, das seinen Willen durchsetzen will. Lori ist ihr ein Dorn im Auge, weil sie merkt, daß diese in ihrer Uneigennützigkeit alle Herzen gewinnt, während Traute es einfach als ihr Recht fordert, ihr überall vorgezogen zu werden.«

Die alte Dame trommelte nervös auf der Lehne des Sessels herum. »Lieber Hans-Georg, ich habe mich bisher nicht in eure Angelegenheiten gemischt, obgleich ich sah, daß Traute in Hohenstein mit schwierigen Verhältnissen zu kämpfen hat. Ich hätte es auch jetzt gern vermieden, aber die Verhältnisse zwingen mich direkt dazu. Nimm es mir nicht übel, wenn ich dich frage, ob Traute nicht unter allen Umständen das Recht hat, wenigstens von dir vorgezogen zu werden? Gerade die Gewißheit, daß du Lori in den meisten Fällen meiner Tochter vorziehst, daß du mit Lori vertraulicher verkehrst, als mit deiner Frau, hat in Traute das Gefühl erweckt, daß zwischen euch ein besseres Einvernehmen nur dann herrschen wird, wenn Lori nicht mehr zwischen euch steht.«

Hans-Georg strich sich über die Stirn.

»Lori steht nicht zwischen uns – im Gegenteil, sie tut alles, was sie kann, um zwischen Traute und mir zu vermitteln. Daß ich mit Lori vertraut bin, ist doch ganz natürlich. Wir sind zusammen aufgewachsen, sind uns stets Bruder und Schwester gewesen, haben alles miteinander geteilt, kennen einander bis in die Tiefen unseres Wesens. Trautes Wesen dagegen ist von dem meinen ganz verschieden. Ich kenne sie ja erst richtig, seit sie meine Frau geworden ist. Sie möchte mich von Grund auf ummodeln, wie es ihr paßt. Ich bin aber ein Mensch mit ausgeprägten Eigenschaften und muß so verbraucht werden, wie ich bin. Ich habe, schon ehe ich um Traute anhielt, keinen Hehl gemacht aus meinem Wesen. Offen habe ich mich gegeben, wie ich bin – was ich von Traute nicht behaupten kann. Wenn meine Art ihr nicht sympathisch war, so hätte sie mir das vorher ruhig sagen können. Verschiedentlich habe ich Traute gebeten, sie solle mich gewähren lassen, wie ich sie gewähren lasse. Aber sie stellt sich mir oft direkt feindlich gegenüber, wenn ich ihr nicht den Willen tue.«

Er sprach ganz ruhig und beherrscht.

Frau von Lankwitz sah auf ihre schön gepflegten Hände herab. »Mein Gott, Hans-Georg, du könntest ihr doch wohl auch den Willen tun, sie verlangt doch nichts Unmögliches.«

»Nein, Mama! Meine Frau muß sich meinem Willen fügen – nicht ich mich dem ihrigen.«

»Du würdest aber Traute viel gefügiger finden, wenn du ihr zuweilen zeigtest, daß ihre Wünsche für dich maßgebend sind.«

»Nein, wie ich sie kenne, würde jedes Nachgeben von meiner Seite ihre Herrschsucht steigern, das habe ich an manchen Zeichen gemerkt.«

»So tue ihr doch wenigstens dieses eine Mal den Willen. Laß dir raten, Hans-Georg, gib mir Lori nach Lankwitz, dann wird alles besser werden.«

Hans-Georg sah vor sich hin. Seine warmherzige, herrliche Lori in die kalte, liebeleere Umgebung dieser Frau? Nein, niemals! Lori würde maßlos darunter leiden, es würde ihr sein, als schicke man sie in die Verbannung. Und in Hohenstein würde es dann sein, als sei die Sonne untergegangen – die warme, leuchtende, belebende Sonne.

Er richtete sich energisch auf. »Nein, Mama, daran ist nicht zu denken. Traute hat kein Recht und keine Veranlassung, zu verlangen, daß mein Vater und ich uns von Lori trennen!«

Frau von Lankwitz setzte ihre strengste Miene auf.

»Doch, sie hat ein Recht dazu – das Recht der Eifersucht. Kannst du dir nicht denken, daß Traute auf Lori eifersüchtig ist, daß nur aus dieser Eifersucht heraus ihr Wesen so launisch ist?«

Er fuhr auf. »Es besteht nicht die geringste Veranlassung zu einem solchen Gefühl. Lori ist meine Schwester! Wie kann Traute auf sie eifersüchtig sein?«

Frau von Lankwitz lächelte überlegen. »Das ist es ja eben – Lori ist *nicht* deine Schwester.«

Hans-Georg fühlte plötzlich, daß sein Herzschlag stockte. Es war, als würde an den Grundfesten seines ganzen Seins gerüttelt, als verlöre er einen Moment den Boden unter den Füßen.

Nein, Lori war nicht seine Schwester – nicht seine Schwester – sie war ihm mehr, viel mehr. Er fühlte etwas in sich aufsteigen, das ihm plötzlich alle Sicherheit zu rauben drohte. Einen Moment schien es ihm, als stürze alles um ihn her zusammen. Aber gleich raffte er sich wieder auf und schob energisch von sich, was da auf ihn einstürmen wollte.

»Beenden wir dieses Gespräch, Mama. Ich betrachte Trautes Eifersucht als eine Beleidigung und will nichts mehr davon hören. Wie es scheint, finde ich bei dir ebensowenig Verständnis wie bei Traute selbst. Schon mein Vater würde nie darein willigen, Lori von Hohenstein zu entfernen. Er würde maßlos unter der Trennung von ihr leiden.«

»Und du wohl auch?« sagte sie mit stechendem Blick.

Er sah sie groß und ruhig an. Ein wenig bleich war er geworden vor innerer Erregung, aber sonst schien er ganz ruhig:

»Gewiß, auch ich, und Lori auch – wir alle, denn wir gehören zusammen. Ich habe Traute an dem Tag, da ich sie um ihre Hand bat, gesagt, daß sie sich wie eine Schwester zu Lori stellen müsse. Sie hat es mir versprochen. Sie hat also vorher gewußt, daß sie mit Lori Frieden halten muß. Wenn sie das nicht kann, muß sie es lernen!«

»Ist das dein letztes Wort?« fragte Frau von Lankwitz eisig.

»Ja, mein letztes.«

»Nun, so muß ich mich an deinen Vater wenden – er wird vielleicht vernünftiger sein als du«, sagte sie, aufstehend.

Auch Hans-Georg erhob sich. »Tue das. Vater wird dir keine andere Antwort geben als ich.«

»Wir werden sehen.«

Sie schritten nebeneinander in den Saal zurück. Hans-Georgs Blick suchte Lori. Sie stand noch immer mit Heinz Ronneburg zusammen und schaute ihn mit ihren schönen Augen lächelnd an. Da kam eine Traurigkeit über Hans-Georg, wie er sie noch nie in seinem Leben gefühlt hatte.

Aber er konnte sich diesem Empfinden nicht hingeben, da er von den Gästen in Anspruch genommen wurde.

»Hast du etwas erreicht, Mama?« fragte Traute.

»Nichts, vorläufig. Aber ich habe die Hoffnung noch nicht aufgegeben. Wenn man nur wüßte, ob deines Mannes Beziehungen zu Lori wirklich stets nur geschwisterlicher Natur waren. Jedenfalls mußt du scharf beobachten. Können wir ihnen das Gegenteil beweisen, so hast du gewonnenes Spiel, dann kannst du ihre Entfernung fordern. Ich werde mir erst deinen Schwiegervater einmal vornehmen.«

»Tue das, Mama. Ich werde wachsam sein, das verspreche ich dir.«

Sie trennten sich.

Frau von Lankwitz isolierte dann geschickt Herrn von Hohenstein und brachte ihr Anliegen vor. Aber der alte Herr schlug es trotz der diplomatischen Fassung rundweg ab.

»Ich bedaure sehr, Ihnen nicht dienen zu können, verehrte gnädige Frau, aber Lori ist mir unentbehrlich«, sagte er energisch.

»Mein Gott, wenn sie sich eines Tages verheiratet, dann müssen Sie sich doch auch von ihr trennen!« rief die alte Dame heftig.

Er nickte gemütsruhig.

»Stimmt! Dann muß ich. Jetzt liegt aber keine zwingende Notwendigkeit vor! Nein, gnädige Frau, bemühen Sie sich nicht weiter. Die Lori gebe ich freiwillig nicht her!«

Damit war Frau von Lankwitz endgültig abgewiesen.

Als Hans-Georg später mit seinem Vater eine Weile allein war, sagte der alte Herr, seine Hand auf des Sohnes Schulter legend:

»Du, Hansjörg, die Lori wollen sie uns wegdisputieren. Nach Lankwitz wollen sie das Mädel schleppen! Das lassen wir doch nicht zu – was, Hansjörg?«

Der sah seinen Vater mit seltsam leuchtenden Augen an.

»Nein, Vater, das lassen wir nicht zu.«

»Na schön, Hansjörg, ich wollte nur wissen, ob wir darin einig sind, wie in allen anderen Dingen.«

Hätte der alte Herr geahnt, was in dem Herzen seines

Sohnes unter all diesen Kämpfen zu erwachen begann – er hätte vielleicht nicht so befriedigt ausgesehen.

13

Lori hatte von all den heimlichen Bemühungen, sie von Hohenstein zu entfernen, keine Ahnung. Sie fühlte wohl, daß sie Traute ein Dorn im Auge sei, aber sie wußte auch, daß sie in Hohenstein unentbehrlicher war denn je zuvor. Gleich nach jener Festlichkeit hatte sich Herr von Hohensteins Zustand verschlimmert. Lori hatte jetzt wenig Zeit, auf Trautes Feindseligkeiten zu achten.

Sie blieb fast den ganzen Tag im Westflügel. Oft kam sie nicht einmal zu Tisch herüber. Dann saß sich das junge Ehepaar allein gegenüber, aber näher kam es sich dabei nicht. Hans-Georg wußte, daß das nie mehr geschehen würde, auch dann nicht, wenn Traute erreicht haben würde, was sie mit allen Mitteln erstrebte: Lori zu entfernen.

Traute suchte ihren Schwiegervater nie auf, wenn er an das Zimmer gefesselt war. Sie hatte eine große Scheu vor kranken Menschen und würde den alten Herrn sicher nicht gepflegt haben. Sie betrat den Westflügel überhaupt nicht und ließ nur immer formell nach seinem Ergehen fragen.

Im Herzen war sie auch ihrem Schwiegervater feindlich gesinnt, weil er Loris Partei nahm und sich gutmütig spottend Trautes Versuchen, ihn zu beeinflussen, erwehrte.

Hans-Georg aber weilte jeden Tag einige Stunden bei seinem Vater. Dann war auch Lori zugegen. Aber sonderbar, Hans-Georg fand jetzt zu Lori nicht mehr den alten vertraulichen Ton. Es lag etwas zwischen ihnen, das ihm die alte Unbefangenheit nahm. Er schloß Lori nie mehr übermütig in die Arme, um sie zu küssen. Auch ihre Hände nahm er nicht mehr zwischen die seinen, legte sie nicht mehr beruhigend an seine Augen, so gern er es auch getan hätte.

Lori fühlte mit schmerzlicher Unruhe, daß er anders zu ihr geworden war. Und sie dachte, daß doch wohl Trautes Einfluß wider Willen Macht über ihn gewonnen und etwas Störendes zwischen sie gebracht haben müsse.

Dennoch war es Lori wie eine Erleichterung, daß Hans-Georg sie nicht mehr mit seinen impulsiven Zärtlichkeiten überschüttete. Nun brauchte sie doch nicht immerfort auf der Hut vor sich selbst zu sein.

So stieg es langsam wie eine Entfremdung zwischen den beiden Menschen auf, die bisher in innigster Gemeinschaft gelebt. Und doch hatten sich ihre Herzen nie so nacheinander gesehnt wie jetzt. Unbeschreibliche Qualen litt Hans-Georg, wenn Hans Ronneburg in Hohenstein war und nicht von Loris Seite wich. Es erschien ihm geradezu wie eine Erlösung, wenn Lori, sobald Ronneburg auftauchte, nicht von des Vaters Seite fort konnte. Wenn dann Ronneburg mit betrübter Miene abzog, ohne Lori gesehen zu haben, atmete Hans-Georg wie von einer schweren Last befreit auf.

Warum das alles so war, darüber wehrte Hans-Georg alle Gedanken ab. Er war jetzt wie ein Mensch, der blind sein wollte, weil er das helle Sonnenlicht nicht hätte ertragen können.

Diese quälende Stimmung wurde von ernsten schweren Sorgen verdrängt. Herrn von Hohensteins Befinden verschlimmerte sich sehr schnell. Und vor der Sorge um den geliebten Vater trat alles Persönliche weit zurück.

Herr von Hohenstein konnte das Bett nicht mehr verlassen. Der Arzt kam täglich nach Hohenstein, und Lori wich nicht mehr von Väterchens Lager. Sie pflegte ihn mit einer so zärtlichen Hingabe, daß der alte Herr oft seine Rührung nicht mehr meistern konnte.

Im reichsten Maße gab Lori jetzt zurück, was man ihr in Hohenstein an Liebe entgegengebracht. Sie kannte keine Ermüdung, keine Schwäche. Je anstrengender die Pflege wurde, je mehr schienen ihre Kräfte zu wachsen.

Hans-Georg konnte Lori nur rückhaltlos bewundern. Nur wenn er bei seinem Vater war oder Mutter Klimschen das junge Mädchen einige Stunden ablöste, suchte Lori in einem kurzen Schlummer neue Kräfte.

In Hans-Georgs Herzen war eine Weichheit, wenn er Lori am Krankenbett des Vaters beobachtete, wie er sie noch nie empfunden hatte.

»Baby, du mußt ein Denkmal bekommen«, scherzte er eines Tages, um seine Rührung zu verbergen.

Lori ließ alle Liebesfähigkeit ihres reichen Herzens auf Väterchen ausströmen. Wenn sie ihrem Kranken nur die kleinste Erleichterung bringen konnte, dann war ihr nichts zu schwer.

»Weißt du, Hansjörg, es ist direkt ein Vergnügen, krank zu sein, wenn man von Lorchen gepflegt wird«, sagte der alte Herr, der auch in den schlimmsten Stunden seinen Humor nicht ganz verlor. Er machte seine Späße, um Hans-Georg und Lori die Sorge um ihn fortzuscheuchen. Aber wenn Mutter Klimschen mit ihren Hausmitteln anrückte und dem Arzt ein bißchen ins Handwerk pfuschen wollte, dann zankte der alte Herr nicht mehr. Und das gefiel der alten treuen Seele gar nicht.

»Solange der gnädige Herr noch grob wird, solange ist es noch nicht schlimm mit ihm, Lorchen. Aber jetzt ist er so sanft und geduldig wie ein Lamm. Das dreht mir das

Herz um. Ich wollte, er ließe mal wieder ein Donnerwetter los«, sagte sie bekümmert.

Lori war das Herz vor Sorge um Väterchen sehr schwer, sah sie doch, wie er täglich schwächer und stiller wurde. Sie hatte jetzt keine Zeit, an eigenes Herzeleid zu denken oder sich um Hans-Georgs Verhältnis zu Traute zu sorgen.

Frau von Lankwitz und Traute sagten sich jetzt auch, daß sie, solange der alte Herr schwer krank war, nichts gegen Lori unternehmen könnten. Anscheinend war auch jetzt Hans-Georgs Verhältnis zu Traute erträglicher. Er war still und in sich gekehrt und verstieß nicht mehr gegen den formellen Ton. Traute schrieb das dem Umstand zu, daß sie jetzt mit Hans-Georg allein war. Sie bildete sich ein, sie könne ihren Gatten nach ihren Wünschen ummodeln, wenn er nicht von Lori und seinem Vater beeinflußt würde. Sie wünschte im tiefsten Innern, daß ihr Schwiegervater sterben möge. Dann war es nicht schwer, Lori zu entfernen, dann hatte sie freie Bahn.

In ihrer Herzlosigkeit fehlte ihr jedes Verständnis für das Leid anderer Menschen.

Gäste kamen immer seltener nach Hohenstein, da man wußte, wie schlimm es um den alten Herrn stand. Traute langweilte sich in Hohenstein und fuhr fast täglich nach Lankwitz hinüber.

So war der Frühling vergangen; auch das Pfingstfest mit seiner Blütenpracht war vorüber. Und an einem klaren, hellen Sommermorgen schloß Herr von Hohenstein die Augen für immer.

Hans-Georg und Lori hatten die letzte Nacht gemeinsam bei ihm gewacht. Sie wußten alle, daß er sterben würde; auch der alte Herr selbst wußte, daß seine Tage gezählt seien, wenn er auch das Ende nicht so nahe wähnte.

Als die Sonne aufging und ihre Strahlen vom Park herüber am Fenster vorbeihuschten, sah der alte Herr, nachdem er eine Weile vor sich hingedämmert hatte, mit großem klaren Blick in die Augen seines Sohnes.

»Hansjörg, ich hätte dich nicht zur Heirat drängen – ich hätte dir Zeit lassen sollen –, dann hättest du bedächtiger gewählt«, sagte er matt, aber klar und ruhig.

Hans-Georg nahm des Vaters Rechte zwischen seine beiden Hände.

»Darüber sorge dich nicht, Vater, es geht auch so. Ich hab' mein ganzes Leben lang Sonne, nur immer Sonne gehabt. Da ist ein bißchen Schatten nur gut und gedeihlich, man denkt über den Unterschied nach.«

»Ja, ja, mein Junge, von der Seite betrachtet – so etwas Widriges stählt den Charakter. Es läßt sich ja auch nicht mehr ändern, Hansjörg. Und – du hast ja die Lori noch, gelt, mein Junge? Da bleibt dir so viel Liebes und Gutes. Gelt, Hansjörg – die Lori hat Heimatrecht in Hohenstein, allezeit?«

Hans-Georg wurde einen Schein blasser. Er sah in Loris bleiches, überwachtes Gesicht.

»Ja, Vater, die Lori bleibt in Hohenstein, so lange sie selbst will.«

»Ist recht, Hansjörg! Wir verstehen uns. Weißt du, mein Junge – wenn ich mir das so recht überlege – du hättest am Ende auch die Lori heiraten können. Da sind wir beide vor lauter Nachdenken nicht darauf gekommen. Die Lori hätte doch herrlich zu dir gepaßt. Zu dumm! Man sieht manchmal den Wald vor lauter Bäumen nicht.«

In Hans-Georg und Loris Gesicht schlugen bei diesen Worten heiße Flammen. Sie wagten nicht, sich anzusehen. Stumm saßen sie und rührten sich nicht. Aber die Herzen klopften laut und stark.

Der alte Herr sah über sie hinweg in die Strahlen der Morgensonne. Er sprach noch einige Worte, aber sie verloren an Klarheit; sein Geist war zu schwach, den vorher ausgesprochenen Gedanken weiter auszuspinnen. Er schien ihn aber festgehalten zu haben, denn als jetzt Mutter Klimschen eintrat, die in Sorge um ihren Herrn ihr Lager früher verlassen hatte, da drehte sich der alte Herr nach ihr um.

»Klimschen – da hätten Sie mich auch drauf bringen können«, sagte er matt.

»Auf was denn, gnädiger Herr?« fragte die alte Frau ungewöhnlich sanft.

Er blickte in ihr faltiges Gesicht, in ihre treuen Augen, als wolle er sich besinnen. Dann sah er stumm auf Hans-Georg – auf Lori – und wieder auf Hans-Georg.

Und plötzlich richtete er sich hastig halb empor.

»Hansjörg – Halli, hallo – « rief er wie aufmunternd.

Es war sein letzter Gruß. Dann sank er zurück – mit starren, leblosen Augen. Bald darauf hauchte er den letzten Seufzer aus.

Ein großes Trauergefolge hatte sich in Hohenstein eingefunden, um dem Entschlafenen die letzte Ehre zu erweisen. Auch Exzellenz Robbingen war auf die Kunde vom Tod ihres Schwagers herbeigeeilt. Seit Hans-Georgs Hochzeit war sie noch nicht wieder in Hohenstein gewesen. Wenn sie auch mit den drei Menschen im Briefwechsel stand, so hatte ihr doch keiner von dem Kleinkrieg berichtet, der durch Traute zum Ausbruch gekommen war.

Sie war aber viel zu feinfühlend, um nicht allerlei zwischen den Zeilen zu lesen. Und gerade, daß man von Traute so wenig in diesen Briefbogen berichtete, gab ihr zu denken.

Nun sie wieder in Hohenstein war, wurde sie zunächst durch die traurige Veranlassung zu ihrem Besuch in Anspruch genommen. Sie fand Lori fassungslos und Hans-Georg in einem so tiefen Schmerz versunken, daß sie sich eifrig mühte, die beiden jungen Menschen zu trösten.

Sie selbst beklagte den Tod ihres Schwagers, mit dem sie allezeit treue Freundschaft gehalten, sehr tief.

Traute machte mit wahrhaft königlicher Haltung die Honneurs. Sie fühlte sich nun als Herrin von Hohenstein. In den eilig beschafften Trauerroben sah sie mit ihren zarten Farben und dem lichten Blondhaar sehr vorteilhaft aus.

Exzellenz Robbingen gegenüber war sie besonders liebenswürdig, sie wollte einen guten Eindruck auf sie machen. Nur merkte eben die kluge alte Dame die Absicht.

Wie selbstverständlich hatte Traute ihrem Gatten in diesen Tagen alles abgenommen, was zu erfüllen war. Zugleich hatte sie die Gelegenheit benutzt, Lori möglichst in den Hintergrund zu drängen.

Tante Maria beobachtete mancherlei. Nach dem Begräbnis blieb sie noch einige Zeit in Hohenstein. Hans-Georg hatte sie darum gebeten – hauptsächlich Loris wegen. In der Unsicherheit seiner Gefühle wagte er nicht, sich Lori mit der unbefangenen Zärtlichkeit zu nahen. Daß sie aber einen liebevollen, tröstenden Zuspruch brauchte, wußte er. Und deshalb bat er Tante Maria, sich Loris anzunehmen.

Die alte Dame blieb von allen Trauergästen allein zurück. Als wieder Ruhe in Hohenstein herrschte, merkte sie erst, wie kühl und fremd sich das junge Ehepaar gegenüberstand und wie bedrückt Lori der jungen Frau gegenüber schien. Zwar befleißigte sich Traute in Exzellenz Robbingens Gegenwart eines weniger feindseligen Tones Lori gegenüber, aber daß sie ihr wenig

Sympathie entgegenbrachte, erkannte die alte Dame nur zu deutlich.

Traute umschmeichelte Tante Maria mit Ausdauer. Exzellenz Robbingen war bei Hofe sehr beliebt und führte ein gastliches Haus in der Residenz. Traute rechnete stark damit, im Winter von der alten Dame für längere Zeit eingeladen und in den Hofkreisen eingeführt zu werden. Sie ließ schon jetzt durchblicken, daß es doch genüge, wenn sie ein halbes Jahr um ihren Schwiegervater Trauer trüge, und beklagte sich über die Langeweile des Landlebens.

Frau von Robbingen reagierte jedoch in keiner Weise. Sie war gegen die junge Frau liebenswürdig, aber ohne große Wärme. Traute war zu sehr von sich selbst eingenommen, um zu merken, daß Tante Maria ihr nicht sehr wohl gesinnt war. –

Lori hatte sich endlich zur Ruhe durchgerungen. Still nahm sie ihre Pflichten wieder auf, und Tante Maria rüstete zur Heimreise.

Am Tag davor ging sie nach Tisch mit Lori im Park spazieren.

»Sage mir, Lori, irre ich mich oder besteht zwischen Hans-Georg und seiner Frau ein sehr kühles Verhältnis?« fragte sie nach längerem Schweigen.

Lori seufzte. »Leider irrst du dich nicht, Tante Maria. Hans-Georg ist in seiner Ehe nicht glücklich geworden. Es hat schlimme Szenen in Hohenstein gegeben. Er und Traute sind zu verschiedene Charaktere«, sagte sie traurig.

Die alte Dame nickte vor sich. »Und du, Lori – wie stehst du mit Traute?«

Lori sah sie mit großen, ernsten Augen an. »Traute haßt mich aus irgendeinem Grund«, sagte sie leise.

Die alte Dame sah sie erschrocken an. »Hassen? Dich hassen? Ach nein, Kind, da übertreibst du wohl?«

Lori schüttelte traurig den Kopf. »Nein, Tante Maria, sie hat diesem Haß oft genug unverhohlen Ausdruck gegeben, wenn wir allein waren. Sie sähe es sehr gern, wenn ich Hohenstein verließe. Ich hätte es auch schon längst getan, wenn Väterchen mich nicht so nötig gebraucht hätte. Aber nun habe ich ihn nicht mehr. Jetzt gleich kann ich aber Hans-Georg nicht mit Traute allein lassen. Er macht mir schwere Sorge. Er ist so zerrissen in seinem Innern – er hat Väterchen so unsagbar liebgehabt und hat niemanden, der ihn versteht. Ginge ich jetzt fort, wäre mir bange um ihn. Aber sobald er wieder ruhig geworden ist und Väterchens Verlust etwas verwunden hat, will ich ihn langsam von der Notwendigkeit überzeugen, daß ich fortgehen muß. Er darf nicht ahnen, daß Traute mich forttreibt. Denn das verziehe er ihr nie.

Wenn es dann so weit ist, Tante Maria – darf ich dann bei dir anklopfen? Ich bin ja gesund und stark, und Väterchen hat mir in seiner großen Güte ein Kapital hinterlassen, ich könnte mich auf eigene Füße stellen. Aber Hans-Georg läßt mich nicht ziehen, wenn ich ihm nicht zugleich sagen kann, daß sich mir eine neue Heimat auftut. Wenn er weiß, daß ich zu dir kommen darf, wird er es leichter nehmen, das weiß ich. Um seinetwillen bitte ich dich, nimm mich auf, wie du es mir versprachst.«

Die alte Dame zog Lori liebevoll in ihre Arme.

»Bist du zu stolz, auch für dich selbst zu bitten, kleine Lori? Nun, nun, sag mir nichts mehr – es ist alles klar. Und komm bald, mein liebes Kind. Du tust recht, hier fortzugehen, da dein liebes Väterchen nicht mehr lebt. Traute ist nun einmal Hans-Georgs Frau, er muß mit ihr auskommen. Also komm bald zu mir, mein liebes Kind. Ich will dafür sorgen, daß du dich in meinem Haus wohlfühlst, wenn ich dir die liebe, alte Heimat auch nicht ersetzen kann.«

Lori küßte inbrünstig die Hand der gütigen Frau.

Am nächsten Morgen reiste Exzellenz Robbingen ab. Traute ließ es sich nicht nehmen, ihr bis zum Bahnhof das Geleit zu geben.

14

Zunächst verhielt sich Traute abwartend, und beobachtete ihren Gatten und Lori mit scharfen Augen. Aber es fand sich nicht der geringste Anlaß für sie, ihren Verdacht weiter auszuspinnen. Wäre sie ehrlich gewesen, so hätte sie sich sagen müssen, daß sie im Ernst gar nicht daran glaubte, daß ein anderes als geschwisterliches Verhältnis zwischen Hans und Lori bestehe. Sie *wollte* nur daran glauben, um einen Grund zu haben, auf Loris Entfernung zu bestehen.

Vorläufig fehlte ihr aber jeder Grund, gegen Lori etwas zu unternehmen. Diese lebte in ihrem Schmerz um den Verlust des geliebten Väterchens ganz zurückgezogen im Westflügel, ließ sich auch oft bei Tisch entschuldigen.

Mit schmerzlicher Deutlichkeit fühlte Lori den gezwungenen Ton, den Hans-Georg ihr gegenüber hatte. Er schien ihr auszuweichen und suchte sie nie mehr zu einem Plauderstündchen auf. Warum er so verändert war, ahnte sie nicht. Aber sie glaubte, daß es ihm am Ende auch erwünscht sei, wenn sie Hohenstein verließ. Wahrscheinlich hatte ihm Traute begreiflich gemacht, daß Lori in Hohenstein überflüssig sei und er, des ewigen Haders müde, wollte Ruhe haben um jeden Preis.

So erklärte sich Lori Hans-Georgs verändertes Wesen.

Sie fühlte sich wirklich überflüssig, seit Väterchen ihre Pflicht nicht mehr brauchte. Der Haushalt war in Mutter

Klimschens Händen wohlversorgt. So wartete Lori nur auf eine passende Gelegenheit, um Hans-Georg ihren Entschluß, zu Tante Maria zu gehen, mitzuteilen.

Es geschah einige Wochen nach dem Tod des Herrn von Hohenstein.

Es war die Zeit der Getreideernte, und Hans-Georg hatte seit Sonnenaufgang draußen gearbeitet. Müde war er in sein Arbeitszimmer gegangen, nachdem er sich erfrischt und umgekleidet, und hatte sich in den vor seinem Schreibtisch stehenden Sessel fallen lassen. Es gab allerlei Korrespondenzen geschäftlicher Art zu erledigen. Er war froh, viel Arbeit zu haben. Sie lenkte ihn von seinen quälenden Gedanken ab und war ihm zugleich ein Vorwand, möglichst wenig mit Traute und Lori zusammen zu kommen.

Mit aufgestütztem Kopf saß er eine Weile und starrte vor sich hin. Wie seltsam hatte sich sein Leben im Verlauf eines einzigen Jahres geändert! Es schien ihm lange, lange her zu sein, seit er sich mit Traute verheiratet hatte, nicht nur ein kurzes Jahr.

Der Eintritt eines Dieners schreckte ihn aus seinem Sinnen auf. Dieser meldete ihm, Herr Leutnant von Ronneburg wünschen den gnädigen Herrn in einer dringenden Angelegenheit zu sprechen.

Hans-Georg gab ein Zeichen, ihn einzulassen. Gleich darauf trat Ronneburg ein.

Ohne Umschweife ging er auf sein Ziel los.

»Ich weiß, Herr von Hohenstein, daß ich eine schlecht passende Zeit gewählt habe. Ihr Haus ist noch in tiefer Trauer um Ihren Herrn Vater; ich selbst habe vor zehn Tagen am Grab meines Oheims gestanden, der plötzlich einem Schlaganfall erlegen ist. Ich bin erst vorgestern zurückgekehrt. Trotzdem erschien es mir aus verschiedenen Gründen dringend, Ihnen mein Anliegen schon jetzt vorzutragen. Verzeihen Sie mir, wenn ich Sie damit in Ihrer Trauer störe«, sagte er bittend.

»Bitte, reden Sie ungehindert, Herr von Ronneburg, Sie können meiner Aufmerksamkeit gewiß sein«, erwiderte Hans-Georg höflich.

Aber dabei fühlte er, daß dieser Besuch ihm Schlimmes bringe. Er konnte ohnedies Ronneburg nur mit einem Gefühl begegnen, das der Eifersucht sehr ähnlich war. Und eine Ahnung sagte ihm, daß dessen Besuch in irgendeiner Weise mit Lori zusammenhing.

Ronneburg atmete tief auf. Sein schönes, männliches Gesicht zeigte einen bewegten Ausdruck.

»Zunächst möchte ich erwähnen, daß durch den Tod meines Oheims meine Verhältnisse sich wesentlich geändert haben. Zu meiner Überraschung bin ich sein Haupterbe und besitze jetzt ein Vermögen von dreihunderttausend Mark.«

Hans-Georg beglückwünschte den jungen Mann, und dieser fuhr fort:

»Damit komme ich auf die Veranlassung meines Besuchs. Gestatten Sie mir, Ihnen mitzuteilen, daß ich Ihr Fräulein Pflegeschwester, Fräulein von Erbach, schon seit Jahren von Herzen liebe. Ich konnte dieser tiefen Neigung nicht eher Ausdruck geben, weil ich nicht die Möglichkeit sah, einer Frau ein sorgenloses Leben an meiner Seite zu bieten. Jetzt bin ich in der Lage, eine Familie gründen zu können. Selbstverständlich hätte ich unter anderen Verhältnissen erst die Trauerzeit vorübergehen lassen, ehe ich mit meiner Werbung hervorgetreten wäre. Aber – verzeihen Sie, wenn ich etwas unzart sein muß – ich habe zu bemerken geglaubt, daß Ihre Frau Gemahlin mit Fräulein von Erbach wenig harmoniert. Und gestern hörte ich von Leo Lankwitz, der seit gestern meine Meinung kennt, daß seine Schwester und seine

Mutter den Wunsch hegen, Fräulein von Erbach von Hohenstein zu entfernen. Leo hat mir das im Vertrauen mitgeteilt, weil er fürchtet, Fräulein von Erbach werde Hohenstein schon bald verlassen. Meine Sorge um die junge Dame hat mich veranlaßt, alle Bedenken beiseite zu werfen. Ich bin gekommen, Sie zu bitten, mir zu gestatten, um Fräulein von Erbach werben zu dürfen. Mir ist der Gedanke unerträglich, daß Fräulein von Erbach von Hohenstein fortgehen könne, ohne daß ich ihr meinen Schutz und meine Hand angeboten hätte. Ich würde stolz und glücklich sein, wenn sie ihr Geschick vertrauensvoll in meine Hände legte.«

So sprach Ronneburg mit großer Wärme.

Hans-Georg war wie unter einem Schlag zusammengezuckt, als Ronneburg seine Werbung vorbrachte. Nun saß er wie in einem schweren, beängstigenden Traum und hörte, was Ronneburg erzählte.

Wenn er gerecht sein wollte, mußte er sich sagen, daß Ronneburgs Werbung für Lori ein großes Glück bedeutete. Aber er konnte nicht anders, als Ronneburg wie einen Feind betrachten, der ihm das Köstlichste seines Lebens rauben wollte. Eine wilde Qual erfüllte sein Herz. Er hätte aufspringen mögen, um Ronneburg hinauszutreiben. Und in der Qual dieser Stunde rang sich in seinem eigenen Herzen die Gewißheit los, daß er Lori – liebte. Nicht wie der Bruder die Schwester liebte er sie, sondern mit der heißen, verlangenden Liebe des Mannes zum Weib und zugleich mit der tiefen, grenzenlosen Innigkeit, die seit seinen Kindertagen für Lori in ihm gelebt hatte. Mit blinden Augen war er an dieser Liebe vorbeigegangen. Er hatte sie nicht erkannt, weil die Macht der Gewohnheit ihm Lori stets nur als Schwester zeigte. Während er draußen in der Welt nach der wahren Liebe suchte, während er Lori seine Sehnsucht und seine Irrtümer beichtete, hatte dieses tiefe, heilige Gefühl in seinem Herzen geschlummert, ihn unbewußt mit Licht und Sonne erfüllt und sein Leben reich und schön gemacht, so daß er im sonnigen Übermut durchs Leben gestürmt war. Aber nun, da er diese tiefe echte Liebe erkannte in ihrer wahren Gestalt – nun war es zu spät. Er war an eine andere gefesselt, die seinem Herzen gleichgültig war – und hier vor ihm saß ein Mann, der in ehrlicher Liebe um Lori warb.

Er mußte an die Worte denken, die sein Vater in der Sterbestunde gesprochen, und die ihn seither verfolgten im Wachen wie im Traum: »Du hättest am Ende auch die Lori heiraten können. Die Lori hätte herrlich zu dir gepaßt. Man sieht doch manchmal den Wald vor lauter Bäumen nicht.«

Ja, auch er hatte den Wald vor lauter Bäumen nicht gesehen! Nun erst erkannte er, was ihn all die Zeit mit Unruhe erfüllt hatte.

Ihm war, als müsse er wie ein Ertrinkender hilfeflehend ihren Namen rufen.

Aber da riß ihn Ronneburgs Stimme aus seinem Brüten.

»Sie sind überrascht, Herr von Hohenstein. Ihr Schweigen bedrückt mich. Haben Sie Einwendungen zu machen?« fragte der junge Offizier unruhig.

Hans-Georg fuhr auf.

»Nein, das heißt – ja, ich bin überrascht – was Sie von der Entfernung meiner Schwester von Hohenstein sagen – das würde mit meinem Willen nie geschehen. Sie steht nach wie vor unter meinem treuesten Schutz. Ich habe natürlich nichts gegen Sie einzuwenden; Sie sind mir als Ehrenmann bekannt. Aber ich möchte Sie fragen, wird – wird Ihre Liebe von Lori erwidert?«

Ronneburg atmete wieder tief auf.

»Das weiß ich leider nicht. Fräulein von Erbach ist stets freundlich zu mir gewesen, aber darüber hinaus hat sie mir ihre Gefühle nicht verraten. Ich durfte ja meinen Gefühlen bisher auch nicht Ausdruck geben. Aber ich hoffe inbrünstig, daß sie meine Werbung annimmt, wenn sie mich auch nicht in dem Maß lieben sollte, wie ich sie liebe.«

Hans-Georg war zumute, als sei alles um ihn her ein Chaos. Er klammerte sich an die Hoffnung, daß Lori Ronneburgs Werbung ablehnen würde. Wenn sie ihn abwies, um in Hohenstein bleiben zu können! Wenn er sie nicht fortzulassen brauchte! Ach, er glaubte, die Trennung von ihr nicht ertragen zu können.

Mühsam zwang er sich zur Ruhe.

»Ich werde meine Schwester rufen lassen, Herr von Ronneburg; Sie können Ihre Werbung vorbringen«, sagte er höflich, und es schien ihm, als spräche ein anderer Mensch für ihn.

»Ich danke Ihnen sehr und bitte dringend, mir eine Unterredung unter vier Augen mit dem gnädigen Fräulein zu gestatten. Vielleicht kann ich meine Sache besser führen, wenn ich mit ihr allein bin.«

Hans-Georg gab sich einen Ruck.

»Gewiß – selbstverständlich«, stieß er hervor und klingelte dem Diener, dem er den Auftrag gab, Lori herbeizurufen.

Als diese nach einer Weile eintrat, blickte sie erstaunt auf die beiden Herren, die ihr in aufrechter Haltung gegenüberstanden. Aber ihre Augen blieben dann erschrokken an Hans-Georgs bleichem Gesicht hängen. Sie sah, daß er mit einer tiefen Erregung kämpfte, daß in seinen Augen ein verzweifelter, schmerzlicher Ausdruck lag.

»Was ist geschehen, Hans-Georg?« rief sie hastig und trat wie in heißer Angst und Sorge an seine Seite.

Er lächelte – aber dies Lächeln tat ihr unsagbar weh.

»Nichts Schlimmes, Lori, beruhige dich. Herr von Ronneburg bittet dich um eine Unterredung unter vier Augen.«

Lori sah betroffen in Ronneburgs Gesicht.

»Eine Unterredung – mit mir?« stammelte sie.

Ronneburg verneigte sich, sie mit bittendem Blick ansehend.

»Ja, mein gnädiges Fräulein, ich bitte herzlich darum.«

Hans-Georg faßte plötzlich Loris Hand mit schmerzhaftem Griff.

»Ich lasse dich allein mit Herrn von Ronneburg, Lori«, sagte er in seltsamem Ton. Es wollte ihr scheinen, als läge eine angstvolle Beschwörung in demselben.

Dann ließ er ebenso schnell ihre Hand los und verließ das Zimmer.

Er lief wie gehetzt in die Zimmer seiner Gattin, wie in instinktiver Flucht vor sich selbst.

Traute befand sich in ihrem kleinen Salon und sah von einem Buch auf, als er eintrat.

Schweigend warf er sich in einen Sessel, ohne, wie sonst in ihren Räumen, formell um Erlaubnis zu bitten. Er dachte gar nicht daran. Ihm war zumute, als müsse er hier, unter Trautes kalten, ruhigen Augen Schutz suchen vor den auf ihn einstürmenden heißen Empfindungen.

Traute sah forschend in sein vor Erregung zuckendes Gesicht und unterließ es, einen Tadel auszusprechen.

»Was führt dich zu mir? Ich denke, du hast zu arbeiten?« fragte sie in ihrer kühlen Art.

Er fuhr sich über die Stirn, als besinne er sich.

»Ich wurde gestört, Herr von Ronneburg ist gekommen.«

Sie horchte interessiert auf und legte schnell das Buch fort.

»Ah, wo ist er? Weshalb bringst du ihn nicht hierher? Du weißt doch, daß ich drüben in dem großen Salon jetzt Besuche nicht mehr empfange«, forschte sie eifrig und zog die blonden Locken tiefer in die Stirn.

»Er verlangte nicht, dich zu sprechen, sondern Lori«, erwiderte er tonlos.

»Lori?«

»Ja, sie ist mit ihm in meinem Arbeitszimmer.«

»Allein? Mein Gott, wie formlos. Wie kann sie allein einen jungen Herrn empfangen!«

Er lachte heiser auf.

»Beruhige dich, der Form ist Genüge getan. Er hat erst feierlich die Erlaubnis zu dieser Unterredung bei mir eingeholt. Ich kann dir auch sagen, was er von ihr will. Sie soll seine Frau werden.«

Traute fuhr mit gerötetem Gesicht aus ihrer lässigen Stellung empor.

»Seine Frau? Ach Unsinn, Ronneburg als armer Leutnant kann doch kein vermögensloses Mädchen heiraten! Oder glaubte er, Lori habe ein größeres Vermögen von deinem Vater geerbt?«

Er erzählte ihr in hastigen Worten von Ronneburgs veränderten Verhältnissen. Trautes Gesicht bekam einen häßlichen Ausdruck. Obwohl sich ihr durch diese Verlobung eine Möglichkeit zeigte, Lori auf gute Art los zu werden, gönnte sie dieser doch nicht, daß sie Heinz Ronneburgs Frau wurde.

Zugleich fiel ihr aber auch das verstörte Wesen ihres Gatten auf. Sie beobachtete ihn mißtrauisch. Wie bleich und erregt er war! Mit wie angstvollen Blicken er nach der Tür starrte! Was war das? Sollte er für Lori wirklich etwas anderes empfinden als brüderliche Zuneigung? Sollte ihr Verdacht begründet sein? Hatte er Angst, daß Ronneburg Lori heiratete? Aber warum hatte er sie dann nicht selbst geheiratet? Sein Vater würde ihm sicher keine Hindernisse in den Weg gelegt haben. Oder doch? Wollte er den Sohn lieber mit einer vermögenden Frau vermählt sehen, als mit dieser Bettlerin?

Alle diese Fragen jagten sich in Trautes Hirn. Sie wußte nicht, ob sie sich ärgern oder freuen sollte, daß Lori nun die Frau Ronneburgs wurde, der noch zu seinen sonstigen persönlichen Vorzügen eine gute Partie geworden war.

Traute hätte ohne Zaudern jetzt Ronneburg ihrem Gatten vorgezogen, wenn sie die Wahl gehabt hätte.

So saß sie schweigend, mit seltsam schillernden Augen ihrem Gatten gegenüber und beobachtete ihn mit forschenden Blicken. Und beide lauschten hinaus in das schweigende Haus, fiebernd vor Erwartung, wenn auch mit recht verschiedenen Gefühlen.

Endlich klappte draußen die Tür. Hans-Georg merkte es am Klang, daß es die zu seinem Arbeitszimmer war. Da hielt es ihn nicht mehr. Mit einem zitternden Seufzer sprang er empor. Jeder Muskel in seinem Gesicht schien gespannt. Und plötzlich rannte er hinaus, ohne auf Traute zu achten. Sie sprang gleichfalls empor und blieb, wie eine Katze auf der Lauer, in geduckter Haltung mitten im Zimmer stehen.

15

Als Lori allein mit Ronneburg war, sah sie mit großen, unruhigen Augen hinter Hans-Georg her. Was war ihm, daß er so schmerzlich erregt war? Warum hatte er ihre Hand so beschwörend in der seinen gepreßt?

Über diesen Gedanken vergaß sie ganz, daß Ronneburg ihr etwas zu sagen hatte. Er trat an sie heran.

»Mein gnädiges Fräulein, ich danke Ihnen sehr für die Erlaubnis zu dieser Unterredung«, sagte er herzlich, seine Erregung meisternd.

Lori zwang sich, jetzt nicht an Hans-Georg zu denken. Sie deutete freundlich auf einen Sessel.

»Bitte, nehmen Sie Platz und sagen Sie mir, womit ich Ihnen dienen kann, Herr von Ronneburg.«

Der junge Offizier brachte nun, in warmen, herzlichen Worten seine veränderte Lage schildernd, seine Werbung vor. Lori hörte erschrocken zu. Zweierlei erregte sie namenlos. Erstens der Gedanke, warum Hans-Georg, der doch sicher um Ronneburgs Werbung wußte, so schmerzlich bewegt gewesen war – und zweitens die Gewißheit, daß sie einem Mann, den sie hochschätzte und dem sie stets freundlich gesinnt gewesen, weh tun mußte. Nur einen kurzen Moment stieg lockend der Gedanke in ihr auf: »Nimm diese Werbung an, dann hast du eine Heimat für immer und ein Herz, das dich liebt und in dem du die erste bist.«

Aber sie verwarf diesen Gedanken sofort wieder. Nein, Ronneburg war wert, eine Frau zu bekommen, die ihm ihr ganzes Herz entgegenbrachte und die, nicht einem äußeren Zwang gehorchend, die Seine wurde.

Mit feuchtschimmernden Augen sah sie in sein schönes Gesicht.

»Lieber Herr von Ronneburg, Sie sehen mich schmerzlich bewegt. Ihre Werbung zeigt mir, wie hoch Sie mich halten, und ich wäre glücklich, dürfte ich Ihre Werbung annehmen. Aber – ich muß Ihnen mit einem Nein antworten. Nie habe ich geglaubt, daß Sie andere als freundschaftliche Gefühle für mich hegen, ich selbst habe nur immer in freundschaftlicher Weise Ihrer gedacht. Ich kann nicht Ihre Frau werden. Ich bin sehr, sehr traurig, Ihnen das sagen zu müssen.«

Ronneburgs Gesicht verfärbte sich. Eine Weile schwieg er, seine Enttäuschung niederkämpfend. Dann sagte er heiser:

»So rundweg lehnen Sie meine Werbung ab, mein gnädiges Fräulein? Darf ich nicht auf später hoffen?«

Schmerzlich schüttelte sie den Kopf.

»Nein, Herr von Ronneburg, es wäre grausam, wollte ich Hoffnungen in Ihnen erwecken, die ich nicht erfüllen kann. Ich achte und schätze Sie zu hoch, als daß ich Ihnen meine Hand ohne mein Herz reichen würde.«

»Könnten Sie nicht lernen, mich zu lieben? Ich würde geduldig darum werben. Ober – oder ist Ihr Herz nicht mehr frei?«

Loris Gesicht rötete sich, und ihre herrlichen grauen Augen sahen ernst und groß in sein Gesicht.

»Ihnen bin ich auf diese Frage eine Antwort schuldig in dieser Stunde. Mein Herz ist nicht mehr frei, aber es gehört einem Mann, der nie die Hand nach mir ausstrekken wird. Ich werde mich niemals verheiraten, Herr von Ronneburg. Vielleicht nimmt diese Versicherung meiner Absage den Stachel. Ich bitte Sie herzlich, suchen Sie mich zu vergessen. Es wird Ihnen vielleicht leichter werden, wenn Sie mich nicht wiedersehen. Deshalb sage ich Ihnen schon heute unter Diskretion, daß ich in nächster Zeit aus Ihrem Gesichtskreis verschwinden werde. Und mein inniger Wunsch ist, daß Sie bald in einer anderen Liebe Ersatz finden für das, was ich Ihnen versagen muß.«

Er erhob sich mit einem bitteren Lächeln. Aber dann nahm er ihre Hand und führte sie an seine Lippen.

»Ihr Entschluß muß mir heilig sein. Gestatten Sie mir noch eine Bitte. Wenn Sie je eines Menschen bedürfen, der mit Gut und Blut für Sie eintritt – gedenken Sie meiner.«

Tränen füllten ihre Augen.

»Es tut mir wohl und weh zugleich, was Sie mir sagen. Haben Sie innigen Dank. Und verzeihen Sie mir, daß ich Ihnen weh tun mußte.«

Nochmals drückte er seine Lippen auf ihre Hand. Ein letztes Mal ruhten seine Augen in schmerzlicher Wonne auf dem geliebten Gesicht. Wie hatte er sich seines Reichtums gefreut, weil er es ihm möglich machte, um Lori zu werben! Nun war seine Freude zerstört.

»Ich habe nichts zu verzeihen, mein hochverehrtes, gnädiges Fräulein. Verzeihen Sie mir, daß ich eine Störung in Ihr Leben brachte. Und bitte, empfehlen Sie mich Ihren Angehörigen; ich bin jetzt außerstande, mit ihnen zu sprechen. Leben Sie wohl.«

»Leben Sie wohl, Herr von Ronneburg, und – Gott mit Ihnen!«

Er verneigte sich tief und verließ mit blassem, zukkendem Gesicht das Zimmer.

Als Lori allein war, preßte sie die Hände aufs Herz und trat an das Fenster.

»Wie weh es tut, anderen Schmerzen zu bereiten, wie ich sie selber kenne! Armer Ronneburg – und ärmere Lori. Ach, wie fiel es mir schwer, ihn abzuweisen! Hans-Georg«, sagte sie leise wie erstorben, »wo ist meine Sonne geblieben!«

Sie lehnte die Stirn auf die Hände, die das Fensterkreuz hielten.

Dann sprangen ihre Gedanken von Ronneburg zu Hans-Georg. Sie fragte sich wieder voll Unruhe, was ihm vorhin gewesen sei.

Da wurde plötzlich hinter ihr die Tür mit einem Ruck aufgerissen, und Hans-Georg trat über die Schwelle –

bleich, mit verstörtem Gesicht. Er sah sich im Zimmer um und trat hastig auf Lori zu.

Sie war aus ihrer versunkenen Stellung aufgeschreckt und wandte sich nach ihm um.

Ihre Augen blickten groß ineinander.

»Wo ist Ronneburg?« stieß er mit einem Ausdruck der Qual, der Lori erschütterte, hervor. Ihr Herz klopfte plötzlich in wilden, schmerzenden Schlägen.

»Er ist fort – läßt sich empfehlen«, stammelte sie.

Es lief wie ein Zittern über seine hohe Gestalt.

»Fort! Er ist fort – Lori – du hast ihn abgewiesen?«

Sie wurde unter dem wilden Jubel, der aus seinem Blick brach, dunkelrot und dann leichenblaß. Ihre Augen weiteten sich und strahlten ein seltsames Licht aus.

Einen kurzen Augenblick verrieten ihre Augen, was ihre Seelen empfanden – einen kurzen Augenblick ging es wie ein Strahl des Erkennens von einem zum andern.

Auch Lori erzitterte nun.

»Ja – ich konnte nicht anders, ich mußte ihn abweisen, Hans-Georg«, sagte sie leise wie im Traum, und umklammerte wie im Gefühl der Schwäche die Lehne eines Sessels.

Da fiel Hans-Georg plötzlich fassungslos zu ihren Füßen nieder und barg sein Gesicht in ihrem Kleid.

»Lori! Lori! Ach Lori – was war ich für ein blinder Tor!« rief er außer sich.

Sie wankte, wollte entfliehen – vor sich selbst – vor ihm, dessen wahres Gefühl sie in diesem Moment erkannte. Er hatte diese impulsive fluchtartige Bewegung gefühlt. Und da sprang er, sich gewaltsam zusammenreißend, schnell wieder empor und trat von ihr zurück. Aber seine Augen saugten sich fest an ihrem Gesicht, als sähe er sie zum erstenmal in all ihrer Schönheit und Holdseligkeit, und als könne er den Blick nicht von ihr lassen.

»Bleib, Lori«, bat er mit verhaltener Stimme, »bleib, flieh nicht vor mir, ich habe mich schon wieder in der Gewalt. Nur einen Moment verlor ich die Herrschaft über mich, weil es wie ein Sturm über mich kam – die Erkenntnis! Ach du – du –, war ich denn mit Blindheit geschlagen, daß ich nicht erkannte, was in uns war, in dir und in mir? Lori, nun ist es zu spät – zu spät! Weißt du noch, was Vater in seiner Sterbestunde sagte: Die Lori hätte doch herrlich zu dir gepaßt. Man sieht manchmal den Wald vor lauter Bäumen nicht. Ja – ich hab' ihn auch nicht gesehen – den lieben, schönen, frischen Wald, in dem ich hätte so glücklich sein können. Ich habe gedankenlos die Hand nach einer Treibhausblume ausgestreckt, die ohne Duft und Farbe für mich ist. Lori – ach Lori, wie kann ein Mensch nur so blind an seinem Glück vorübergehen!«

Das alles kam in ringender Not aus seiner Brust und nun fiel er, von seinem Gefühl überwältigt, in einen Sessel und barg das Gesicht in das Polster.

Lori stand wie gelähmt. Sie war außer sich vor Schmerz und Entsetzen – und doch war ein Jubeln und Jauchzen in ihrem Innern, das wild und stark ihr ganzes Sein durchbrauste wie ein Frühlingssturm. »Du wirst geliebt – geliebt von ihm, der deiner Seele Höchstes ist.« So klang es trotz Schmerz und Not in Seligkeit durch ihre Seele. Und sie konnte in diesem Moment nicht denken, daß ihre Liebe Sünde sei.

Kein armes Wort kam über ihre blassen Lippen, sie vermochte auch nicht, sich zu rühren. Nur die Hände preßte sie fest auf ihr Herz, das vor Qual und Lust zugleich zu springen drohte.

Nach einer Weile hob er den Kopf und sah sie an mit einem Blick, der ihr sein ganzes stürmisches Empfinden verriet. Er strich sich über die Augen, dann sagte er leise:

»Lori, konntest du mir nicht die Augen öffnen, ehe es zu spät war? Herrgott – wo hatte ich nur meine Sinne?«

Sie machte eine Gebärde der Hilflosigkeit und sah ihn zitternd an.

Er sprang auf.

»Nein, nein, das konntest du nicht – du nicht. Ich allein bin schuld, daß es nun zu spät ist. Nun sehe ich erst, was ich dir angetan habe im Irrtum meiner Sinne. Vergib, Lori – vergib mir – «

Sie sah ihn an, so voll Liebe und Innigkeit. Sie konnte jetzt nicht heucheln, mußte wahr und ehrlich sein.

»Nichts habe ich dir zu verzeihen, Hans-Georg – gar nichts. Quäle dich nicht auch noch damit, ich kann es nicht ertragen, dich leiden zu sehen.«

Wieder stürzte er überwältigt vor ihr nieder und faßte ihre Hände, diese mit Küssen bedeckend.

»Du! Du! Ach Lori!« stammelt er außer sich.

Sie streichelte sanft, in fast mütterlicher Zärtlichkeit über sein Haar.

»Sei ruhig, Hans-Georg, sei ruhig. Und nun – nun muß ich fortgehen von Hohenstein! Nicht wahr, das siehst du wohl ein?« sagte sie leise.

Er sah zu ihr auf. Dann erhob er sich wie müde.

»Nein – nein, Lori – nicht fort«, bat er erschrocken.

Sie preßte die Handflächen zusammen.

»Ich muß – ich muß. Es ist besser für uns beide, es muß sein«, sagte sie tonlos.

Er riß sich zusammen, als er ihre Qual sah.

»Ich kann jetzt keinen klaren Gedanken fassen, Lori! Später – später sprechen wir davon, jetzt nicht, ich kann nicht. Ich muß jetzt hinaus – kann jetzt nicht ruhig sein in deiner Gegenwart.«

Noch einmal preßte er ihre Hand an seine Lippen, an seine Augen – dann floh er wie gejagt aus dem Zimmer.

Lori sank, als sie allein war, in einen Sessel und überließ sich zitternd dem Sturm der Empfindungen, die über sie dahinbrausten. In dieser Stunde war sie nicht imstande, sich zu wehren gegen die Glückseligkeit über die Erkenntnis seiner Liebe. Mochte ihr ganzes Leben in Trümmer gehen nach dieser Stunde!

So saß sie eine Weile, während Hans-Georg draußen mit Sturmschritten den Park durcheilte, um zur Ruhe zu kommen mit sich selbst.

Endlich richtete sich Lori auf, um in ihr Zimmer zu gehen. Hier in Hans-Georgs Arbeitszimmer durfte sie nicht bleiben. Das war nicht der Platz, wo sie ungestört ihren Gedanken nachhängen konnte. Jeden Augenblick konnte Hans-Georg zurückkommen. Er durfte sie nicht mehr hier finden, auch er mußte erst ruhig werden, ehe sie wieder zusammentrafen.

Langsam schritt sie zur Tür. Doch noch ehe sie diese erreichte, wurde sie mit einem jähen Ruck geöffnet, und Traute stand auf der Schwelle.

Mit einem lauernden Blick sah sie auf Lori und blickte sich dann im Zimmer um.

»Nun – du bist allein? Wo ist Hans-Georg? Und wo Herr von Ronneburg? Ich bin gekommen, um euch zu gratulieren«, sagte sie mit erzwungener Freundlichkeit.

Lori sah aus blassem Gesicht zu ihr auf.

»Dazu ist keine Veranlassung, Traute«, stammelte sie, befangen unter dem lauernden Blick der jungen Frau die Augen niederschlagend.

Traute trat schnell näher heran.

»Keine Veranlassung? Hans-Georg sagte mir doch, Herr von Ronneburg sei gekommen, um dir einen Heiratsantrag zu machen. Ist das nicht wahr?«

Lori strich mit zitternder Hand über die Stirn.

»Doch, das ist wahr. Herr von Ronneburg hielt um

meine Hand an. Aber – ich konnte mich nicht entschließen, seine Werbung anzunehmen.«

Traute starrte mit erstauntem, gehässigem Ausdruck in ihr Gesicht. Dieses Mädchen hatte Heinz Ronneburg abgewiesen? Denselben Heinz Ronneburg, dessen Frau sie, Traute, mit tausend Freuden geworden wäre, wenn er nur gewollt hätte!

Ein wütender Groll stieg in Traute auf.

»Du hast ihn abgewiesen – du?« fragte sie mit schriller Stimme.

»Ja, Traute – «

»Und warum, wenn ich fragen darf?« höhnte die junge Frau. »Wie kommst du dazu, einen solchen Antrag abzulehnen? Weißt du nicht, daß er der Erbe seines Oheims ist, also eine glänzende Partie, wie sie dir nie wieder geboten wird?«

Lori sah gequält vor sich nieder. Dieses Verhör und Trautes kalter, lauernder Blick waren ihr unerträglich.

»Weil ich ihn nicht liebe – und weil ich meine Hand nicht ohne mein Herz verschenke«, antwortete sie schlicht.

Schrill lachte Traute auf.

»Ei, wie sentimental! In deiner Lage, liebe Lori, ist das ein unerhörter Luxus.«

Lori warf ihre Befangenheit ab und richtete sich stolz auf. Ihre Augen flammten.

»Du magst darüber denken, wie du willst, Traute! Ich handele da nach meinem eigenen Empfinden. Ich halte es nicht für ehrenhaft, wenn ich ohne Liebe die Hand eines Mannes annehme, bloß weil er mir als eine gute Partie erscheint.«

Trautes Augen funkelten gehässig, weil sie sich getroffen fühlte, denn sie hatte Hans-Georgs Hand nur angenommen, weil er für sie die gute Partie verkörperte.

»Ehrenhaft?« höhnte sie. »Du hast immer so große Worte. Manches andere, was du tust und läßt, ist viel weniger ehrenhaft.«

Lori wurde totenblaß und sah ihre Feindin wie entgeistert an.

»Was – was habe ich getan – oder unterlassen, das mir zur Unehre gereichen könnte?« fragte sie mit bebender Stimme.

Da trat Traute dicht an sie heran, in ihrer Gereiztheit alle Klugheit und Vorsicht vergessend.

»Das will ich dir sagen«, sprach sie haßerfüllt. »Du hast Herrn von Ronneburgs Antrag nur abgelehnt, weil du Hans-Georg liebst, weil du die Hoffnung noch nicht aufgegeben hast, daß ich dir hier Platz mache. Ha, nun steigt dir die Schamröte ins Gesicht! Wie das leibhaftige böse Gewissen siehst du aus! Ist es ehrenhaft von dir, daß du noch hier im Haus bleibst und mit Hans-Georg kokettierst?

Warum er dich nicht geheiratet hat, statt meiner – ich weiß es nicht. Ich weiß nur, daß er in dich verliebt ist. Vielleicht war er vernünftig genug, einzusehen, daß du wohl seine Geliebte sein kannst, aber nicht seine Frau! Glaubt nur nicht, daß ich blind bin! Ich sehe sehr wohl, daß ihr euch mit Blicken anseht, wie sie zwischen Schwester und Bruder unstatthaft sind. Aber die Komödie war euch bequem.

Oft genug habe ich dir nahegelegt, Hohenstein zu verlassen. Meine Mutter hat sich sogar bereit erklärt, dich in Lankwitz aufzunehmen, damit du ohne Eklat aus dem Haus kommst. Aber mein Mann hat nicht darein gewilligt. Du drängst dich ruhig weiter zwischen mich und ihn. Wenn du eine Spur von Ehrgefühl hättest, wärst du längst von Hohenstein fort!«

Trautes Stimme schlug über. Sie hatte sich in einen

Anfall von Wut hineingesteigert, der wenig damenhaft war. Was sie hervorbrachte, glaubte sie selbst nicht alles. Aber sie konnte sich nicht mehr zügeln. Und sie wollte bis zum Äußersten gehen, um Lori zu zwingen, das Feld zu räumen.

Lori war vor ihren haßerfüllten Worten zurückgewichen. Sie schloß die Augen wie vor etwas Furchtbarem und hob in hilfloser Abwehr die Hände. Aber unaufhaltsam drangen die schrecklichen Worte Trautes auf sie ein. Daß Lori von Ronneburg zur Frau begehrt worden war und daß Hans-Georg durch sein Wesen verraten, daß er Lori liebte – das hatte ihren Haß ins Maßlose gesteigert.

Lori war nicht fähig, eine Silbe zu erwidern. Trautes gehässige Worte drangen ihr wie ein Schwert in die Brust. Sie hätte vor Scham zu Boden sinken mögen, obgleich sie sich schuldlos fühlte. Aber die Gewißheit, daß Traute ihre Liebe zu Hans-Georg erkannt und daß auch dieser seine Liebe nicht hatte verbergen können vor den Augen seiner Frau, machte sie wehrlos. Zitternd preßte sie die Hände vor das Antlitz und floh wie gehetzt aus dem Zimmer – unfähig, sich zu verteidigen, aber auch unfähig, Traute länger anzuhören.

So lief sie wie gehetzt durch die große Halle hinüber nach dem Westflügel, wo ihre Zimmer lagen. Gerade als sie durch die Halle lief, betrat Hans-Georg dieselbe. Lori sah ihn nicht. Sie sah auch nicht, daß Mutter Klimschen nicht weit von Hans-Georgs Arbeitszimmer stand und ihr besorgt nachsah.

Hans-Georg wollte Lori anrufen, aber dann preßte er die Lippen fest aufeinander und trat schnell an Mutter Klimschen heran.

»Was geht hier vor, Mutter Klimschen? Was war das mit Lori?« fragte er hastig, dem fliehenden Mädchen nachstarrend.

Die alte Frau sah mit finsteren Augen nach der Tür, aus der Lori gekommen war.

»Da müssen Sie die gnädige Frau fragen, gnädiger Herr. Sie ist hier drinnen. Ich habe ihre scheltende Stimme bis hierher gehört und bin nur hiergeblieben, damit niemand von der Dienerschaft lauschen konnte. Die gnädige Frau scheint dem Lorchen das Leben wieder einmal sehr schwer gemacht zu haben – nichts für ungut, gnädiger Herr, aber da sollten Sie mal ein Machtwort sprechen. Das Lorchen wird immerfort gequält, wenn sie mit der gnädigen Frau allein ist. Ich kann das nicht mehr ruhig mit ansehen. Das Kind weiß ja nicht mehr, wie sie es recht machen soll.«

Hans-Georg schoß das Blut ins Gesicht.

Er kannte Mutter Klimschen und wußte, daß die kein Wort sprach, das sie nicht verantworten konnte.

Ohne zu antworten, riß er die Tür zu seinem Arbeitszimmer auf und schloß sie ziemlich unsanft hinter sich.

Traute stand noch mit geballten Händen und flimmernden Augen mitten im Zimmer.

»Was ist hier geschehen?« fragte er, mit finsteren Augen in Trautes Gesicht blickend.

Sie lachte schrill auf.

»Oh, sieh da, wie schnell du zur Stelle bist, wenn man auch nur ein Härchen auf Loris Haupt krümmen will«, höhnte sie.

Rasch trat er an sie heran.

»Was hast du Lori getan? Weshalb lief sie so voll Angst und Schrecken davon?«

Traute war durch Loris Verhalten vollends sicher geworden. So sah nach ihrer Meinung nur das böse Gewissen aus.

»Weshalb hast du sie nicht selbst gefragt!« rief sie und blickte böse zu ihm auf.

Die Zornesader auf seiner Stirn schwoll an.

»Weil ich von dir hören will, was hier geschehen ist. Daß du Lori etwas zuleide getan hast, ist gewiß – so gewiß, als daß du sie haßt und peinigst!«

Höhnisch blickte sie ihn an.

»Hat sie dir geklagt, daß ich sie nicht *liebevoll* behandele wie du?«

Er hielt sich mühsam ruhig.

»Lori hat mir nichts geklagt, aber meine Leute machen mich schon darauf aufmerksam, daß du Lori quälst.«

Traute zuckte die Achseln.

»Dienstbotenklatsch! Es ist vulgär, darauf zu achten.«

»Vulgär ist bei dir alles, was dir unangenehm ist. Ich halte manches für vulgär, was dir vornehm erscheint. Aber lassen wir das jetzt. Ich verlange zu wissen, was du mit Lori gehabt hast, und weshalb diese so außer sich aus diesem Zimmer stürzte.«

Traute hob sich zu ihrer ganzen, schlanken Höhe empor und sah ihn feindselig an.

»Nun gut, du sollst es hören. Nicht das, was ich ihr angetan habe, trieb sie aus diesem Zimmer, sondern ihr eigenes böses Gewissen. Ich habe sie nur gefragt, ob es ehrenhaft ist, daß sie Hohenstein nicht verläßt! Ich habe sie gefragt, ob sie sich nicht schämt, sich zwischen dich und mich zu drängen! Und dir sage ich jetzt, daß meine Geduld zu Ende ist, daß ich Loris Entfernung als mein gutes Recht fordere! Ich glaube längst nicht mehr an euere Geschwisterliebe. Dein Benehmen, als du glaubtest, Ronneburg könne ihr Jawort erhalten, hat mir den letzten Zweifel genommen. Und sie hat sich auch verraten. Mit keinem Wort hat sie meine Anklage entkräftet. Als sie sich aber erkannt sah, trieb das schlechte Gewissen sie von hinnen. Nur dir zuliebe hat sie Ronneburg abgewiesen. Aber ich dulde dies Spiel nicht länger. Jetzt fordere ich ihre Entfernung aus dem Haus, oder ich lasse es zu einem Skandal kommen.«

Hans-Georg hatte diesen Redestrom fassungslos über sich ergehen lassen. Nun fuhr er im heißen Zorn auf und faßte mit rauhem Griff ihre Hand.

»Weib – mäßige dich! Nicht ein Wort mehr gegen Lori, sonst vergesse ich mich! Du bist ja nicht wert, ihr die Schuhriemen zu lösen!«

Sie schüttelte sich, um sich von seinem Griff zu befreien.

»Laß mich, du tust mir weh. Mit deiner Geliebten bleibe ich nicht unter einem Dach!« rief sie, jede Mäßigung vergessend.

Er knirschte mit den Zähnen und hielt ihre Hand noch fester.

»Nimm dieses Wort zurück – oder du bereust es bitter!« stieß er heiser hervor.

Einen Augenblick schüchterte sein Zorn sie ein. Aber dann blitzten ihre Augen auf.

»Gut, wenn du mir dein Ehrenwort gibst, daß zwischen dir und ihr nur rein geschwisterliche Liebe besteht – wenn du mir dein Ehrenwort gibst, daß du sie nicht anders liebst als eine Schwester, dann will ich es zurücknehmen, sonst nicht.«

Er ließ ihre Hand plötzlich sinken – sein Gesicht sah fahl und elend aus. Dann sagte er dumpf:

»Es muß dir genügen, wenn ich dir mein Ehrenwort gebe, daß bis heute zwischen Lori und mir nie ein Wort von einer anderen als geschwisterlichen Liebe gewechselt wurde. Nie haben wir andere, als geschwisterliche Zärtlichkeiten getauscht. Das muß dir genügen! Und nun nimm diese Beschimpfung zurück oder, bei Gott, du sollst mich anders kennenlernen!«

Der schwere, düstere Ernst seines Wesens blieb nicht ohne Eindruck auf sie. Auch mußte sie nun glauben, daß zwischen Lori und ihrem Mann nichts geschehen war, was sie als Eingriff in ihre Rechte bezeichnen konnte. Nach einer Weile sagte sie ruhiger, in ihren hochmütigen, kalten Ton zurückfallend:

»Nun gut, ich will dir glauben, daß sie nicht deine Geliebte ist; ich nehme dies Wort zurück. Aber ihr seht euch nicht mit geschwisterlichen Augen an. Deshalb verlange ich, daß Lori das Haus verläßt! Vorläufig kann sie zu meiner Mutter nach Lankwitz gehen, damit ein Skandal vermieden wird. Aber in Hohenstein dulde ich sie nicht länger.«

Hans-Georg biß die Zähne zusammen.

Er mußte sich selber sagen, daß Lori nicht mehr in Hohenstein bleiben konnte. Er durfte sie auch nicht halten, obgleich sein Herz in wilder Qual zuckte, wenn er an eine Trennung dachte.

Aber nach Lankwitz zu seiner Schwiegermutter sollte sie nicht gehen! Das war kein Ort, wo ihre wunde Seele Ruhe finden konnte.

Eine heiße, leidenschaftliche Zärtlichkeit für Lori stieg in ihm auf. Er hätte jetzt zu ihr gehen, den Kopf in ihren Schoß legen und bitten mögen: »Vergib, daß ich meine Liebe so spät erkannte, vergib, daß ich dir tausend Schmerzen bereiten mußte, daß meine Liebe dir solche Wunden schlug – vergib – und tröste mich, Lori.«

Es war ihm seltsam ergangen. Mit dem Augenblick, als er Loris Liebe erkannte, wußte er auch, daß sie ihn schon immer geliebt hatte. Die Liebe hatte ihr Kraft gegeben, ihn zu verstehen in allen Lagen und ihm für alles Trost zu geben. Welch ein reicher Schatz von Liebe mußte in ihrem Herzen für ihn leben!

Diese Gewißheit erfüllte ihn mit einer heißen Glückseligkeit, die alles Bittere, das er jetzt durchkämpfen mußte, versüßte.

Er atmete tief auf. Dann sagte er, so ruhig wie er konnte:

»Lori wird selbst nicht bleiben wollen, wenn du ihr in so beleidigender Weise entgegengetreten bist. Ich werde mit Lori reden, sobald ich ruhiger geworden bin und mir überlegt habe, was geschehen soll.«

Ein triumphierender Ausdruck kam in Trautes Augen.

»So werde ich heute noch nach Lankwitz fahren und meiner Mutter melden, daß Lori zu ihr kommt.«

»Nach Hause kannst du fahren, aber ob Lori nach Lankwitz gehen wird, das bezweifle ich.«

»Sie kann sich nur glücklich schätzen, daß meine Mutter sie aufnimmt.«

»Das ist Loris Angelegenheit. Ihr Wunsch und Wille sind da maßgebend.«

Traute warf den Kopf zurück.

»Nun, ich erwarte bis morgen deine Entscheidung. Es ist vielleicht besser, ich fahre heute nicht nach Lankwitz; Mama wird mir anmerken, daß hier etwas vorgefallen ist.«

Er sah sie kalt an.

»Meinetwegen brauchst du dir keine Beherrschung aufzuerlegen. Aber hüte dich, auch nur ein beleidigendes Wort über Lori fallen zu lassen – zu wem es auch sei. Sie steht unter meinem Schutz! Ich bürge mit meiner Ehre für die ihre! Vergiß das nicht! Und nun laß mich, bitte, allein – ich habe noch zu arbeiten.«

Schweigend, mit hochmütigem Gesicht, ging sie hinaus.

Hans-Georg war allein.

Erst wollte er sofort zu Lori stürzen, um sie zu beruhigen, aber dann verhielt er den Schritt. Nein, jetzt war er selbst noch nicht ruhig genug, um ihr eine Stütze zu sein. Die letzte Stunde hatte ihre Seelen bis in die tiefsten

Tiefen aufgerührt. Nun mußte erst jeder mit sich selbst fertig werden, da sie nicht gemeinsam tragen durften, was ihnen auferlegt worden war.

Er warf sich auf den Diwan und überließ sich seinem Schmerz. Wenn er daran dachte, daß Lori Trautes Schmähungen gegenüber wehrlos gewesen war, dann stöhnte er auf wie ein Verzweifelter. Und daß er sie davor nicht schützen durfte, wie er es wünschte, das quälte ihn namenlos. Ein Gefühl, das an Haß grenzte, erfüllte ihn gegen Traute.

War es nicht ein Unding, diese Ehe weiterzuführen? War es nicht viel richtiger, er sagte ihr offen, wie es um ihn und Lori stand und bat sie um seine Freiheit? Aber nein – das wäre nur eine nutzlose Demütigung gewesen. Traute gab ihn nicht frei, sie wollte Herrin von Hohenstein bleiben. An seiner Person lag ihr nichts, das wußte er. Mußte er nun ein ganzes Leben lang die Lüge weiterschleppen, weil er die Wahrheit zu spät erkannt hatte?

Voll bitterer Reue sagte er sich, daß diese Ehe zu unüberlegt geschlossen worden war und daß sie ihm nun sein ganzes Leben vergiften würde.

Unruhig warf er sich hin und her, eine Beute der quälendsten Empfindungen. Wenn doch der Vater jetzt noch lebte! Vielleicht hätte er ihm einen Weg zeigen können aus dieser Qual und Wirrnis, damit er nicht verzweifeln mußte.

16

Mutter Klimschen lief unruhig im Haus umher. Sorgenvoll hatte sie an Loris Tür gelauscht, aber da war alles still. Mit finsteren Blicken sah sie hinter

Traute her, die auf der Terrasse promenierte, als sei nichts geschehen.

Zur Mittagstafel waren weder Hans-Georg noch Lori erschienen; die junge Gnädige hatte auch nur im Essen herumgestochert. Mutter Klimschen mußte die Speisen wieder abtragen lassen. Dann schlich sie nochmals an Loris Tür, klopfte auch leise an, aber noch immer regte sich nichts.

Lori lag, wie sie beim Betreten ihres Zimmers kraftlos hingefallen war, auf dem Diwan. Nicht das, was Traute ihr angetan hatte, war am schwersten zu ertragen. Viel härter litt sie unter der Gewißheit, daß Hans-Georgs Frieden gestört war und er niemals mehr ein volles, reines Glück finden würde.

Daß sie schnell von Hohenstein fort mußte, stand fest bei ihr. Sie hatte es ja schon beschlossen gehabt, aber nun war es ganz anders gekommen, als sie gedacht.

Und in aller Sorge und allem Schmerz flutete es doch immer wieder wie eine Woge der Glückseligkeit über sie hin. Hans-Georg liebte sie! Die Gewißheit durchdrang sie mit heißer Freude, obwohl sie sich sagen mußte, daß dieses Gefühl schon ein Unrecht sei. Das hatte sie ja auch Trautes Anschuldigungen gegenüber wehrlos gemacht. Aber mochte es ein Unrecht sein – sie konnte nur Glück darüber empfinden, daß sie geliebt wurde, wie sie selbst liebte. Gott selbst hatte ihnen doch diese Liebe ins Herz gelegt; wenn sie nur dafür sorgten, daß sie nicht Macht über ihre Handlungen erlangte, dann konnte ihnen niemand einen Vorwurf daraus machen.

Sie dachte mit seligem Erschauern daran, wie Hans-Georg von seiner Liebe, von der Erkenntnis derselben übermannt worden war. Und eine tiefe Rührung füllte ihr Herz. Ach, ihr geliebter, törichter Hans-Georg, wie oft war er zu ihr gekommen, um ihr zu beichten, daß er wieder nicht die Rechte gefunden hatte. Wie ungestüm er da grollte! Und nun hatte er sie in Not und Drangsal endlich gefunden – nein, erkannt –, denn sie wußte es nun, daß er nie jemand so geliebt wie sie, daß ihr allein seines Herzens tiefste Liebe gehörte.

Eine heiße Zärtlichkeit wallte in ihr auf und der starke Wunsch, ihm helfen, ihn trösten zu können, ob sie dabei Schmerzen litt oder nicht. Nur ihn hätte sie gern glücklich gewußt, um jeden Preis.

Stunden vergingen so, Stunden, in denen sie nicht fähig war, einen klaren Gedanken zu fassen. Ihr war, als müßten von draußen neue, feindliche Mächte auf sie einstürmen, sie vermochte nicht, sich zu erheben und zu öffnen oder nur Antwort zu geben.

Erst nach einer Weile erhob sie sich endlich und badete ihr Gesicht in kaltem Wasser. Dann ordnete sie mechanisch ihren Anzug.

Sie seufzte tief und trat an das Fenster. Da sah sie Traute über den breiten Kiesweg zum Park hinübergehen. Sie hatte die Schleppe ihres Kleides graziös gerafft, die zierlichen Füße sahen so kinderhaft klein aus. Welch schönes Geschöpf sie war – und doch so wenig liebenswert.

In ihre Gedanken hinein klopfte es wieder an die Tür, diesmal etwas kräftiger. Lori zuckte zusammen, ging aber dann, um zu öffnen. Ein Diener stand draußen und meldete ihr, der gnädige Herr lasse sie bitten, in sein Arbeitszimmer zu kommen.

Lori neigte das Haupt.

»Es ist gut, ich komme sofort.«

Dann trat sie nochmals in ihr Zimmer zurück und preßte die Hände aufs Herz. »Lieber Vater im Himmel, gibt mir Kraft und Ruhe – und führe alles zum besten. Gib mir alles zu tragen, was schwer ist, laß nur ihn nicht leiden, nur ihn nicht«, betete sie inbrünstig.

Dann ging sie langsam hinaus.

Still trat sie in Hans-Georgs Zimmer. Er saß am Schreibtisch und sprang auf, als sie eintrat. Mit großen, ernsten Augen sah er sie an. Sie erwiderte den Blick in gleicher Weise. So standen sie sich eine Weile gegenüber in tiefer Bewegung. Endlich atmete er tief auf.

»Setz dich, Lori. Ich habe mancherlei mit dir zu besprechen«, sagte er mit großer Weichheit.

Sie nahm Platz. Ihre Augen senkten sich nicht unter seinem Blick. Er betrachtete sie eine Weile mit verhaltener Zärtlichkeit, ihr blasses Gesicht verriet ihm ihre Seelenkämpfe. Auch er sah bleich aus. Abseits von ihr ließ er sich nieder, als müsse er Raum lassen zwischen sich und ihr.

»Zuerst bitte ich dich um Verzeihung, Lori, daß ich dich in all die Stürme gerissen habe – und dann auch für Traute, die dich beleidigt hat.«

Sie erschrak.

»Traute – oh, Traute, hat mir nichts getan. Ich bitte dich – ich verzeihe ihr gern, wenn ich etwas zu verzeihen habe; du darfst ihr da nichts nachtragen. Und dir – ach, dir habe ich gar nichts zu verzeihen, nur immer zu danken – nur zu danken«, stammelte sie.

Ihre Haltung, ihr Blick, ihr ganzes Wesen erschütterten ihn. Er mußte sich Gewalt antun, um ruhig zu bleiben.

»Ja, ich weiß, daß du großherzig genug bist, immer und überall zu verzeihen. Ich kenne dich doch, Lori. Ach, Lori – ein einziges Jahr nur möchte ich ungeschehen machen! Aber nein, ich muß mich kurz fassen, damit ich ruhig bleiben kann. Du ahnst wohl, was diese Ruhe mich kostet, denn du kennst meinen ungestümen Sinn. Jetzt habe ich ja niemanden mehr, der mich trösten, mir Frieden geben kann.«

Er schwieg, weil er nicht weitersprechen konnte, und Lori preßte krampfhaft die Hände zusammen.

Nach einer Weile fuhr er rasch fort:

»Also ich hatte mit Traute eine Szene, im Anschluß an die, welche zwischen dir und ihr stattgefunden hat. Ich weiß, wie Traute dich gekränkt und beleidigt hat. Ich weiß auch, daß sie dich schon oft gequält hat. Trautes Vorwürfe treffen uns ungerecht, Lori. Aber das, was kurz vorher in mir aufgewacht war – was uns beide, einen Augenblick nur, übermannte, so daß wir erkannten, was in uns war –, das hat mich unfähig gemacht, dich so zu verteidigen, wie ich es wünschte. Traute verlangt, daß du Hohenstein verläßt. Du sagtest mir kurz vorher, daß du gehen müßtest, um deinet- – und meinetwillen. Und wenn ich dich auch mit tausend Händen halten möchte, ich sehe ein, es muß sein. Ich habe Vater zwar versprochen, daß allezeit Hohenstein deine Heimat bleiben soll – aber jetzt würde auch er es nicht mehr wollen. Er würde sagen: Lori muß gehen. Würde er das, Lori?«

Lori neigte das Haupt.

»Ja, Hans-Georg, so würde Väterchen sagen – und mit Recht.«

Er atmete tief und schwer.

»Aber wohin sollst du, Lori? Nach Lankwitz wollen sie dich verbannen. Aber dorthin lasse ich dich nicht gehen. Dort findest du keinen Frieden. Wo soll ich nun eine friedliche Heimat finden für dich, wo ich dich geborgen weiß?«

Lori erzitterte vor dem Schmerz, der aus seinen Worten klang.

Sie nahm ihr Herz fest in beide Hände und lächelte tröstend.

»Sorge dich nicht um mich, Hans-Georg. Ich weiß schon lange, daß Traute mein Fortgehen wünscht. Solange Väterchen lebte, mußte ich bleiben; aber schon seit seinem Tod hatte ich die Absicht, fortzugehen, nicht nur Trautes wegen. Auch weil – ach, das brauche ich dir nicht zu sagen!«

Er schlug sich mit der Hand vor die Stirn.

»Weil du gelitten hast, namenlos mußt du gelitten haben! Arme Lori – arme kleine Lori! Also so schwer war dir das Leben hier, daß du fort wolltest von Hohenstein?«

Sie machte eine hilflose Bewegung.

»Ich wußte, daß ich nicht bleiben konnte. Nur wollte ich dich langsam vorbereiten. Siehst du, Tante Maria hat einmal, als du dich verlobtest, zu mir gesagt, ich solle zu ihr kommen, wenn ich mich in Hohenstein überflüssig fühle. Bei Tante Maria bin ich gut aufgehoben, Hans-Georg.«

Es stieg ihm heiß vom Herzen in die Augen, zugleich aber atmete er wie erlöst auf.

»Tante Maria! Gott sei Dank – an sie hatte ich gar nicht gedacht. Und doch lag es so nahe. Ja, Lori, zu ihr sollst du gehen, da weiß ich dich in guter Hut.«

Sie lächelte ihm zu.

»Siehst du, Hans-Georg, es ist alles nicht so schlimm, wie es im ersten Schreck aussieht«, sagte sie in ihrer lieben, mütterlich-tröstenden Art. »Nun will ich gehen, Hans-Georg. Ich will meine Sachen packen, morgen früh möchte ich reisen«, fügte sie leise hinzu.

Er schrak empor.

»Morgen schon?«

»Ja – es muß schnell geschehen«, sagte sie fest und tapfer.

Er strich sich über die Stirn.

»Wie wirst du das Leben tragen – fern von Hohenstein?«

»Ich werde immer zurückdenken an schöne Tage – und

werde beten, daß du glücklich wirst und dich in Frieden mit Traute zusammenfindest.«

Ein finsterer Ausdruck trat in sein Gesicht.

»Nein, das wird nicht geschehen.«

Sie hob flehend die Hände.

»Hans-Georg, Traute wird anders zu dir sein, wenn ich fort bin. Laß mich noch einmal zu ihr gehen, laß mich sie bitten, daß sie ein anderes Leben mit dir beginnt. Ich möchte ihr so gern helfen, dich zu verstehen.«

»Nein, Lori, du würdest dich neuen Kränkungen, neuen Demütigungen aussetzen. Traute ist die echte Tochter ihrer Mutter, ein hoffnungsloser Fall für mich. Du sollst ihr kein gutes Wort mehr gönnen. Ich wüßte nicht, was geschähe, wenn sie dir noch die geringste Kränkung zufügte. Laß alles gehen, wie es will. Und sorge dich nicht um mich, ich beiße mich schon durch, Lori – wenn ich nur weiß, daß du deinen Frieden wieder findest.«

Seine letzten Worte schlugen in Weichheit um.

Sie sah mutig und zuversichtlich in seine Augen.

»Wir tragen beide, was das Schicksal uns auferlegt. Sei ruhig meinetwegen.«

Er nahm ihre Hand fest in die seine. Dabei sah er ihr tief und ernst in die Augen.

»Wenn ich nicht ohne Zeugen Abschied nehmen kann von dir, laß es mich jetzt tun. Leb wohl, Lori – meine Lori, meine Sonne – «

Ihre Hand zitterte in der seinen.

»Leb wohl, Hans-Georg!« kam es bebend von ihren Lippen.

Er riß sie plötzlich an sich, nicht mehr Herr über sich, und wollte ihren Mund küssen. Aber ihr erschrockener Blick bändigte ihn. Seine Lippen berührten nur ihre Stirn und ihre Augen.

»Leb wohl, meine Lori – leb wohl!«

»Gott mit dir, Hans-Georg«, flüsterte sie mit zukkenden Lippen.

Dann riß sie sich los aus seinen Armen, die sich nicht lösen wollten von ihr. Und ohne sich noch einmal umzusehen, eilte sie hinaus.

Er sah ihr nach. Dann fiel er stöhnend in einen Sessel und schlug die Hände vor das Gesicht.

»Tor – blinder Tor!« preßte er in grimmem Schmerz zwischen den Zähnen hervor.

Als Hans-Georg am Abend desselben Tages in das Speisezimmer trat, war Traute bereits anwesend. Er begrüßte sie des Dieners wegen wie sonst.

Als sie sich dann allein am Tisch gegenübersaßen, sagte er formell:

»Lori verläßt morgen früh Hohenstein. Ich hoffe und wünsche, daß du dich der Dienerschaft wegen offiziell in höflichster Weise von ihr verabschiedest.«

Es zuckte wie Trotz um ihren Mund. Aber die Genugtuung, daß Lori ihr weichen mußte, machte sie gefügig.

»Gut, es soll geschehen. Wenn du es wünschest, kann meine Mutter sie hier abholen, damit alles Auffallende vermieden wird«, sagte sie.

Er hatte bis jetzt auf seinen Teller herabgesehen. Nun hob er den Blick.

»Du bist im Irrtum. Lori geht nicht nach Lankwitz.«

Sie richtete sich überrascht auf.

»Nicht nach Lankwitz? Wo soll sie denn so schnell Aufnahme finden?«

»Bei Exzellenz Robbingen.«

Traute war sehr unangenehm gerührt. Es paßte ihr durchaus nicht, daß Lori im Haus der vornehmen alten Dame Aufnahme fand.

»Ist es denn sicher, daß deine Tante sie ohne weiteres aufnehmen wird? Natürlich kann sich das doch nur um kurze Zeit handeln?«

Seine Augen leuchteten auf.

»Du irrst wieder. Lori bleibt für immer bei Tante Maria. Diese hat schon seit Loris Kindertagen gewünscht, sie bei sich haben zu dürfen, und freut sich sehr, daß Lori nun zu ihr kommt. Schon seit meines Vaters Tod ist es zwischen Lori und Tante Maria beschlossene Sache, daß Lori Hohenstein verläßt und bei Tante Maria leben wird.«

Traute nagte an ihren Lippen. Wieder stieg der Haß gegen Lori in ihr auf. Sollte es ihr nie gelingen, über dies Geschöpf zu triumphieren? Sie selbst hatte sich so bemüht, sich die Gunst von Exzellenz Robbingen zu erobern. Es war ihr nicht gelungen. Lori aber sollte liebevolle Aufnahme finden in ihrem Haus? Traute hatte gehofft, im Winter von Exzellenz Robbingen auf einige Wochen eingeladen zu werden; sie hatte damit gerechnet, daß sich das jedes Jahr wiederholen würde. Im Geiste hatte sie schon in der eleganten Welt Triumphe gefeiert. Diese Hoffnung war nun zerstört. Lori würde Tante Maria natürlich gegen sie beeinflussen – Traute beurteilte die Menschen nach sich selbst –, und außerdem ging es doch nicht an, daß sie mit Lori wieder unter einem Dach wohnte, nachdem sie ihr hier die Tür gewiesen. Hätte sie noch Geduld gehabt, dann wäre Lori von selbst gegangen.

Sie setzte ihre hochmütige Miene auf.

»Dann ist ja Mama der lästigen Pflicht enthoben, eine fremde Person in ihrem Haus aufnehmen zu müssen. Sie hätte es ohnehin nur mir zuliebe getan«, sagte sie schroff.

»Das wußte ich. Ich hätte deine Mutter auch auf keinen Fall bemüht. Jedenfalls soll bei Loris Abreise alles Auffallende vermieden werden und darum ersuche ich dich,

dich offiziell von Lori zu verabschieden. Ich werde dafür sorgen, daß man erfährt, daß Lori auf besonderen Wunsch meiner Tante Hohenstein verläßt.«

Traute zuckte spöttisch die Achseln.

Das Gespräch verstummte. Gleich nach Tisch zog sich Hans-Georg zurück.

Traute suchte ebenfalls ihr Zimmer auf und ließ sich von ihrer Zofe ein bequemes Hauskleid überwerfen. Dann legte sie sich auf den Diwan und blätterte in einem Roman. Aber er fesselte ihre Aufmerksamkeit nicht. Sie gähnte verstohlen.

Mein Gott – ist das ein langweiliges Leben! Was habe ich nun davon, daß ich Herrin von Hohenstein bin? Einen Gatten, der mich mit kritischen Augen ansieht und eine andere liebt. Kein Mensch läßt sich sehen, der einem die Langeweile vertreibt. Diese widerwärtige Lori kommt nun in das Haus von Exzellenz Robbingen und führt dort ein amüsantes Leben, während ich mich hier langweile. Ich werde morgen zu Mama fahren und ihr mein Herz ausschütten. Vielleicht weiß sie Rat, wie ich mir diese gräßliche Trauerzeit angenehmer gestalten kann.

Lori hatte sich am anderen Morgen, von Mutter Klimschen liebevoll betreut und mit einem Abschiedskörbchen herrlichen Obstes beschenkt, schon früh reisefertig gemacht. Als sie zur gegebenen Stunde herunterkam, stand Hans-Georg bereits in der großen Halle. Er streckte ihr, blaß und mit zuckendem Gesicht, die Hand entgegen.

Einige Augenblicke später kam Traute. Kalt und förmlich legte sie ihre Fingerspitzen in Loris Hand. »Adieu, Lori, gute Reise!« sagte sie formell.

Lori schritt nun zur Tür, wo bereits der Wagen wartete.

Hans-Georg zog schnell Trautes Hand in seinen Arm und zwang sie so, Lori das Geleit bis zum Wagen zu geben. Erst neben dem Wagen gab er sie frei. Dann half er Lori beim Einsteigen.

»Ich fahre mit bis zum Bahnhof – willst du mitkommen, Traute?« fragte er rasch.

»Nein, ich habe Kopfweh, du entschuldigst wohl, Lori«, erwiderte Traute eilig.

Lori neigte das Haupt. Noch einmal trafen die Blicke der beiden Frauen zusammen. Lori sah still und traurig in Trautes kaltes, schönes Gesicht. In deren Augen funkelte der Haß. So blieb sie in Loris Gedächtnis.

Die Pferde zogen an, Lori verließ Hohenstein.

Auf dem Bahnhof angekommen, geleitete Hans-Georg Lori zum Zug. Als sie vor der Tür ihres Abteils standen, sah er ihr noch einmal tief in die Augen.

»Leb wohl, Lori!«

Schmerzhaft preßte er ihre Hand, und seine Zähne bissen sich zusammen, daß die Muskeln sich anspannten.

»Leb wohl, Hans-Georg!« antwortete sie mit versagender Stimme.

Er preßte ihre Hand an seine Lippen, an seine Augen. Dann hob er sie schnell in das Kupee, in dem nur eine alte Dame saß.

Der Zug hatte wenige Minuten Aufenthalt. Der Schaffner schloß die Türen. Lori öffnete hastig das Fenster. Ihr blasses Gesicht schaute heraus mit einem tapferen Lächeln, das die traurigen Augen Lügen strafte. Stumm, Auge in Auge blieben sie, bis der Zug sich in Bewegung setzte. Da zog er den Hut – und so sah er ihr nach. Ihre Blicke hingen ineinander, bis sie sich nicht mehr erkennen konnten. Da ging es wie ein Riß durch ihre Seelen.

Die Trennung war da.

Zitternd sank Lori in die Kissen zurück. Hans-Georg aber schritt mit einem dumpfen Schmerzgefühl zu seinem Wagen zurück. Er schauerte fröstelnd zusammen.

Seine Sonne war untergegangen.

17

Mit gütigen Worten hatte Tante Maria Lori in ihrem Haus willkommen geheißen.

Offen hatte Lori ihr alles gebeichtet, was geschehen war, nichts verschwieg sie. Die alte Dame hatte für alles Verständnis. Sie kannte Hans-Georg und Lori gut genug, um zu wissen, daß diese beiden Menschen eines Unrechts nicht fähig waren.

Jetzt im Sommer lebte Tante Maria ziemlich zurückgezogen in ihrer schönen Villa. Aber es kamen doch immer interessante Menschen zu ihr, so daß es nicht an Anregung fehlte. Das schöne, schlanke Mädchen mit den klaren, wunderschönen Augen und dem lieben Lächeln war in Tante Marias Bekanntenkreis bald gern gesehen. Es sprach sich schnell herum, daß Exzellenz Robbingen eine junge Dame als Haustöchterchen bei sich aufgenommen hatte; nun kam einer nach dem anderen, um die Bekanntschaft dieser jungen Dame zu machen.

Lori hatte Hans-Georg geschrieben, daß Tante Maria sie sehr gut aufgenommen habe, daß es ihr gutgehe und sie zufrieden und ruhig sei. Er solle sich keine Sorge machen und ihr bald Nachricht senden, daß in Hohenstein alles wohl sei.

Hans-Georg hatte darauf geantwortet, daß er von früh bis spät arbeite und Traute mit ihrer Mutter nach Ostende gereist sei. Auch sonst berichtete er ihr von allem, was sie interessieren konnte. Nur davon schrieben sie nicht, was ihre Seelen mit Qual und Glück zugleich erfüllte. So blieben sie im regelmäßigen Briefwechsel. Nie wurde die stillschweigend eingeführte Pause zwischen zwei Briefen um einen Tag verlängert; aus diesem Umstand ging deutlich hervor, wie sehnsüchtig sie beide diesen Briefen entgegensahen.

Hans-Georg hatte auch an Tante Maria geschrieben und ihr innig gedankt, daß sie Lori eine Heimat geboten. Er hatte sie herzlich gebeten, alles zu tun, was in ihren Kräften stand, um Lori das Leben angenehm zu machen.

Zeit, alles zu überdenken und sich in seinen Schmerz zu vergraben, hatte er jetzt genug.

Die Gewißheit, daß er selbst sich sein Glück verscherzt habe, nagte an ihm. Es quälte ihn auch Loris wegen, deren Liebe er zu spät erkannt hatte, und die nun auch seinetwegen am Glück vorübergehen mußte.

Es war allmählich Winter geworden. Seit Monaten lebte Lori im Haus Tante Marias. Die schöne Villa lag dicht am Hofgarten, in der Nähe des herzoglichen Schlosses. Exzellenz Robbingen war bei den hohen Herrschaften sehr beliebt und wurde oft in den intimen Zirkel der Herzogin geladen.

Von größeren Festlichkeiten hielt sich Exzellenz Robbingen wegen der Trauer um ihren Schwager noch zurück, hauptsächlich Loris wegen. Aber ihren Empfangstag – jeden zweiten und vierten Donnerstag im Monat – hatte sie wieder aufgenommen. Dabei lernte Lori nach und nach die ganze gute Gesellschaft der Residenz kennen. Zu den großen Festen sollte Lori erst im nächsten Winter mitkommen.

Lori war es am liebsten, wenn sie mit Tante Maria allein war, oder ganz allein, wie heute.

Da konnte sie ihren Gedanken ungestört nachhängen.

Es war wenige Tage vor Weihnachten. Der Schnee wirbelte in dichten, großen Flocken durcheinander und schon seit vier Uhr herrschte völlige Dunkelheit. Echtes, rechtes Weihnachtswetter.

Tante Maria war zur Gräfin Tondern gefahren, um mit einigen anderen alten Damen eine Weihnachtsbescherung für arme Kinder vorzubereiten. Lori hatte allein zu Hause bleiben müssen. Das war ihr gerade recht. Sie arbeitete eifrig an einer feinen, kunstvollen Stickerei, einem Weihnachtsgeschenk für Tante Maria, das noch fertig werden sollte.

Ihre Gedanken flogen dabei nach Hohenstein. Sie hatte jetzt viel Zeit zu Handarbeiten und zum Nachdenken. In Hohenstein war ihre Zeit immer mit Arbeit ausgefüllt gewesen, da war sie oft kaum zum Sitzen gekommen. Hauptsächlich vor Weihnachten. Ach, wie festlich war ihr da schon lange vorher zumute gewesen. Was gab es da alles zu tun und zu denken – für all die Leute und für ihre Lieben. Mutter Klimschen steckte dann bis zum Hals in Kuchenbacken und anderem süßen Zeug. Die Äpfel dufteten aus der Vorratskammer, und die Nüsse raschelten verheißungsvoll in den Säcken. Sie stammten von den drei großen Nußbäumen hinten am Gartenzaun.

Lori seufzte tief auf, ließ die Stickerei sinken und sah in den dunklen Garten hinaus in das Schneeflokkengewimmel.

Ob Hans-Georg schon die Weihnachtstannen hatte schlagen lassen? Voriges Jahr waren sie noch mit Väterchen im Schlitten hinausgefahren, um die Bäume auszusuchen. An jenem Tag war auch so lustiges Schneetreiben gewesen wie heute.

Jetzt fuhr Hans-Georg wohl nur noch mit seiner Frau im Schlitten durch den Wald – wie einst mit ihr so oft – so oft. Ach, war das eine herrliche Zeit gewesen! Dann hatte er tausend übermütige Torheiten getrieben, hatte den Schnee von den Bäumen geschüttelt, daß er sie überschüttete. Seine Augen hatten so übermütig gefunkelt, seine weißen festen Zähne hatten geblitzt. Und gelacht hatte er – sein warmes, frohes, knabenhaftes Lachen, das sie so liebte! Wie lange hatte sie dieses Lachen nicht mehr gehört?!

Die Uhr auf dem Kaminsims meldete in feinen, silbernen Schlägen die siebente Stunde. Lori erhob sich. Bald mußte Tante Maria zurückkommen. Sie packte sorgsam ihre Arbeit zusammen und trat an das Fenster.

So still und friedlich war es – draußen und drinnen in Tante Marias vornehmem, harmonischem Heim. Und Lori war so voll Liebe hier aufgenommen worden. Alles tat Tante Maria, um sie Hohenstein vergessen zu machen. Aber das Herz ist ein rebellisches Ding, es wollte sich mit dem Tausch nicht zufriedengeben.

Jetzt hielt draußen ein Wagen. Tante Maria kam heim.

Lori lief ihr entgegen und half ihr aus dem Pelz, den sie dem Diener übergab.

»Da bin ich, kleine Lori!« rief die alte Dame.

Lori zog sie ins Zimmer.

Sie schob der alten Dame einen Sessel hin und legte ihr ein Kissen in den Rücken.

Exzellenz Robbingen strich sich das weiße, bauschige Haar aus dem frischen Gesicht.

»Ach, Kindchen, es ist zu mollig, wenn ich jetzt heimkomme und finde dich hier. Gleich ist mir behaglich und froh zumute. So ein junges Gesicht ist wie Sonnenschein. Wir waren heute lauter alte Damen bei der Gräfin Tondern, da habe ich mich nach deinem jungen Gesicht gesehnt. Nun freue ich mich auf den gemütlichen Abend. Wir plaudern, und du liest mir ein Stündchen vor.«

Ein Diener trat ein und brachte die Abendpost. Zwei

Briefe lagen auf der silbernen Platte, der eine, in elegantem Kuvert, war für Exzellenz Robbingen. Der andere Brief zeigte ein nicht gerade elegantes Äußeres und war an Lori adressiert.

»Da Kindchen, da ist eine Epistel von Mutter Klimschen für dich«, sagte Tante Maria.

Lori faßte hastig danach und eine freudige Röte stieg in ihr Gesicht.

Die alte Dame erhob sich mit einem gütigen Lächeln.

»Ich will mir inzwischen ein bequemes Hauskleid anziehen lassen«, sagte sie. »Heute abend stört uns kein Besuch. Also vertiefe dich ungestört in Mutter Klimschens Brief. Du erzählst mir nachher, was es in Hohenstein Neues gibt.«

»Ja, Tantchen, das will ich tun«, antwortete Lori, fest ihren Brief umfassend.

Als sie allein war, öffnete sie das schlichte weiße Kuvert. Sich aufatmend in einen Sessel schmiegend, begann sie zu lesen, was Mutter Klimschen in ihren ungelenken Buchstaben gemalt hatte.

Eine lange Epistel hatte Mutter Klimschen geschrieben, von Weihnachten, von den Leuten und von der Stimmung im Haus. Sorglich hatte dabei die alte, einfache Frau vermieden, Lori aufzuregen und zu beunruhigen.

Tante Maria trat wieder ein.

»Nun, Kindchen, gute Nachrichten von Hohenstein?«

»Mutter Klimschen avisiert mir allerlei Herrlichkeiten, süße Leckereien und Weihnachtskuchen.«

Die alte Dame lachte.

»Ei, da lade ich mich bei dir zu Gast. Ich hoffe, du gibst mir etwas ab«, scherzte sie.

Arm in Arm schritten die beiden Damen in das Speisezimmer und ließen sich an dem einladend gedeckten Tisch nieder.

»Sonst nichts Neues in Hohenstein, Lori?« fragte Tante Maria, Lori mit sorgenden Blicken betrachtend.

»Mutter Klimschen schreibt, Trautes jüngster Bruder Leo habe sich mit einer reichen Berlinerin, Hilde von Herder, verlobt. Traute sei jetzt viel in Lankwitz. Leos Braut ist zu Besuch dort und wird anscheinend sehr gefeiert.«

»So so! Dann wird Frau von Lankwitz natürlich alles aufbieten, die gewiß verwöhnte Großstädterin zu unterhalten. Und Traute wird nicht böse sein, daß sie davon profitieren kann.«

»Sie will nach Weihnachten mit ihrer Mutter auf längere Zeit nach Berlin fahren, um Leos Braut zu besuchen.«

»Geht Hans-Georg mit nach Berlin?«

»Ich glaube nicht, Mutter Klimschen schreibt nichts davon.«

Die alte Dame merkte, daß Lori jetzt beim Nennen von Hans-Georgs Namen gedrückt war. Um sie aufzuheitern, erzählte sie allerlei Neuigkeiten, die sie heute bei der Gräfin Tondern gehört hatte.

»Im Januar findet ein großes Wohltätigkeitsfest unter dem Protektorat der Herzogin statt. Prinz Christian hat ein Festspiel geschrieben, das soll von Herren und Damen der Aristokratie aufgeführt werden. Das müssen wir uns ansehen, Lori. Ich habe Einlaßkarten für uns bestellt. Du bekommst da den ganzen Hof zu sehen, Kindchen, und die ganze gute Gesellschaft, ohne daß wir uns in den Trubel zu mischen brauchen. Nächsten Winter bist du mitten drin im Festtrubel. Ich freue mich schon darauf, mein reizendes Pflegetöchterchen in hübschen Toiletten ausführen zu können. Wirst das Leben dann schon wieder liebgewinnen, kleine Lori.«

Das junge Mädchen küßte ihr die Hand.

»Liebe Tante Maria, du bist so gut zu mir!«

Zwei Tage später, am Heiligabend, trafen Loris Weihnachtspakete aus Hohenstein ein. Sie hatte sie in ihr Zimmer bringen lassen; während Tante Maria ihr Mittagsschläfchen hielt, packte sie aus.

Loris Herz pochte laut, und um es zu beruhigen, nahm sie zuerst Mutter Klimschens Paket. Dann wollte sie zuletzt, doch mit um so tieferer Inbrunst, Hans-Georgs Paket öffnen.

Ach, was hatte die Gute alles zusammengetragen! Der große Christstollen, die kleinen Weihnachtskuchen und köstlichen Makronen. Auch Butterknusperchen mit Mandeln bestreut und Marzipantörtchen mit Früchten belegt, dann einige ausgesucht schöne und große Winteräpfel, die nur für die Herrschaft gezogen wurden. Schier unerschöpflich schienen die Pakete, aus jeder Kleinigkeit sprach Liebe und treues Gedenken.

Und nun griff Lori mit zitternden Händen nach *einem* Paket. Es war kleiner als das Mutter Klimschens, ein kleines Päckchen, auf dem obenauf ein grüner Tannenzweig lag. Lori schloß die Augen und sog den Duft desselben ein. Ach – da stand der ganze Hohensteiner Wald lebendig vor ihr. Langsam streifte sie damit ihre Wange und legte ihn sorgsam beiseite. Dann nahm sie das kleine Päckchen, das mit blauem Band umbunden war. Sie löste es – ein altertümliches kleines Schmucketui kam zum Vorschein. Schnell öffnete sie es. In demselben lag ein Medaillon aus Gold mit schwarzer Emaille. Schräg über das Medaillon lief ein bunter Streifen, winzige Blümchen aus edlen Steinen darstellend. Das Medaillon hing an einer schlichten goldenen Halskette.

Lori hielt das Schmuckstück mit zitternden Händen empor. Ihr Herz klopfte laut und stark. Sie kannte dieses Medaillon sofort. Hans-Georgs Mutter hatte es fast immer getragen. Väterchens und Hans-Georgs Bilder waren darin gewesen. Hastig löste sie das zierliche Schloß – ja, die beiden Bildchen waren noch darin. Väterchen als rüstiger Vierziger, Hans-Georg als etwa zwölfjähriger Knabe im dunklen Sammetanzug mit einem breiten Spitzenkragen.

Lori konnte sich nicht halten. Sie mußte weinen – aus ihrem sehnsuchtskranken Herzen heraus. Und sie konnte sich nicht fassen, bis Tante Maria zu ihr ins Zimmer trat und das weinende Mädchen zwischen all den süßen Herrlichkeiten fand.

Die verstand gut zu trösten und zu beruhigen.

»Ei sieh doch, was Mutter Klimschen alles für ihr Lorchen geschickt hat. Das soll uns herrlich munden. Ich freue mich schon darauf. Und nun wird nicht mehr geweint, kleine Lori. Wer so viel Liebe sein eigen nennt, braucht nicht zu verzagen.«

Lori faßte sich und lächelte unter Tränen.

»Es waren nur Freudentränen, Tante Maria. Sieh, was mir Hans-Georg geschickt hat.«

Sie zeigte das Medaillon.

Die alte Dame nahm es sanft in die Hand, und nun wurden ihre Augen feucht.

»Kindchen – genau dasselbe Schmuckstück besitze ich. Meine Mutter schenkte mir und meiner Schwester an einem Weihnachtsabend die ganz gleichen Medaillons. Ach, kleine Lori, damals war ich jung und frisch und meine Schwester auch. Sie ist nun schon viele Jahre tot – und ich habe weißes Haar. Kind, laß dir nicht *einen* Jugendtag verkümmern; freue dich selbst deiner Schmerzen – auch sie sind aus köstlicher Jugendkraft geboren. Wenn dein Haar einst grau geworden und du an diese Tage zurückdenkst, wirst du wissen, wie schön trotz alledem die Welt für dich gewesen ist.«

In Hohenstein war das Weihnachtsfest sehr still vergangen.

Als die Bescherung vorüber war, begleitete Hans-Georg seine Frau nach Lankwitz. Hielt er sich auch sonst, seine Trauer vorschützend, von den Festlichkeiten in Lankwitz fern, am Heiligabend konnte er nicht gut absagen, da man nur »unter sich« war.

Trotz dieser Versicherung Trautes fand er eine größere Gesellschaft vor. Einige Kameraden Leos waren zugegen; auch die Eltern von Leos Braut, Herr von Herder und seine Frau, waren angekommen, weil sie Weihnachten nicht ohne ihre Tochter feiern wollten.

Hans-Georg fand sich in das Unvermeidliche. Leos Braut, ein sehr hübsches, zierliches Persönchen mit schwarzem Haar, dunklen Feueraugen und pfirsichfarbenem Teint, bat ihn herzlich, seine Frau nach Berlin zu begleiten.

Hans-Georg lehnte jedoch ab, im Herzen freut er sich über die Trennung von Traute.

»Ich bin nicht abkömmlich in Hohenstein, mein verehrtes Fräulein Schwägerin.«

»Hu! Wie gründlich! Sie sind überhaupt so ein ernster, gründlicher Mensch. Ich kann nicht glauben, was mir Leo von Ihnen erzählt hat.«

»Darf ich wissen, was er erzählt hat?« fragte er.

Sie sah schelmisch lächelnd zu ihm auf.

»Daß Sie der tollste, ausgelassenste Leutnant gewesen sind.«

Hans-Georg dachte, wie weit das hinter ihm lag.

»Jetzt bin ich aber kein Leutnant mehr. Man muß doch einmal anfangen, das Leben ernst zu nehmen, nicht wahr?«

Hilde schüttelte in reizendem Mutwillen den Kopf.

»Das werde ich nie tun! Papa sagt: Lachen ist das

schönste und innigste Gebet; es lobt den Schöpfer, der die Welt so schön gemacht hat.«

Hans-Georg sah mit einem sinnenden Blick in das lebensprühende Gesicht der jungen Dame.

»Ich wünsche Ihnen, daß Sie das Lachen nie verlernen, Fräulein Schwägerin.«

»Oh, das ist ein guter Wunsch. Dafür danke ich Ihnen herzlich. Und gleich will ich eine Bitte folgen lassen. Mit allen Verwandten Leos duze ich mich. Nur an Sie habe ich mich damit nicht herangetraut, weil Sie gar so ernst aus den Augen schauen. Aber heute wage ich's. Also wollen Sie, Herr Schwager, auf du und du?«

Er verneigte sich.

»Es ist mir eine Ehre.«

Hilde rief Leo herbei.

»Laß uns Sekt bringen, Leo. Hans-Georg und ich wollen Brüderschaft trinken«, sagte sie lustig.

Hildes Wunsch wurde sofort erfüllt.

Dann kam Traute herbei.

»Jetzt nennen wir uns du, dein Mann und ich, Traute. Aber nach Berlin will er nicht mitkommen. Bitte du ihn doch einmal recht sehr darum«, sagte Hilde lebhaft.

Traute lächelte kühl. Sie war zufrieden, daß Hans-Georg nicht mitging.

18

In den ersten Tagen des Januar reiste Traute mit ihrer Mutter, Hilde, deren Eltern und Leo nach Berlin. Leo hatte noch acht Tage Urlaub und wollte diese Zeit in Berlin verbringen.

Hildes Eltern besaßen eine schöne, geräumige Villa im Grunewald. Traute und ihre Mutter sollten dort wohnen.

Traute stürzte sich in das Faschingstreiben der Großstadt. Sie und ihre Mutter konnten sich nicht genug tun.

Wie im Rausch eilten die beiden Damen von Fest zu Fest, jagten im Automobil in Berlin von Geschäft zu Geschäft, um immer wieder neue Anschaffungen zu machen. Traute gab das Geld, das Hans-Georg ihr großmütig zur Verfügung stellte, mit vollen Händen aus. Da er ihr aus dem Herzen heraus nichts geben konnte, suchte er sie mit äußeren Gaben zu überschütten, gleichsam, um sich loszukaufen von seinen Pflichten.

Leos Braut lernte in diesen Wochen ihre Schwiegermutter und ihre Schwägerin von einer Seite kennen, die ihr nicht gefiel. Auch Hildes Eltern machten sich ihre eigenen Gedanken über die Vergnügungsfahrt der beiden.

So vergingen die Wochen wie im Flug. Traute und ihre Mutter waren unersättlich, gesellschaftliche Triumphe zu feiern. Aber endlich ging die Saison zu Ende. Hilde und ihre Eltern atmeten heimlich auf. Nun wurde es etwas ruhiger. Jetzt trafen die beiden Damen ihre Vorbereitungen zu Leos Hochzeit. Traute ersann neue Toiletten, die alles in den Schatten stellen sollten.

Ihr Geld war aufgebraucht. Hans-Georg sandte ohne Widerrede eine neue große Summe.

Traute jubelte.

»Hans-Georg ist doch ein vernünftiger Mensch, Mama! Er knausert wenigstens nicht. Nun werde ich die Toilette mit der reichen Perlenstickerei wählen, die mir so sehr gefiel.«

Frau von Lankwitz nickte.

»Gewiß, Traute, dann bist du sicher, daß keine der Damen dich übertrifft. Deine blonde Schönheit wird wundervoll darin zur Geltung kommen.«

Wenige Minuten später saßen die beiden Damen in dem eleganten Auto Herders. Hilde sollte mit ihnen fahren, bekam aber, als sie in das Auto steigen wollte, den Besuch einer auf der Durchreise befindlichen Pensionsfreundin und blieb deshalb zu Hause.

Es war einer der letzten Februartage. Das Wetter war schon außergewöhnlich mild. Aus der Erde stieg es feucht empor, und auch die Luft war feucht und lau.

Schnell sauste das Auto auf den asphaltierten Straßen dahin, zuweilen auf dem feuchten Boden ein wenig zur Seite gleitend.

Die beiden Damen hatten in Berlin so viele Besorgungen gemacht, daß ihnen zur Rückfahrt nur noch kurze Zeit blieb, wenn sie zu Tisch zurück sein wollten.

Traute liebte es, sehr schnell zu fahren. Sie gab dem Chauffeur immer hohe Trinkgelder, um ihn zu schnellerem Fahren anzuspornen. Auch heute drückte sie ihm ein Geldstück in die Hand.

»Recht schnell – sonst kommen wir zu spät.«

Das Auto sauste mit unerlaubter Geschwindigkeit in toller Fahrt dahin. Traute jauchzte im Wagen förmlich auf, wenn sie bei einem Straßenübergang vom Sitz emporgeschleudert wurde. Frau von Lankwitz war etwas bange, sie hielt sich krampfhaft an dem Ledergurt fest.

Der Chauffeur war ein verwegener Mensch, der etwas riskierte. Wie im Flug schoß der Wagen auf der langen, glatten Straße dahin. Jetzt kam eine Biegung des Wegs. Die Schnelligkeit hätte unbedingt vermindert werden müssen. Aber den Chauffeur hatte der Ehrgeiz gepackt. Er wollte die scharfe Kurve in voller Geschwindigkeit nehmen.

Ein jäher Ruck am Steuer sollte den Wagen herumbringen – aber das Steuer versagte plötzlich. Hochaufbäumend fuhr das Auto mit furchtbarem Krach gegen den eisernen Fuß einer elektrischen Bogenlampe, überschlug sich – und stürzte krachend zusammen.

Ehe sich die Insassen der Gefahr bewußt wurden, war das Unglück geschehen.

Einige Fußgänger eilten herbei, gleich darauf hielten auch mehrere Wagen an der Unfallstelle. Ein furchtbarer Anblick bot sich den hilfsbereiten Menschen.

Das Auto war zerschmettert, unter seinen Trümmern lagen die beiden Damen, leblos und blutüberströmt. Der Chauffeur war im hohen Bogen auf einen Rasenplatz geschleudert worden. Er stöhnte und gab noch Lebenszeichen von sich. Auch die junge Frau schien noch am Leben zu sein, aber die alte Dame lag starr und bleich – sie war tot.

Schutzleute eilten herbei. Zufällig befand sich ein junger Arzt unter den Fahrgästen einer vorüberfahrenden Elektrischen. Er bot unverzüglich seine Hilfe an. Daß Frau von Lankwitz tot war, stellte er sofort fest. Traute und der Chauffeur wurden so schnell wie möglich in das nächste Hospital transportiert. An Traute mußte sofort eine schwere Operation vorgenommen werden. Die Ärzte bezweifelten jedoch, daß sie mit dem Leben davonkommen würde. Der Chauffeur hatte einen doppelten Beinbruch und verschiedene Fleischwunden erlitten. Er war noch imstande, den Namen und die Adresse seiner Herrschaft anzugeben.

Ein Polizeibeamter übernahm es, Herrn von Herder den Unglücksfall persönlich zu melden.

Dort rief die Unglücksbotschaft eine furchtbare Aufregung hervor. Man war zunächst fassungslos. Die Damen bekamen Weinkrämpfe; Hildes Vater konnte nur mit zitternden Händen ein Telegramm aufsetzen, dessen Inhalt an verschiedene Adressen depeschiert werden sollte.

Dann fuhr er in das Hospital, um sich Gewißheit über Trautes Befinden zu verschaffen. Aber er durfte weder Traute noch seinen Chauffeur sehen, nur an Frau von Lankwitz' Leiche wurde er geführt.

Schweren Herzens und erschüttert fuhr Herr von Herder auch in die Wohnung des Herrn von Glasenapp, um Lena schonend vorzubereiten.

Auf Hohenstein und in Lankwitz schlugen die Telegramme von dem Unglücksfall wie eine Bombe ein. Hans-Georg, Herr von Lankwitz und Leo machten sich sofort auf die Fahrt nach Berlin.

Dort wurden sie von Herrn von Herder und Hilde empfangen. Das junge Mädchen warf sich weinend an Leos Brust und berichtete ihm fassungslos, was sie über das Unglück wußte. Herr von Herder gab indessen Herrn von Lankwitz und Hans-Georg Bericht.

Dann bestiegen sie alle zusammen ein gemietetes Auto. Hilde schmiegte sich leise schaudernd an Leos Seite. Sie mußte immerzu daran denken, daß sie nur durch die überraschende Ankunft ihrer Freundin vor dem gräßlichen Schicksal bewahrt worden war.

Sie begaben sich sofort in das Hospital. Herr von Herder hatte dafür gesorgt, daß man sie dort vorließ. Lena befand sich bereits bei ihrer Schwester; ihr Gatte hatte es durchgesetzt, daß man sie zu ihr ließ.

Auf der Fahrt berichtete Herr von Herder alle Einzelheiten, die ihm bekannt waren.

Frau von Lankwitz war bereits aufgebahrt worden. Trautes Ableben war jeden Augenblick zu befürchten. Die Ärzte hatten die Hoffnung, sie am Leben erhalten zu können, aufgegeben. Und sie hatten Herrn von Herder nicht verhehlt, daß man der jungen Frau lieber den Tod wünschen müsse, als ein langes qualvolles Siechtum, das ihr sicher bevorstehe, wenn sie am Leben bliebe, da das Rückenmark verletzt war.

So vorbereitet, betraten die Herren das Hospital.

Nachdem sie einige Worte mit dem Chefarzt gesprochen hatten, wurden sie zu Traute geführt.

Ein erschütternder Anblick bot sich ihnen. Traute lag mit wächsernem Gesicht auf ihrem Lager. Mit den geschlossenen Augen glich sie einer Toten. Das schöne Blondhaar hatte geopfert werden müssen.

Herr von Lankwitz sank bei dem Anblick seiner Tochter halb ohnmächtig auf einen Stuhl. Lena, die am Bett ihrer Schwester saß, hatte sich erhoben und wankte dem Bruder entgegen, der sie erschüttert in die Arme schloß.

Hans-Georg war an Trautes Lager getreten und beugte sich tief ergriffen über sie. Der Arzt trat von der anderen Seite an das Bett heran und warf einen forschenden Blick auf die Kranke. Sein geübter Blick erkannte nur noch schwache Lebenszeichen.

Totenstille herrschte in dem Gemach. Kein Laut kam über die fest zusammengepreßten Lippen der Männer. Hilde war mit ihrem Vater draußen geblieben, nur die nächsten Verwandten durften zu der jungen Frau.

Hans-Georgs Augen schimmerten feucht. Eine tiefe Rührung überkam ihn, als er das schmale, wachsbleiche Gesicht vor sich erblickte. Und er gelobte sich, daß er nicht mehr murren, daß er ihr ein starker Schutz und Hüter sein wollte, wenn das Schicksal sie von ihrem Schmerzenslager erstehen ließ.

Zwei Stunden hatten die vier Menschen schweigend an Trautes Lager verbracht. Diese zwei Stunden dünkten ihnen Ewigkeiten – von Grauen erfüllt. Traute hatte leblos, mit geschlossenen Augen gelegen. Nur wie ein Hauch war zuweilen ein leiser Seufzer ihren Lippen entflohen. Dann begannen plötzlich die Augenlider zu zukken. Schwer und müde hoben sie sich nach einer Weile. Die blauen Augen sahen ohne Verständnis in die blassen Gesichter um sie her. Sie erkannte niemanden. Das Bewußtsein kam nicht wieder. Ein letzter tiefer Seufzer, der arme Körper streckte sich zur letzten Ruhe – Traute war tot.

Monate vergingen, ohne daß nach dem erschütternden Telegramm von Trautes Ableben Tante Maria und Lori von Hans-Georg etwas hörten. Lori erwartete auch keine Nachricht von ihm. Sie wußte, daß er vieles zu verwinden hatte. Sie waren beide nicht geschaffen, am offenen Grab eines Menschen an sich selbst zu denken.

Lori war mit Tante Maria im Juli und August an die Ostsee gegangen. Als sie Ende August zurückkehrten, lag auf Loris Schreibtisch ein Brief. Sie erkannte Hans-Georgs Schriftzüge, es war ein kurzer, aber ungemein inniger Gruß an Lori, der wie ein Aufatmen nach langem Zwang und wie das Aufbrausen neuer Lebenskraft klang.

Lori ging mit selig verklärtem Gesicht umher. Ihr froher Sinn kam wieder zum Durchbruch, und ihre Augen strahlten.

So waren Herbst und Winter vergangen und der Frühling kam mit Singen und Brausen ins Land. In der Natur reckte und streckte es sich geheimnisvoll wie neues, werdendes Leben.

Traute lag schon über ein Jahr neben ihrer Mutter in der Familiengruft in Lankwitz. Leo und Hilde hatten im Januar Hochzeit gehabt, waren acht Wochen im Süden gewesen und lebten nun in Lankwitz. Leo hatte den Abschied genommen, weil sein Vater sich nicht mehr kräftig genug fühlte, den Besitz allein zu verwalten.

Der alte Herr lebte langsam wieder auf nach dem

schweren Schicksalsschlag. Er fühlte sich von so viel Liebe umgeben, daß er sich erst langsam in diesem neuen warmen Leben zurechtfinden mußte. Es herrschte jetzt ein behaglicher, zwangloser Ton in Lankwitz. Hilde und Lena, die oft mit ihren Gatten und Kindern nach Lankwitz kamen, hatten ihn eingeführt. Vater und Sohn merkten erst jetzt, wie viel ihnen früher gefehlt hatte.

Hans-Georg war ein häufiger, immer gern gesehener Gast in Lankwitz. Mit Hilde stand er auf freundschaftlichem Fuß.

Ihr gestand er auch zuerst, daß er sich eine neue Herrin nach Hohenstein holen wollte. Dabei erzählte er ihr die Geschichte seiner Liebe. Er fand Verständnis bei der jungen Frau; sie übernahm es auch, Leo und seinem Vater alles zu sagen. Niemand verargte es Hans-Georg, daß er sich die geliebte Frau nun heimholen wollte.

Hans-Georg hatte seine Ankunft weder Tante Maria noch Lori angemeldet.

In der Residenz angekommen, fuhr er zunächst ins Hotel und begab sich dann zu Fuß in die Villa seiner Tante.

Im Garten arbeitete der Gärtner, der ihn gut kannte. Er ließ Hans-Georg ein und meldete ihm, daß Exzellenz ausgefahren sei. Nur das gnädige Fräulein sei zu Hause und befinde sich im kleinen Salon.

Hans-Georg nickte ihm zu und eilte ins Haus. Jetzt stürmte und drängte es in seiner Brust, als wäre jede Sekunde eine verlorene Ewigkeit.

Im Vorraum war kein Mensch zu sehen. Das war ihm gerade recht. Er kannte den Weg zu dem kleinen Salon genau. Schnell öffnete er die Tür.

Da stand Lori, mitten im Zimmer, von hellem Sonnenlicht umflossen. Sie trug ein weißes Kleid aus weichem Stoff, der sich schmeichelnd um ihren jugendschönen Körper schmiegte. Das flechtengeschmückte Haupt war herabgesenkt auf eine Schale, die sie mit den ersten Frühlingsblumen füllte.

So sah Hans-Georg sie zum ersten Mal wieder vor sich.

Sie blickte erst nicht auf, meinte wohl, der Diener sei eingetreten. Hans-Georg stand wie gebannt, er stieß einen tiefen, zitternden Atemzug aus. Da hob Lori die Augen – ihre herrlichen Augen mit den langen Wimpern. Ein Ruck ging durch ihre Gestalt, die Blumen entfielen ihren zitternden Händen und sie erblaßte jäh vor Erregung.

»Hans-Georg – du?« kam es zitternd von ihren Lippen.

Da war er schon an ihrer Seite. Ein ungestümes, halbunterdrücktes Jauchzen brach aus seiner Brust und seine Arme umschlangen die schlanke, bebende Mädchengestalt. Fest preßte er sie an sich, als drohe jemand, sie ihm zu entreißen.

»Lori! Ach du – du!«

Ihre Augen senkten sich ineinander in fast schmerzhafter Wonne. So standen sie eine Weile, Herz an Herz –, die lauten, raschen Schläge schienen ineinanderzufließen –.

Und dann fanden sich die bebenden Lippen in dem ersten Kuß der Liebe, in einem Kuß, der nicht enden wollte, wie ihn Mann und Weib tauschen in der seligsten Stunde des Glücks.

Schon zum Pfingstfest führte Hans-Georg seine Lori heim. Er wollte keine Stunde länger als nötig von ihr getrennt sein. Die Hochzeit wurde im engsten Kreis in Tante Marias Haus gefeiert. So wollte es das junge Paar. Und keine Hochzeitsreise sollte sich an die Hochzeit anschließen – Lori verlangte heim nach Hohenstein.

Das lag im herrlichsten Blütenschmuck, als die junge

Herrin einzog. Und strahlende Gesichter gab es ringsum, die Lori begrüßten. Am hellsten strahlte das Gesicht von Mutter Klimschen, die Lori herzhaft abküßte. Hans-Georg folgte ihrem Beispiel. Dabei klang sein frohes warmes Lachen durch das Haus. Lori und Mutter Klimschen sahen sich in die Augen. Das war wieder der alte, fröhliche Klang, in dem der glückliche Übermut zitterte.

Und vor diesem Klang entflohen alle Schatten.

Hand in Hand schritten Lori und Hans-Georg durch das alte liebe Herrenhaus.

Er blickte voll heißer Zärtlichkeit in ihre schimmernden Augen.

»Das Glück, Lori – das klare, goldene Glück! Mit dir ist es wieder über meine Schwelle geschritten – du meine Sonne.«